漢學研究叢書・文史新視界叢刊

世俗想像與歷史記憶：
晚明話本帝王故事新考

Secular Imagination vs.
Historical Memories:
On the Stories of Monarchs
in Huaben in late Ming Period

陳煒舜　著

by Nicholas L. Chan

如蝶振翼

──《文史新視界叢刊》總序一

　　近年赴中國大陸學術界闖蕩的臺灣文科博士日益增多，這當中主要包括兩類人才。一類是在臺灣學界本就聲名卓著、學術影響鉅大的資深學者，他們被大陸名校高薪禮聘去任教，繼續傳揚他們的學術。另一類則是剛拿到博士文憑，企盼進入學術職場，大展長才，無奈生不逢時，在高校發展面臨瓶頸，人力資源飽和的情況下，雖學得一身的文武藝，卻不知貨與何家、貨向何處！他們多數只能當個流浪教授，奔波各校兼課，猶如衢州撞府的江湖詩人；有的則委身屈就研究助理，以此謀食糊口，跡近沈淪下僚的風塵俗吏。然而年復一年，何時了得？於心志之消磨，術業之荒廢，莫此為甚！劉芝慶與邱偉雲不甘於此，於是毅然遠走大陸，分別在湖北經濟學院和山東大學闖出他們的藍海坦途。如劉、邱二君者，尚所在多有，似有逐漸蔚為風潮的趨勢，日益引發文教界的關注。

　　然而無論資深或新進學者西進大陸任教，他們的選擇與際遇，整體說來雖是臺灣學術界的損失，但這種學術人才的流動，卻很難用一般經濟或商業的法則來衡量得失。因為其所牽動的不僅是人才的輸入輸出、知識產值的出超入超、學術板塊的挪移轉動，更重要的意義是藉由人才的移動，所帶來學術思想的刺激與影響。晚清名儒王闓運應邀至四川尊經書院講學，帶動蜀學興起，因而有所謂「湘學入蜀」的佳話。至於一九四九年後大陸遷臺學者，對戰後臺灣學術的形塑，其

影響之深遠鉅大，今日仍在持續作用。當然用此二例比方現今學人赴大陸學界發展，或有誇大之嫌。然而學術的刺激與影響固然肇因於知識觀念的傳播，但這一切不就常發生於因人才的移動而展開的學者間之互動的基礎上？由此產生的學術創新和知識研發，以及伴隨而來在文化社會等現實層面上的實質效益，更是難以預期和估算的。

劉芝慶和邱偉雲去大陸任教後，接觸了許多同輩的年輕世代學者，這些學人大體上就屬於剛取得博士資格，擔任博士後或講師；或者早幾年畢業，已升上副教授的這個群體。以實際的年齡來說，大約是在三十五歲至四十五歲之間的青壯世代學人。此輩學人皆是在這十來年間成長茁壯起來的，這正是中國大陸經濟起飛，國力日益壯大，因而有能力投入大量科研經費的黃金年代。他們有幸在這相對優越的環境下深造，自然對他們學問的養成，帶來許多正面助益。因而無論是視野的開闊、資料的使用、方法的講求、論題的選取，甚至整體的研究水平，都到了令人不敢不正視的地步。但受限於資歷與其他種種現實因素，他們的學術成果的能見度，畢竟還是不如資深有名望的學者，這使得學界，特別是臺灣學界，對他們的論著相對陌生。於其而言，固然是遺憾；而就整體人文學界來說，無法全面去正視和有效地利用這些新世代的研究成果，這對學術的持續前進發展，更是造成不利的影響。

因而當劉芝慶和邱偉雲跟我提及，是否有可能在臺灣系統地出版這輩學人的著作，我深感這是刻不容緩且意義重大之舉。於是便將此構想和萬卷樓圖書公司的梁錦興總經理與張晏瑞副總編輯商議，獲得他們的大力支持，更決定將範圍擴大至臺灣、香港與澳門，計畫編輯一套包含兩岸四地人文領域青壯輩學者的系列叢書，幾經研議，最後正式定名為《文史新視界叢刊》。關於叢刊的名稱、收書範圍、標準等問題，劉、邱二人所撰的〈總序二〉已有交代，讀者可以參看，茲

不重覆。但關於叢刊得名之由,此處可再稍做補充。

　　其實在劉、邱二君的原始構想中,是取用「新世界」之名的,我將其改為同音的「新視界」。二者雖不具備聲義同源的語言學關係,但還是可以尋覓出某種意義上的關聯。蓋因視界就是看待世界的方式,用某種視界來觀看,就會看到與此視界相應或符合此視界的景物。採用不同以往的觀看方式,往往就能看到前人看不到的嶄新世界。從這個意義來說,所謂新視界即新世界也,有新視界才能看到新世界,而新世界之發現亦常賴新視界之觀看。王國維曾說:「凡一代有一代之文學。」若將其所說的時代改為世代,將文學擴大為學術,則亦可說凡一世代皆有一世代之學術。雖不必然是後起的新世代之學術優或劣於之前的世代,但其不同則是極為明顯的。其中的關鍵,就在於彼此觀看視域的差異。因而青壯輩人文學者用新的方法和視域來研究,必然也能得到新的成果和觀點,由此而開拓新的學術世界,這是可以期待的。

　　綜上所述,本叢刊策畫編輯的主要目的有二:第一,是展現青壯世代人文學術研究的新風貌和新動能;第二,則是匯集兩岸四地青壯學者的最新研究成果,從中達到相互觀摩、借鑑的效果。最終的目標,還是希冀能對學術的發展與走向,提供正向積極的助力。本叢刊之出版,在當代學術演進的洪流中,或許只不過如蝴蝶之翼般輕薄,微不足道。但哪怕是一隻輕盈小巧的蝴蝶,在偶然一瞬間搧動其薄翅輕翼,都有可能捲動起意想不到的風潮。期待本叢刊能扮演蝴蝶之翼的功能,藉由拍翅振翼之舉,或能鼓動思潮的生發與知識的創新,從而發揮學術上的蝴蝶效益。

西元二〇一七年九月十二日
車行健謹識於國立政治大學

總序二

　　《文史新視界叢刊》，正式全名為《文史新視界：兩岸四地青壯學者叢刊》。本叢刊全名中的「文史」為領域之殊，「兩岸四地」為地域之分，「青壯學者」為年齡之別，叢書名中之所以出現這些分類名目，並非要進行「區辨」，而是立意於「跨越」。本叢刊希望能集合青壯輩學友們的研究，不執於領域、地域、年齡之疆界，採取多元容受的視野，進而能聚合開啟出文史哲研究的新視界。

　　為求能兼容不同的聲音，本叢刊在編委群部分特別酌量邀請了不同領域、地區的學者擔任，主要以兩岸四地青壯年學者來主其事、行其議。以符合學術規範與品質為最高原則，徵求兩岸四地稿件，並委由萬卷樓圖書公司出版。系列叢書不採傳統分類，形式上可為專著，亦可為論文集；內容上，或人物評傳，或史事分析，或義理探究，可文、可史、可哲、可跨學科。當然，世界極大，然一切僅與自己有關，文史哲領域門類甚多，流派亦各有不同。故研究者關注於此而非彼，自然是伴隨著才性、環境、師承等等因素。叢刊精擇秀異之作，綜攝萬法之流，即冀盼能令四海學友皆能於叢刊之中尋獲同道知音，或是觸發新思，或是進行對話，若能達此效用，則不負本叢刊成立之宗旨與關懷。

　　至於出版原則，基本上是以「青壯學者」為主，大約是在三十五歲至四十五歲之間。此間學者，正值盛年，走過三十而立，來到四十不惑，人人各具獨特學術觀點與師承學脈，也是最具創發力之時刻。若能為青壯學者們提供一個自由與公正的場域，著書立說，抒發學術

胸臆，作為他們「立」與「不惑」之礎石，成為諸位學友之舞台，當是本叢刊最殷切之期盼。而叢書出版要求無他，僅以學術品質為斷，杜絕一切門戶與階級之見，摒棄人情與功利之考量，學術水準與規範，乃重中之重的唯一標準。

而本叢刊取名為「新視界」，自有展望未來、開啟視野之義，然吾輩亦深知，學術日新月異，「異」遠比「新」多。其實，在前人研究之上，或重開論述，或另闢新說，就這層意義來講，「異」與「新」的差別著實不大。類似的題目，不同的說法，這種「異」，無疑需要吸收前人研究成果。然領域的開創，典範的轉移，這種「新」，又何嘗不需眾多的學術積累呢？以故《文史新視界叢刊》的目標，便是希望著重發掘及積累這些「異」與「新」的觀點，藉由更多元豐厚的新視界，朝向更為開闊無垠的新世界前進。

最末，在數位時代下，吾輩皆已身處速度社會中，過去百年方有一變者，如今卻是瞬息萬變。在此之際，今日之新極可能即為明日之舊，以故唯有不斷追新，效法「天行健，君子以自強不息」之精神，方不為速度社會所淘汰。當然，除了追新之外，亦要維護優良傳統，如此方能溫故知新、繼往開來。而本叢刊正自我期許能成為我們這一時代文史哲學界經典傳承之轉軸，將這一代青壯學者的創新之說承上啟下的傳衍流布，冀能令現在與未來的同道學友知我此代之思潮，即為「新視界叢刊」成立之終極關懷所在。

劉芝慶、邱偉雲　序

序一
話本如何形成？

　　以研究荷馬（Homer）詩歌聞名的美國學者彌爾曼・培里（Milman Parry）曾指出，文學具有兩大形式，一是「口傳」（oral），另則為「書寫」（written）。其中，口傳往往是古代詩歌傳遞的主要方式，而其語言特徵則為「套語化與傳統性」（formulaic and traditional），簡單來說，口傳文學經常可見某種固定形式或意象的重複與拼接。之所以如此，主因口傳詩人並沒有固定的文字底本，他們往往必須在很短的時間內即席創作出動人的詩歌或故事，因此只能憑藉背誦許多「套式」（formula，或套語），視內容的需要隨時組合成「新」的創作。這種手法後來也逐漸滲入書寫創作方式中，例如馬貢二世（Francis P. Magoun, Jr）的學生戴蒙（Robert E. Diamond）就發現《耶穌2》（*Christ　II*）、《愛倫娜》（*Elene*）、《茱麗安娜》（*Juliana*）與《使徒命運》（*The Fates of the Apostles*）雖然都是書寫創作，但卻「均以傳統套語格式創作」。

　　在中國文學中，「話本」是一種兼跨「口傳」與「書寫」兩種創作方式的體裁。過去有學者認為，所謂的「話本」，乃指「說話人的底本」，唯其所謂的「底本」究竟是以何種方式存在？是文字嗎？有人提出陸游的詩〈小舟遊近村舍步歸〉：「斜陽古柳趙家莊，負鼓盲翁正作場。身後是非誰管得，滿村聽說蔡中郎。」質疑若為「盲翁」作場（據說荷馬也是一位盲眼吟遊詩人），如何看得「文字底本」？因

而推測很多宋元話本其實都只是憑記憶口誦，並無文字紀錄。

到了明代，文人加入蒐集、記錄、編纂，甚至創作「話本」的工作行列，於是將之完全帶進了「書面文學」的領域。即便如此，我們還是相信，在這些「文人話本」中，依然保有許多口傳時期的創作痕跡，等著細心的讀者慢慢去勾抉或體會。至少，口傳創作時期那種套式組合、拼接的手法，在文人話本中仍可極其清楚地辨析。

陳煒舜教授積學多年，自明代文人話本中擇取「帝王故事」一類共八篇，以極為精細的考證追溯這些故事的「前文本」（pre-text），期能理解晚明作者們如何根據古代眾多帝王故事，透過迻錄、拼接、采擷、重寫、借用、吸納等手法，重新構建自己的話本作品，以勾勒明代話本創作的藝術手段；同時，試圖從這些創作手段中考察身處晚明世俗文化語境中的人們，對於作為宮廷文化象徵的帝王及其所代表的歷史記憶，如何投射想像。透過他精細的推證，我們對晚明文人話本的創作手法有了深入的認識，更對話本故事的組成型態有了源流上的啟發，即使從口傳進入書寫，話本依然保有其創作手法上的多元性與靈活性。

作為一個話本研究的門外漢，我一直感到好奇的是：無法識字的盲翁們究竟如何取得話本故事的材料？請識字者將古代文史書籍以口述的方式說給他們聽？亦或者，有一個特殊的訓練程序在培養這些說話藝人？當然，這些都只能是我個人淺薄的臆想，能不能成為研究議題，恐怕還是得由這方面的專家，如煒舜，去定奪了。

我與煒舜兄結識於二〇〇〇年，在香港中文大學主辦的屈原年會上，當時他還在中大博士班就讀，與我可謂一見如故，遂結成忘年之交。雖然我較他虛長幾歲，但論才情學養，煒舜是遠遠在我之上，能與之深交，實為鄙人之幸。今他完成《世俗想像與歷史記憶：晚明話本帝王故事新考》一書，囑我寫序，我心下愧不敢當，卻也無由推

辭，於是以臆想加淺見，草擬引言一篇充數。寞盼學界宿儒有以賜
教焉。

謹識於禿筆樓

二〇一八年五月二十九日

序二
故事的故事：
《世俗想像與歷史記憶》讀後

　　陳煒舜先生寄來《世俗想像與歷史記憶：晚明話本帝王故事新考》書稿，並邀我說說讀後感。書稿討論的是晚明話本中的帝王故事。

　　我對晚明話本故事不夠熟悉，沒有多少話可說，但是，煒舜認為我在古典小說方面下過功夫，硬是要我談談。我想，討論一下「帝王」和「新考」在小說研究上的「位置」，是挺有意思的。我比較熟悉「四大奇書」和《紅樓夢》，可以結合這五本名著的情況來談《世俗想像與歷史記憶》。

　　二十世紀初期，魯迅《中國小說史略》將作品先歸類再加論析（按主要題材區分類別，例如神魔小說、人情小說、狹邪小說等類），這種做法垂範於後。近人踵武前賢，遂有專論「小說類型研究」、「小說流派」之類的專書。

　　二十世紀末，學術界已經有嚴家炎《中國現代小說流派史》（北京：人民文學出版社，1989）、張學軍《中國當代小說流派史》（濟南：山東大學出版社，1996）。這兩部著作基本上做了現代當代部分的流派研究。古代小說流派方面，陳文新出版《中國文言小說流派研究》（武昌：武漢大學出版社，1993），後來又有《明清章回小說流派研究》，補充了學術史上從缺已久的一筆。《明清章回小說流派研究》是一本綜論，涵蓋多個「流派」。專論方面，可謂百花齊放，例如：

王瓊玲《清代四大才學小說》（臺北：臺灣商務印書館，1997）；陳平原《千古文人俠客夢：武俠小說類型研究》；浙江古籍出版社「中國小說史叢書」的《章回小說史》、《明代小說史》、《歷史小說史》、《中國諷刺小說史》等等，難以盡錄。

從以上出版資料我們可以看到一點：以流派（類型）入手研究實有細緻化的可能：撰史者或以形式為主軸（例如：小說章回），或以功能為主軸（例如：諷刺），振葉以尋根，沿波而討源。煒舜這本書專論「晚明話本帝王故事」，以範疇而論，比較接近「歷史（人物）小說」，只是他審視的焦點收縮到古代帝王身上（注意：唐明皇的好道、郭威錢鏐的發跡、宋高宗的偏安，皆與治亂興衰史關係甚大）。總之，從自（作者）、他兩方面掌握此書內容，《世俗想像與歷史記憶》有兩個特點：

1. 自：作者選用了考證方法（「新考」）

2. 他：以帝王故事為研究對象

說到「帝王故事」和「素材新考」，我們難免要聯想起小說名著《三國演義》和陳壽《三國志》。

以「帝王故事」而論，中國讀者對魏武帝（曹操）、昭烈帝（劉備）、吳太祖（孫權）、晉高祖（司馬懿）、晉武帝（司馬炎）的故事應該都不會感到陌生。然而，一般讀者未必看過陳壽的《三國志》，因此，世人對於曹、劉、孫、司馬懿等人有相當的認識，是緣於小說《三國演義》。

三分歸晉（司馬家）之後怎樣？筆者發現，一般學生對晉朝和晉以後的帝王故事知道得不多（只聽說過「司馬昭之心」。）煒舜此書，為我們疏理了以下帝王故事的來龍去脈：

・梁武帝

・隋煬帝

　・唐明皇

　・武肅王

　・周太祖

　・宋太祖

　・宋高宗

　・金廢帝

以上這個系列（由南朝的梁武帝開始），正好接續晉朝帝王故事。

　　事實上，中國小說家似乎偏愛讓帝王在小說中充當特定的角色。這個現象，在經典名著中也有不少例子。

　　我們知道，明代小說《西遊記》敘寫了玄奘取經的緣起。是誰派玄奘前往天竺取經？是唐太宗。（按：歷史上，玄奘是犯禁出關，不是唐太宗派遣的。）所以，實際上，是小說家安排一個「上司」給玄奘。

　　《水滸全傳》是這樣開頭的：「話說大宋仁宗天子在位，嘉祐三年三月三日五更三點，天子駕坐紫宸殿，受百官朝賀⋯⋯」就是這個宋仁宗派殿前太尉洪信前往江西信州龍虎山，然後，洪信放了一百零八個妖魔出來，於是，百多名好漢縱橫天下⋯⋯

　　明末小說《金瓶梅》多寫西門家在山東老家作威作福。西門慶能夠在地方上橫行，是因為他有京城的君臣做靠山。第七十一回寫西門慶見皇帝，「這皇帝〔宋徽宗〕生得堯眉舜目，禹背湯肩，才俊過人，口工詩韻，善寫墨君竹，能揮薛稷書，通三教之書，曉九流之典。朝歡暮樂，依稀似劍閣孟商王；愛色貪花，彷彿如金陵陳後主⋯⋯」這段話先褒後貶，看來宋徽宗也是陳後主的「同路人」。

　　上述這些帝王（唐太宗、宋仁宗、宋徽宗）都是小說中的配角。

　　帝王充當小說主角情況又是怎麼樣的呢？讀者細閱煒舜這本書，可以了解小說家的手法和價值取向（例如：獵奇、取寵⋯⋯）。

在研究方法方面，煒舜標示「新考」。

所謂新考，是以「素材新考」為主。上世紀初，胡適推崇俗文學，他把白話文學看成中國古典文學的中心。在這個研究領域內，白話小說是重中之重。從一九二〇到一九二九年，胡適對《水滸傳》、《三國演義》、《西遊記》、《紅樓夢》、《鏡花緣》、《兒女英雄傳》等小說進行了系統的研究，他有以下諸文：

- 1920年7月〈《水滸傳》考證〉；
- 1921年1月〈《水滸傳》後考〉；
- 1921年11月〈《紅樓夢》考證〉；
- 1922年5月〈《三國志演義》序〉；
- 1923年2月〈《西遊記》考證〉；
- 1929年2月〈《百二十回忠義水滸傳》序〉⋯⋯

胡適的文章，顯示他重視考索「前文本」。

《紅樓夢》有前文本可考嗎？《紅樓夢》第一回這樣寫：「空空道人因空見色，由色生情，傳情入色，自色悟空，遂改名情僧，改《石頭記》為《情僧錄》。東魯孔梅溪題曰《風月寶鑑》。後因曹雪芹於悼紅軒中披閱十載，增刪五次，纂成目錄，分出章回，又題曰《金陵十二釵》⋯⋯」因此，這本小說成書的過程特別引人入勝。

胡適的方法，對後來學者頗有啟發。我們知道，十九世紀中，周汝昌在胡適的考證基礎上寫成《紅樓夢新證》（1953年9月由上海棠棣出版社出版）。「新證」就是新的考據、考證。

到了二十一世紀，臺灣學者黃一農先生提倡用「E考據」探討《紅樓夢》的「前事」，他寫成了《二重奏：紅學與清史的對話》一書（考出許多與小說情節相關的帝王家事）。「E考據」就是「大數據時代」（The era of big data）的新考據。

《世俗想像與歷史記憶》也屬於新考。

　　書本的第二至第六章的題目上都標示了「新考」二字，讀者自然可以期望他找到新的素材（前文本），當然，煒舜的工作還包括為我們分析小說家怎樣在各種素材的基礎上進行加工（他也指出小說家將某些素材勉強黏合）。

　　帝王故事是編故事的「好素材」，當代小說家金庸（原名查良鏞）也喜歡以帝王為小說角色：他的《射雕英雄傳》讓虛構人物郭靖與成吉思汗演「對手戲」；他寫《鹿鼎記》，又安排虛構人物韋小寶與康熙大帝「交手、互動」。

　　成吉思汗、康熙等帝王威名遠播，他們的經歷對讀者有很大的吸引力，也難怪小說家一再垂青：二月河的小說《康熙大帝》、《雍正皇帝》、《乾隆皇帝》三書歷數帝王家事，而金庸在《射雕》之末附上一大篇「成吉思汗家族」（考證）。我想，「帝王系」以後還會延續下去，但許多小說家務虛之心比較強，未必人人像金庸那般務實做歷史考證。（據說金庸晚年的博士論文討論「唐代盛世的皇位繼承制度」。可見，金庸不是一時興起。）

　　我們看煒舜這本書，可以了解梁武帝、隋煬帝、唐明皇、武肅王、周太祖、宋太祖、宋高宗、金廢帝等君主怎樣「進入」小說，與此同時，煒舜可能已經開始關注另一個帝王，而且，正預備為我們細說另一個故事的因緣。

洪濤

謹識於香港沙田馮景禧樓

二〇一八年六月三十日

目次

第一章
緒論

一　研究旨趣

　　中國敘事文學以帝王為主角的傳統源遠流長。如王青所指出，中國文明的產生是對於生產勞動力的操縱而達成的。由於財富的集中，亦即文明的產生是藉政治的秩序（即人與人之間的關係上）而造成，而這一時期的政治秩序乃是由以父系氏族為單位的社會組織而確定的，這就決定了中國古代的神話在根本上是以氏族團體為中心的人文神話。氏族祖先，同時又是政治領袖及文化英雄，中國神話中將占據主角的位置。[1]從袁珂所編《古神話選釋》可見，盤古、伏羲、神農、黃帝、堯、舜、禹等古帝王的故事構成了先秦神話的主體。其題材雖涵納了創世、始祖、洪水、戰爭、英雄、發明等諸種類型，但各類神話又多以聖君或英雄為主角，以表現他們的卓越事蹟。此後，戰國著作如《穆天子傳》、《禹本紀》等，分別以周穆王與大禹為主角。漢魏六朝小說如《漢武故事》、《漢武帝內傳》等皆以漢武帝為主角，《西京雜記》時有以帝王為主角的條目，《拾遺記》更如本紀體般逐一羅列歷代帝王的志怪故事。唐宋之世，帝王故事的體裁亦日趨多元化。如《明皇雜錄》、《開元天寶遺事》等為筆記類，〈隋遺錄〉、〈海山記〉、〈迷樓記〉、〈開河記〉、〈長恨歌傳〉、《青瑣高議》等為傳奇類，〈舜子變〉、〈唐太宗入冥記〉等為敦煌變文，《武王伐紂平話》、

1　王青：〈中國神話形成的主要途徑：歷史神話化〉，《東南文化》1996年第4期，頁45。

《三國志平話》、《五代史平話》等則為宋人之長篇講史平話。明代以降，這些前代作品往往成為新興章回小說及話本編纂作者們樂於採用的材料。章回小說有《東周列國志》、《三國演義》、《隋煬帝豔史》、《隋唐志傳》、《殘唐五代史演義傳》、《飛龍傳》、《大明英烈傳》等，單篇話本中以帝王為主角者至少有九篇。

晚明之世，程朱理學影響漸衰，社會經濟繁榮，通俗文學日益興盛，「三言二拍」等話本集可謂表表者。如申孟所論，「三言二拍」所收錄的近二百個話本有三個來源，其一是收編宋元話本作整理加工，其二是採擇列代史傳、筆記、戲曲故事敷衍成篇，其三是馮夢龍自編故事。[2]換言之，有改編自宋元話本的（第一類），也有馮夢龍、凌濛初新創作的（第二、三類）。在馮、凌的先導下，各種話本集如《西湖二集》、《石點頭》、《型世言》等亦先後面世。整體來看，這些話本以社會中下層人物為主角者比例居上，所選取的多為小官吏、小市民、商賈、僧道、妓女、甚至偷盜等各種世俗人物，生動地反映出晚明世態萬象。陳大康指出，這些作品中尤以愛情婚姻、商賈力量的膨脹與金錢勢利對社會生活的衝擊，以及中下層知識分子的命運等方面的內容最多。[3]另一方面，宋若雲則認為，在晚明話本中不乏忠臣孝子、清官循吏的形象，但這類形象顯然過於陳腐、缺乏魅力。[4]實際上，這類較傳統的形象還包括一向能引起讀者興趣的帝王。這種情況已為徐定寶所注意：明中葉以前，充當小說角色的主體往往是帝王將相、才子佳人或英雄豪傑、神妖魔怪，至明中葉後，世情小說的出現

---

2 申孟：〈前言〉，〔明〕馮夢龍：《喻世明言》（上海市：上海古籍出版社，1992年），頁1-2。

3 陳大康：《明代小說史》（上海市：上海文藝出版社，2000年），頁615。

4 宋若雲：《逡巡於雅俗之間：明末清初擬話本研究》（北京市：中國社會科學出版社，2006年），頁212。

打破了這一局面，市民生活開始成為建構小說文化框架的基礎，這在
「三言二拍」中顯得尤為充分，創作內容的世俗化稱得上這兩部話本
小說的文化共性。[5]而楊宗紅認為，小說家懷揣著夢想，去修補或重
建政治秩序，其中不乏自我個性的張揚，但以醒世、明世、型世為己
任的情懷促使他們主要通過神異性敘事，宣揚統治者的合法性。[6]而
當曾受命於天的帝王的行為違背了天理，則「天」也就對其不再眷
顧。如小說家對金海陵王與隋煬帝的描寫，均表明縱慾之結果。[7]無
論聖君之神異，還是昏君之縱慾，都會引起世人的興趣。故晚明話本
中的帝王故事，或敘述帝王發跡前的平民生活，或以讀者較為疏離的
宮廷世界為背景，或為宗教勸導，或為政治宣傳，或為歷史評說，或
為宮廷獵奇，多取材自正史、稗史、文言小說、戲曲、宗教書籍等，
大抵屬於申孟所云第二類。劉勇強則指出，編創者必然要面對對原作
的繼承與改造問題，讓原作的藝術底蘊得到最大化的發揮而又不為原
作所拘束，是話本小說家創作的一個著力方向。[8]

　　本研究通過八篇話本的文本考察，認知晚明作者們如何根據眾多
帝王故事的前文本（pre-text）來建構文人話本，進一步理解晚明話本
的寫作藝術，並考察身處晚明世俗文化語境中的人們，對於作為宮廷
文化象徵的帝王及其所代表的歷史記憶如何投射想像。

5　徐定寶：《凌濛初研究》（合肥市：黃山書社，1999年），頁141。

6　楊宗紅：《理學視域下明末清初話本小說研究》（廣州市：暨南大學出版社，2017
　　年），頁269-270。

7　同前註，頁272。

8　劉勇強：《話本小說敘論：文本詮釋與歷史建構》（北京市：北京大學出版社，2015
　　年），頁105。

二 文獻檢討

晚明話本中的帝王故事，近百年來一直並非研究焦點。究其原因，一是帝王作為宮廷文化的象徵，未必能代表晚明話本通俗文學的核心精神，二是研究資料的匱乏。不過民初以來，學者就晚明話本作整體研討時也往往會觸及。在作者與資料來源的考察方面，同作於一九三一年的鄭振鐸〈明清二代的平話集〉、孫楷第〈三言二拍源流考〉兩文可謂開山之作。如講述周太祖郭威發跡變泰的〈史弘肇龍虎君臣會〉為例，鄭氏認為此篇當為宋人所作。[9]孫氏則指出明人晁瑮「《寶文堂目》子雜類作〈史弘肇傳〉」，[10]蓋以〈史〉篇所記史弘肇部分即晁瑮著錄之〈史弘肇傳〉。趙景深自一九三六年發表〈警世通言的來源和影響〉後，兩年間陸續就其他二言及二拍篇章發表專文，諸文在鄭、孫的基礎上補充了不少資料。仍以〈史弘肇龍虎君臣會〉為例，趙氏指出史弘肇其人於《舊五代史》有傳，金院本、元雜劇皆有以其人為名的作品，而《五代史平話》中有涉及周太祖的段落。[11]一九五五年，嚴敦易發表〈《古今小說》四十篇的撰述時代〉，對於諸篇亦有探析。如其認為〈臨安里錢婆留發跡〉的題材與〈史弘肇龍虎君臣會〉類似，錢鏐賭博一段與宋人風格相近，然文中所云「杭州府臨安縣」乃明代所設置，合文體而觀之，當係明人所作。[12]至一九八〇年，胡士瑩《話本小說概論》、[13]譚正璧《三言兩拍資料》先後出

9　鄭振鐸：〈明清二代的平話集〉，載《中國文學研究》（北京市：作家出版社，1957年）上冊，頁385。

10　孫楷第：〈三言二拍源流考〉，《滄州集》（北京市：中華書局，2009年），頁110。

11　趙景深：《中國小說叢考》（濟南市：齊魯書社，1980年），頁327。

12　嚴敦易：〈《古今小說》四十篇的撰述時代〉，載〔明〕馮夢龍編著、嚴敦易校注：《古今小說》（北京市：文學古籍刊行社，1955年）。

13　胡士瑩：《話本小說概論》（北京市：商務印書館，2012年）。

版，[14]對諸話本晚明話本源流的考索更進一步。尤其譚氏積數十年之功，蒐羅剔抉，各種前文本一一羅致，學者稱便。此外，如〈金海陵縱慾亡身〉一篇，譚氏在臚列各種資料後，罕有地用可觀篇幅考辨了一些重要問題，如斷定這篇晚明話本的前身〈金主亮荒淫〉業已因民初繆荃孫刊印《京本通俗小說》時刪去而失傳，其後葉德輝刊本係將〈金海陵縱慾亡身〉改頭換面的偽本而已。此外，譚氏亦扼要論及這篇話本如何改編《金史・后妃傳》，頗具參考價值。胡士瑩書自云多採譚氏之說，但覆蓋了「三言二拍」以外的話本集。如〈宋高宗偏安耽逸豫〉一篇，胡氏即考其本自《武林舊事》及《西湖遊覽志餘》。[15]一九八一年，日本學者刊印小川陽一《三言二拍本事論考集成》，雖不錄原文，然克博采諸家之說，且時有己見及補充。如〈梁武帝累修成佛〉篇，在譚正璧基礎上增入了明末朱國禎《湧幢小品》資料一則。〈趙太祖千里送京娘〉一篇，指出《金瓶梅詞話》第六十五回中，歌郎李瓶兒靈前以各樣百戲弔唱，其中便有《趙太祖千里送荊娘》。此外，小川又指出明沈德符《顧曲雜言》的「雜劇院本」部分有《千里送荊娘》雜劇。[16]復如黃大宏〈譚正璧《三言二拍資料》札記〉一文對譚書的疏漏有所補正，然未及帝王故事諸篇。[17]

　　以上諸著作限於體例，皆無法就文本改寫進一步展開論述。值得注意的還有對馮夢龍《太平廣記鈔》的研究。成書於宋太宗太平興國三年（西元978年）的大型類書《太平廣記》，保存了北宋之前許多小說。馮夢龍編選、評點《太平廣記》，完成《太平廣記鈔》的選評本，

---

14 譚正璧：《三言兩拍資料》（上海市：上海古籍出版社，1980年）。

15 胡士瑩：《話本小說概論》，頁754。

16 〔日〕小川陽一：《三言二拍本事論考集成》（東京：新典社，1981年），頁131。

17 黃大宏：〈譚正璧《三言二拍資料》劄記〉，《古籍整理研究學刊》2002年4期，頁8-14。

以達到重編、校勘和教化之目的。當然，《太平廣記》的豐富素材，
當對馮夢龍乃至凌濛初在撰構文人話本時頗有資益。如許建崑〈馮夢
龍《太平廣記鈔》初探〉，[18]傅承洲〈馮夢龍《太平廣記鈔》的刪訂與
評點〉、[19]康韻梅〈馮夢龍《太平廣記鈔》的編纂和評點〉等，[20]皆對
《太平廣記鈔》有較為深入的研究。此外，臺灣師範大學碩士生洪明
璟的學位論文，通盤考察了馮氏話本對《太平廣記》的重寫，[21]值得
注意。

　　而關於帝王故事文本改寫的探研，筆者所見僅有吳海勇、陳道貴
〈梁武帝神異故事的佛經來源〉、[22]曾慶全《明代擬話本作品賞析》所
選〈宋高宗偏安耽逸豫〉的「賞析」等寥寥數篇而已。[23]再者，對於
帝王故事的文本分析亦時見成績。如陶祝婉〈英雄不好色，好色非英
雄：《警世通言・趙太祖千里送京娘》試析〉即是。[24]

　　有關各種前文本的研究也值得注意。如凌翼雲〈《梁傳》初探〉、[25]
徐立強〈「梁皇懺」初探〉、[26]聖凱〈《梁皇懺》及其作者辨析〉、[27]郭

18　收錄於氏著《情感、想像與詮釋：古典小說論集》（臺北市：萬卷樓圖書公司，2010
　　年），頁99-131。

19　見《南京師範大學學報（社會科學版）》2012年6期，頁140-146。

20　見《嶺南學報》第七輯（2017年），頁127-170。

21　洪明璟：《〈三言〉重寫《太平廣記》故事之研究》（臺灣師範大學國文學系在職進
　　修碩士班學位論文，2013年）。

22　吳海勇、陳道貴：〈梁武帝神異故事的佛經來源〉，載於陳允吉主編：《佛經文學研
　　究論集》（上海市：復旦大學出版社，2004年），頁360-369。

23　曾慶全選析：《明代擬話本作品賞析》（南寧市：廣西教育出版社，1989年）。

24　陶祝婉：〈英雄不好色，好色非英雄：《警世通言・趙太祖千里送京娘》試析〉，《社
　　會科學論壇（學術研究卷）》2009年8月號，頁136-140。

25　凌翼雲：〈《梁傳》初探〉，載於文憶萱主編：《目連戲研究論文集》（長沙市：《藝
　　海》雜誌編輯部，1993年），頁157-171。

26　徐立強：〈「梁皇懺」初探〉，《中華佛學研究》1998年第3期，頁177-206。

27　聖凱：〈《梁皇懺》及其作者辨析〉，載《中國佛教懺法研究》（北京市：宗教文化出
　　版社，2004年）。

紹林〈舊題唐代無名氏小說《海山記》著作朝代及相關問題辨正〉、[28]
章培恆〈《大業拾遺記》、《梅妃傳》等五篇傳奇的寫作時代〉、[29]李劍
國〈《大業拾遺記》等五篇傳奇寫作時代的再討論〉、[30]夏秀麗〈〈大業
拾遺記〉與〈隋煬三記〉淺析〉、[31]李菁〈唐傳奇文《煬帝開河記》研
究〉、[32]曾軼靜《隋唐至明末隋煬帝題材小說研究》、[33]史佳佳〈唐玄
宗類型小說的三種模式及其演變特點〉、[34]孫微、王新芳〈《明皇雜
錄》佚文拾遺〉、[35]張玉蘭〈《葉淨能詩》淺析〉、[36]吳真〈《太平廣
記‧葉法善傳》的版本源流與地方宗教知識〉、[37]《為神性加注：唐宋
葉法善崇拜的造成史》、[38]馮靜武〈葉法善的忠孝思想論略〉、[39]趙紅

28 郭紹林：〈舊題唐代無名氏小說《海山記》著作朝代及相關問題辨正〉，《洛陽師專學報》1998年第1期，頁57-62。

29 章培恆：〈《大業拾遺記》、《梅妃傳》等五篇傳奇的寫作時代〉，《深圳大學學報（人文社會科學版）》第25卷第1期（2008年1月），頁106-110。

30 李劍國〈〈大業拾遺記〉等五篇傳奇寫作時代的再討論〉，《文學遺產》2009年第1期，頁21-28。

31 夏秀麗：〈〈大業拾遺記〉與〈隋煬三記〉淺析〉，《萍鄉高等專科學校學報》第27卷第5期（2010年10月），頁44-47。

32 李菁：〈唐傳奇文《煬帝開河記》研究〉，《廈門大學學報（哲學社會科學版）》2012年第2期，頁32-38。

33 曾軼靜：《隋唐至明末隋煬帝題材小說研究》（暨南大學碩士學位論文，2008年）。

34 史佳佳：〈唐玄宗類型小說的三種模式及其演變特點〉，《西昌學院學報（社會科學版）》2008年第4期，頁39-42。

35 孫微、王新芳〈《明皇雜錄》佚文拾遺〉，《古籍整理研究學刊》2011年第1期，頁36-41。

36 張玉蘭：〈《葉淨能詩》淺析〉，《湖北經濟學院學報（人文社會科學版）》2008年5月號，頁885-86。

37 吳真：〈《太平廣記‧葉法善傳》的版本源流與地方宗教知識〉，《國際養生旅遊高峰論壇暨葉法善道家養生文化研討會論文集》，中國武義，2010年。

38 吳真：《為神性加注：唐宋葉法善崇拜的造成史》（北京市：中國社會科學出版社，2012年）。

39 馮靜武：〈葉法善的忠孝思想論略〉，《中華文化論壇》2011年第4期，頁136-139。

〈從敦煌變文《葉靜能詩》看佛教月宮觀念對唐代「明皇遊月宮」故事之影響〉等即是。[40]這些帝王故事所涉及之歷史的研究，則有顏尚文《梁武帝》、[41]姚德永〈迷樓考〉、[42]田道英〈貫休與錢鏐交往考辨〉、[43]李建勳〈金海陵王婚姻之分析〉等。[44]

有關帝王故事的研究，與本計畫主題相關的有劉天振、孫瓊曦〈論《青瑣高議》中帝王故事的世俗化傾向〉。該文認為《青瑣高議》所收一四六篇作品中有十六篇是帝王題材的故事。這些故事的敘事重心由政治勸誡轉向了娛樂媚俗，創作方法由糾纏於正史躍進到恣意虛構，語言風格由含蓄蘊藉變為樸野直露。究其原因，為五代以後帝王權威的嚴重下降、創作主體社會地位與接受主體審美旨趣的變遷以及話本小說審美趣味對傳奇小說的滲透。[45]

此外，馬燦傑等所編「中華帝王野史大系」洋洋六冊，蒐羅不少有關帝王的小說資料，惜猶有遺漏（如《穆天子傳》、〈唐太宗入冥記〉、〈梁武帝累修成佛〉等皆未錄入）。[46]

有鑑於上述研究狀況，筆者曾於《漢學研究》第二十七卷第一期發表了〈借用與對峙：互文性視域下的〈梁武帝累修成佛〉〉一文，以作拋磚引玉之用。拙文在譚正璧的基礎上補充了一些情節的出處，且指出此作係聯綴改編既有典籍文本而成，以「借用」與「對峙」為切

40 趙紅：〈從敦煌變文《葉靜能詩》看佛教月宮觀念對唐代「明皇遊月宮」故事之影響〉，《敦煌研究》2011年第1期，頁94-98。

41 顏尚文：《梁武帝》（臺北市：東大圖書公司，1999年）。

42 姚德永：〈迷樓考〉，《揚州師院學報（社會科學版）》1982年第1期，頁114-115。

43 田道英：〈貫休與錢鏐交往考辨〉〉，《樂山師範學院學報》2002年第3期，頁56-57、頁91。

44 李建勳：〈金海陵王婚姻之分析〉，《農墾師專學報》1994年第4期，頁8-12。

45 劉天振、孫瓊曦：〈論《青瑣高議》中帝王故事的世俗化傾向〉，《浙江師範大學學報（社會科學版）》2009年第6期，頁115-119。

46 馬燦傑等編：《中華帝王野史大系》（北京市：團結出版社，1998年）。

入點，將該小說分為十五個段落，論述小說文本的築構過程，通過主題、題材、情節與角色的分析，從互文性的視域探論這篇小說的得失。

三 晚明話本中帝王故事及其前文本概覽

魯迅謂南宋、元代話本多講近時事，「北宋已少，何況漢唐」。[47]
然晚明話本則未必，帝王故事的主角有梁武帝蕭衍、隋煬帝楊廣、唐玄宗李隆基、吳越王錢鏐、後周太祖郭威、宋太祖趙匡胤、宋高宗趙構、金海陵王完顏亮等。茲將以帝王為主角的作品表列如下：

	書名	卷次	篇名	主角
1	喻世明言	十五	史弘肇龍虎君臣會	郭威
2	喻世明言	二一	臨安里錢婆留發跡	錢鏐
3	喻世明言	三一	梁武帝累修成佛	蕭衍
4	警世通言	二一	趙太祖千里送京娘	趙匡胤
5	醒世恆言	二三	金海陵縱慾亡身	完顏亮
6	醒世恆言	二四	隋煬帝逸遊召譴	楊廣
7	初刻拍案驚奇	七	唐明皇好道集奇人，武惠妃崇禪門異法	李隆基
8	西湖二集	一	吳越王再世索江山[48]	錢鏐

---

47 魯迅：《中國小說史略》（天津市：天津人民出版社，1999年），頁223。

48 〈吳越王再世索江山〉篇幅泰半與〈臨安里錢婆留發跡〉內容相同，唯敘述較簡略，故本書不作專論。兩篇之比較，可參王展所論：《西湖二集》第一卷〈吳越王再世索江山〉和《喻世明言》第二十一卷〈臨安里錢婆留發跡〉，講述的都是吳越王錢鏐發跡變泰的野史傳說。兩相比較，〈吳越王〉不僅描寫質木無文，情節粗概簡略，而且教訓滿篇、因果循環，此時小說的整體藝術水準出現了大幅度滑落。兩

	書名	卷次	篇名	主角
9	西湖二集	二	宋高宗偏安耽逸豫	趙　構

至於作為配角的為數亦不少，如《喻世明言》所收〈陳希夷四辭朝命〉中的宋太宗、同書〈趙伯升茶肆遇仁宗〉中的宋仁宗、《警世通言》所收〈俞仲舉題詩遇上皇〉中的宋高宗、同書〈樂小舍棄生覓偶〉中的吳越王錢鏐，以及《石點頭》所收〈唐明皇恩賜纏衣緣〉中的唐玄宗等。此外，又如《西湖二集》的作者周楫「好稱帝德」，每於篇章中插敘明太祖、成祖之事，不一而足。

　　晚明話本集的編者，多相信小說有教化之功能。如馮夢龍〈古今小說序〉指出：「試今說話人當場描寫，可喜可愕，可悲可涕，可歌可舞；再欲捉刀，再欲下拜，再欲決脰，再欲捐金；怯者勇，淫者貞，薄者敦，頑鈍者汗下。雖小誦《孝經》、《論語》，其感人未必如是之捷且深也。噫，不通俗而能之乎？」周楫懷才不遇，作《西湖二集》以澆塊壘。此書雖以杭州西湖掌故為核心，然湖海士為此書作序云：「游斷橋、蘇堤，而兩公之明德如在，以是知魚鱉咸若存聖世之風，高賢長者留千秋之澤。彼豪暴之吏，亦復何存？蓋前人者，後事

篇小說均敘述了錢鏐幼年時「照見山石影幻帝王之相」和「召集玩伴樹下演武操練」兩段故事。通過比照閱讀兩篇文字可以發現三處明顯不同：第一，〈吳越王〉描寫粗糙簡陋，僅用寥寥二百字就交代了故事情節，讀來索然寡味；〈臨安里〉則描摹細膩，大大擴充了情節內容，並增添了諸多人物言語和心理刻畫，文字飽滿充實。第二，〈吳越王〉是將故事情節作為貴人發跡前的奇聞逸事來敘述的，著眼點在於表現宿命觀點和小說情節的奇異，對於人物形象塑造幾乎未曾涉及；〈臨安里〉則抓住情節契機，著力塑造了一個自幼性格特異、智慧過人、氣質不凡的人物形象，預示了人物成年後得以變泰發跡的合理的性格特徵。第三，〈吳越王〉在敘述兩個小故事時採用的是並列式安排，二者之間沒有展現出必然的內在聯繫；〈臨安里〉卻通過調整兩個故事的先後敘述順序，在時間上和邏輯上把二者統一起來，使故事情節的組織更加嚴謹有序、流暢通達。見氏著〈明代白話短篇小說藝術衰退的表徵與解讀〉，《文教資料》2016年12月號，頁9-11。

之師矣，流芳遺穢，其尚鑒之哉！」《西湖二集》「好頌帝德」的特徵，魯迅於《中國小說史略》便有提及。[49]有學者認為，這實際上是作者對現實社會、當今統治者及朝廷感到強烈的不滿，卻又受制於現實的枷鎖，無法直接表達他的思想，於是他通過話本小說，借助筆下的人物來表達他心中所想，發洩心中所怨，引起讀者共鳴……期冀通過這種方式或多或少地警惕大家共同來挽救頹危的現實社會。[50]然而除教化之外，編者們不得不考量讀者的興趣。睡鄉居士〈拍案驚奇序〉稱凌濛初：「其所挶摭，大都真切可據。即間及神天鬼怪，故如史遷紀事，摹寫逼真，而龍之踞腹，蛇之當道，鬼神之理，遠而非無，不妨點綴域外之觀，以破俗儒之隔見耳。若夫妖豔風流一種，集中亦所必存。」又引凌氏之語云：「使世有能得吾說者，以為忠臣孝子無難；而不能者，不至為宣淫而已矣。」與馮、周相比，在勸導教化之餘，較為直接地表達出對市場需求的看重與配合。整體而言，這些帝王故事的話本作品由於主角身分的限制，背景必然設定於特定的歷史時空，而故事亦多以講史為主。即使如此，其內容的虛構比例也各各不同。如〈宋高宗偏安耽逸豫〉（下稱〈宋〉篇）大抵以《四朝聞見錄》、《武林舊事》、《夢粱錄》、《西湖遊覽志餘》等雜史及地理類典籍中的條目拼接而成，這些條目之內容多為學者視為信史而採用，縱其內容有虛構處，亦大抵與〈宋〉篇撰者無涉。然如〈隋煬帝逸遊召譴〉（下稱〈隋〉篇），亦由《隋遺錄》、〈海山記〉、〈開河記〉、〈迷樓記〉而拼接，然因諸傳奇情節多所虛構，故〈隋〉篇之內容亦然。復如〈唐明皇好道集奇人，武惠妃崇禪鬥異法〉（下稱〈唐〉篇），據《明皇雜錄》、《太平廣記》等書采擷而重寫，然於前文本原意無大出入。而如〈梁武帝累修成佛〉（下稱〈梁〉篇）對於前文本則不時有

49　魯迅：《中國小說史略》（上海市：上海古籍出版社，1998年），頁142。
50　王芳：《論《西湖二集》的文人化傾向》（湖北大學中文系碩士論文，2012年），頁1。

借用之處，如「辯『五月而刑剋父母』」故事本出自《史記・孟嘗君列傳》，〈梁〉篇作者卻歸之於梁武帝名下。至如〈金海陵縱慾亡身〉（下稱〈金〉篇），雖以《金史・后妃傳》為前文本，卻增入了大量細緻的情節描寫，乃至有學者以其與《金瓶梅》撰者同為一人。就諸篇之前文本的性質而觀之，主要可分為以下幾類：

正史類：整體而言，除〈金〉篇以正史為基礎外，其他諸篇直接引用的材料並不占絕對優勢。這些材料的用途大概可分幾點來談。其一為輔助開合，如〈隋〉篇第一段「奪嫡」採用《隋書・房陵王勇傳》以更詳細地敘述煬帝即位的經過，〈金〉篇雖以《金史・后妃傳》為主體，開首與結尾卻採用同書〈海陵本紀〉，如此既能清晰地介紹主角出場，又能簡潔地交代其歸宿如何。其二為補充缺環，如〈錢〉篇第五段「廖生望氣」，帶出鍾父聽信廖生之言，從此不再阻止二鍾與錢鏐來往的轉折。又如〈金〉篇在敘畢諸嬖的故事後，又採入同書〈張仲軻傳〉及〈梁珫傳〉的內容，以見海陵之敗亡，除耽於女色外，還因偏信小人。再如〈隋〉篇第七・二段「駕崩」，採入《隋書・齊王暕傳》中齊王遭殺一幕，以見煬帝崩時，並子嗣亦無法保全。這類情況在〈梁〉篇亦不時可見。其三為借用情節，這種情況多見於〈梁〉篇。除上文所言第四段「辯『五月而刑剋父母』」出自《史記・孟嘗君列傳》外，又如第十四段中溧陽公主一節，亦自《隋書・后妃下》的宣華夫人傳改寫而來。究其原因，蓋緣編撰者以為梁武故事的內容未豐，遂剪裁、借用他人故事而充實之爾。其四為按語性質，只見於〈史〉篇。此篇編撰者蓋因全篇內容與正史差異頗大，恐招讀者質疑，遂於篇末拈出《新五代史》中的史弘肇傳以資參照。

雜俎類：諸篇於這類材料之採用最為頻密，如〈梁〉、〈唐〉、〈錢〉、〈宋〉等篇皆然。如〈梁〉篇第十段「殺楖頭和尚」採用唐張鷟《朝野僉載》，〈唐〉篇有關張果老的段落全採《明皇雜錄》，〈錢〉

篇第一段「貫休入蜀」採用《續湘山野錄》及《七修類稿》等，
〈宋〉篇第三段「二勝環」引《貴耳集》，茲不一一。雜史類材料的
內容多富於趣味與故事性，採用後往往成為諸篇的重要段落。其中較
為成功的當屬〈唐〉篇之於《明皇雜錄》，蓋因《明皇雜錄》對張果
老的始末記載較為完整而生動，〈唐〉篇編撰者只需將其中幾個段落
因應前後文的情節發展而有所調整即可。《貴耳集》的「二勝環」故
事簡短，故〈宋〉篇採用之餘必須自他書中蒐集同類故事，從不同角
度體現高宗之苟且偷安、不思北伐。此外，由於這些故事篇幅短小而
內容精彩，故頗為適合作入話之用。除「貫休入蜀」外，如〈梁〉篇
第一段引用《朝野僉載》中「梁武帝前身為蟒」的故事、〈唐〉篇第
一段引用《明皇雜錄》之李遐周故事等皆然。

地理類：地理類書籍所載掌故亦富，故諸篇每有徵引者，其材料
之用途與雜史類亦甚相近。如〈錢〉篇第三段「石鏡照影」引《咸淳
臨安志》、《西湖遊覽志餘》，即豐富了全篇的情節。〈宋〉篇第一段
「題中和」引《西湖遊覽志餘》，即有入話的功用。不過〈錢〉、
〈宋〉以外，他篇所引地理類書籍則相對少見。

佛教類：為方便傳教及引發信眾的興趣，無論印度或中土的佛教
書籍皆含有各種各樣的故事。基於內容性質，這類書籍之徵引大抵皆
見於〈梁〉篇，如《慈悲道場懺法》、《佛祖歷代通載》、《梁武帝問誌
公禪師因果經》、《賢愚經》、《法苑珠林》等。

小說類：諸篇之中，有前文本已為小說形式而流傳於世者。如
〈隋〉篇之前文本〈海山〉、〈開河〉、〈迷樓〉三記，即為唐宋間傳
奇，出自宋人所編傳奇集《青瑣高議》。此外，歷來類書匯集之掌故
甚多，尤有一種如《太平御覽》、《太平廣記》者，摘錄前代故事而全
文收入，與《北堂書鈔》、《藝文類聚》等以詞彙、文句為檢索單位的
類書頗為不同。〈隋〉篇之前文本〈隋遺錄〉即見於陶宗儀《說郛》，

而〈唐〉篇有關葉法善、羅公遠故事的前文本則出自《太平廣記》。

四　研究方法及步驟

　　研究方法主要可分為幾個方面：一、理論運用：以克里斯蒂娃（Julia Kristeva）、薩莫瓦約（T. Samoyault）等提出的互文性理論為基礎，探討晚明諸話本之「引文馬賽克」與眾多的前文本間的關聯。二、歷史研究：（1）故事主角方面：將故事主角與相關史傳記載及評論相比較。（2）創作背景方面：將文本特徵與創作背景相結合，以了解改寫的動機。三、文本解析：通過相關文本的解析，全面掌握晚明話本中帝王故事的風格特徵、變化及與當世文風的關聯。就本文涉及的幾個重要名詞，茲此先行界定如下：

1. 互文性（Intertexuality）：又稱「文本間性」，是出現於一九六〇年代的一個重要批評概念，通常被用來指示兩個或兩個以上文本間發生的互文關係，包括（1）兩個具體或特殊文本之間的關係（一般稱為transtexuality）；（2）某一文本通過記憶、重複、修正，向其他文本產生的擴散性影響（一般稱作intertexuality）。而所謂互文性批評，就是放棄那種只關注作者與作品關係的傳統批評方法，轉向一種寬泛語境下的跨文本文化研究。

2. 話本：又叫說話、詞話，為宋代以降說書人的講稿。話本可以只是一個大綱雛型，有賴說書人當場發揮，也可以是內容完備的短篇小說。本書所言晚明話本，乃是指晚明文人馮夢龍、凌濛初、周清源等蒐集、整理、編寫的作品，亦即魯迅所謂擬話本或傅承洲所謂文人話本。[51]

---

51 傅承洲：〈擬話本概念的理論缺失〉，載周建渝、張洪年、張雙慶編：《重讀經典》（香港：牛津大學出版社（中國）有限公司，2009年），卷一，頁12-25。

3. 帝王故事：以散文或詩的形式敘述一個與帝王有關的、真實的或虛構的事件，或者敘述一連串這樣的事件。

　　三言二拍等話本作品都由編纂者經過一番慘澹經營、加工組織，將各種前文本串合潤色而成。洵如孫楷第〈三言二拍源流考〉之言：「凌氏的擬話本小說，得力處在於選擇話題，借一事而構設意象。往往本事在原書中不過數十字，記敘舊聞，了無意趣。在小說則清談娓娓，文逾數千。抒景寫情，如在耳目。化神奇于臭腐，易陰滲為陽舒，其功力亦實等於創作。」[52]所言極是。抑有進者，魯迅在《中國小說史略·明之擬宋市人小說及後來選本》評論《醒世恆言》，認為其中的精彩故事大多以近代為背景：「明事十五篇則所寫皆近聞，世態物情，不待虛構，故較高談漢唐之作為佳。」[53]非僅《醒世恆言》，晚明以三言二拍為首的文人話本，大率皆是這種情況。

　　蒐集考辨相關資料、並比勘這九篇晚明話本的文本後，筆者從其與前文本的關係入手，將〈趙太祖千里送京娘〉以外的六篇作品就築構形式歸納為三種類型，並逐類加以分章探析。

　　第一類「迻錄與拼接」，以〈隋煬帝逸遊遭譴〉、〈宋高宗偏安耽逸豫〉兩篇為代表。這類作品大量抄撮固有前文本，僅在段落次序上有所調整，視前文本變更為最少。正如趙景深指出，〈隋〉篇乃〈隋遺錄〉上下、〈海山記〉上下、〈迷樓記〉、〈開河記〉六篇宋人傳奇合成，大部分運用原來的文言。胡士瑩以〈宋〉篇本自《武林舊事》卷七及《西湖遊覽志餘》卷三；曾慶全則謂此篇「文風較古樸，許多段落抄錄前人的原文」。然趙氏謂〈隋〉篇綴合上頗費匠心，曾氏稱〈宋〉篇「一個個事件交代清楚，輪廓分明，滲透著作者的愛憎感

---

52 孫楷第：〈三言二拍源流考〉，《滄州集》，頁130。
53 魯迅：《中國小說史略》，頁223。

情」。筆者以為，〈隋〉篇的文本築構可歸納為直接迻錄、原文刪節、內容增補、剪接穿插及細部改寫五方面，〈宋〉篇對於前文本素材的重組則主要為原意迻錄、文字縮略、內容增飾、段內拼貼及細部改寫五方面。

第二類「采擷與重寫」，以〈唐明皇好道集奇人，武惠妃崇禪鬥異法〉一篇為代表。〈唐〉篇所依據的前文本數量較〈隋〉篇為多，與〈宋〉篇可比擬，然其蒐集串連、共冶一爐之餘，文字細部也有更多的修飾更易，獨創性視第一類為強。據譚正璧考據，〈唐明皇好道集奇人〉的內容多出自《明皇雜錄》及《太平廣記》，輔以《宣室志》、《獨異志》、《開天傳信錄》、《酉陽雜俎》等子書。與直接的迻錄拼接不同，凌濛初作者就前文本作出大量的白話改寫，加以描寫潤飾，使文字、情節更為生色。進而言之，唐明皇故事流傳久遠，具有為數不少的前文本；而這些前文本在流傳的過程中，已有整合的趨勢。而凌濛初在撰構此篇時，更花了不少心思，勉力使各個故事更為連貫一致。

第三類「吸納與烘染」，以〈史弘肇龍虎君臣會〉、〈臨安里錢婆留發跡〉及〈金海陵縱慾亡身〉為代表。就馮夢龍所纂輯的文本面貌來說，〈史〉篇為京師老郎所傳，屬於口頭紀錄，不少關於郭威的內容不見於現存其他載籍。鄭振鐸認為〈史〉篇古拙而有趣，俗語運用、人物描寫甚佳，當為宋人所作；嚴敦易認為〈錢〉篇錢鏐賭博一段與宋人風格相近。綜而言之，兩篇蓋以宋人話本為基礎，增入不少史部、小說之掌故，形成今日所見的面貌。而〈金〉篇更遠較《金史》關於海陵王的記載為生動活潑，纖毫畢現。與前兩類相比，這一類的獨創性無疑更強。戴宏森指出，歷代說書藝人必須掌握足夠多的故事、事件、語言的「部件」、「零件」，以便對書情作隨機處置，遇

路轉彎，改頭換面，借樹開花。[54]〈史〉篇各段落中的情節類型往往會出現在其他文本中，是說話人或古典小說的一種套路，甚至可說是超越文本而存在。而〈金〉篇亦在《金史》的基礎上作了大量烘染。如譚正璧認為〈金〉篇的貴哥說風情頗似脫胎自《金瓶梅詞話》王婆說風情的一段，乃至懷疑二作同出一手。

　　進而言之，還有一篇作品介於第二、三類之間，所依據的前文本數量甚多，又嘗試透過吸納與烘染的方式使內容更為豐盈，但效果卻不佳，這篇就是〈梁武帝累修成佛〉。由於馮夢龍強調通過文學作品來向世人說教，因此〈梁〉篇的傳教性質遠甚於娛樂目的，宗教意義也超越了文學意義。無論在主題、題材、情節、角色，作者都往往進一步採用了「改頭換面，借樹開花」的借用之法。然而由於前文本眾多而融匯不足，〈梁〉篇亦存在著嚴重的互文對峙，嚴重影響到作品的素質，也減少了讀者的興趣。筆者將以專章探討〈梁〉篇借用與對峙的情況。

　　附帶一提的是，明末清初伊始，長篇的歷史章回小說如雨後春筍，較話本更為興盛，如《梁武帝西來演義》、《隋煬帝豔史》、《隋唐演義》、《混唐後傳》、《殘唐五代演義》等皆是。然而，這些小說於晚明話本的材料時或採用，其中最顯著的是乾隆時吳璿編著、以宋太祖趙匡胤為主角的《飛龍全傳》，與〈趙太祖千里送京娘〉一篇關係密切。〈趙〉篇人物性格飽滿，敘述有致，語言生動，是馮夢龍就前文本潤飾過的結果，而其所參考的前文本之一，就當包括現已失傳的長篇話本小說《飛龍傳》。然而「千里送京娘」故事最早的文本，目前只存〈趙〉篇，不排除吳璿作《飛龍全傳》時，也曾參考此篇。我們姑可持〈趙〉篇與吳璿《飛龍全傳》中的相關章節相比較，略見話本在明清之際小說史上所扮演承先啟後的角色。

---

54 姜昆、戴宏森：《中國曲藝概論》（北京：人民文學出版社，2005），頁176。

第二章

迻錄與拼接
──〈隋煬帝逸遊召譴〉及〈宋高宗偏安耽逸豫〉新考

一　引言

收錄於《醒世恆言》卷二十四的〈隋煬帝逸遊召譴〉及《西湖二集》卷二〈宋高宗偏安耽逸豫〉採用了迻錄與拼接之法，將前代材料改編成文人話本。所謂迻錄，包含了直引前文本的原文，或將之作出適量的語譯，以配合讀者的水平與好尚。至於拼接，則是將前文本的段落按照己意重新進行次序編排，使之為新的主題、佈局、情節而服務。當然，在迻錄與拼接的過程中，偶有少量的增刪與改寫，但與下章所論采擷與重寫之法相比，則顯得頗為次要。〈隋〉篇以隋煬帝逸遊的故事為主題，題材與情節涉及宮廷生活與怪力亂神，趙景深指出乃〈隋遺錄〉上下、〈海山記〉上下、〈迷樓記〉、〈開河記〉幾篇傳奇合成，大部分運用原來的文言。而胡士瑩以〈宋〉篇本自《武林舊事》卷七及《西湖遊覽志餘》卷三；[1]曾慶全則謂此篇「文風較古樸，許多段落抄錄前人的原文」。[2]且趙景深謂〈隋〉篇組合上頗費匠心，曾氏稱〈宋〉篇「一個個事件交待清楚，輪廓分明，滲透著作者的愛憎感情」。兩篇不同於眾多話本小說以市民生活為主軸，故一向不太為學者及讀者所注意，歷來論者寥寥。職是之故，本章以這兩篇作品為基礎，探論其文本築構的過程及藝術得失。

1　胡士瑩：《話本小說概論》（北京市：商務印書館，2012年），頁754。
2　曾慶全選析：《明代擬話本作品賞析》（南寧市：廣西教育出版社，1989年），頁147。

二　〈隋煬帝逸遊召譴〉的文本築構

有學者指出，凌濛初的編創擬作可分為四種，即：因襲原文、素材重組、主題裂變、借事生發。[3]這四種方式也可歸納絕大部分的晚明話本作品。依此分類，〈隋煬帝逸遊召譴〉與〈宋高宗偏安耽逸豫〉皆屬素材重組一種。本節將首先論述〈隋〉篇的文本築構過程。古來有關隋煬帝的故事多有流傳，然〈隋〉篇的前文本主要為〈隋遺錄〉、[4]〈海山記〉、〈迷樓記〉、〈開河記〉幾篇宋人傳奇，又以《隋書》為輔。有關這幾篇傳奇的成書時間，魯迅以為是宋代。李劍國則認為皆當屬晚唐作品，[5]其說可從。李氏又論〈海山〉、〈迷樓〉、〈開河〉三記云：「與大中中無名氏〈大業拾遺記〉頗類，且有相同者，顯見依擬之跡。」[6]又專論〈海山記〉曰：

> 按煬帝即位及身死細情，《隋書》之〈楊素傳〉、〈司馬德戡傳〉、《通鑑》、《通鑑攷異》等述之甚詳，此所敘多不合，固為不根之談。夢陳後主一節與〈大業拾遺記〉之夢事不相重，同為幻設之辭。築西苑、造十六院海山，杜寶《大業雜記》已載之（《說郛》卷五七），當為實錄，故《通鑑‧隋紀》採之。本篇當本杜記而舖飾，唯十六院名無一相同，豈作者別擬耶？進花木一節臚列甚詳，與《西京雜記》卷一載上林苑群臣遠方各

3　黃愛華：〈簡析「二拍」素材改編的幾種模式〉，《廣東農工商職業技術學院學報》2009年第4期，頁72-75。

4　按：〈隋遺錄〉，又名〈大業拾遺〉、〈大業拾遺記〉、〈大業拾遺錄〉、〈隋朝遺事〉、〈南部煙花〉、〈南部煙花錄〉。

5　見李劍國：《唐五代志怪傳奇敘錄》（天津市：南開大學出版社，1993年）及〈〈大業拾遺記〉等五篇傳奇寫作時代的再討論〉，載《文學遺產》2009年第1期，頁21-28。

6　李劍國：《唐五代志怪傳奇敘錄》，頁896。

　　　　獻名果異樹，機杼全同，顯見依因之跡。[7]

換言之，〈海山記〉之撰寫，亦依據了為數不少的前文本如〈隋遺
錄〉、《大業雜記》、《西京雜記》等，不一而足。如「夢陳後主」一節
雖不相重，但篇幅比例甚小。而其餘諸篇的情況也大率如是。故夏秀
麗云：「觀此四篇傳奇，意在探尋隋亡之歷史根源，抨擊帝王無道。小
說雖屬歷史題材，卻並不拘泥於史實，多采傳聞軼事，甚至張惶鬼神，
實為小說筆法。四篇文字各有側重，內容多有相合映襯之處。」[8]而
就〈隋煬帝逸遊召譴〉一篇來說，四篇傳奇乃其直接參照的前文本。
僅各篇次序有所調整。鄭振鐸論〈隋〉篇云，此篇不僅內容上襲取
〈海山記〉等，連文字也襲取它們。又提出此篇形成的時代當在宋元
之際，屬於一種別體的話本，也是說話人的底本。[9]王亞婷認為
〈隋〉篇的故事「很有可能是參考了〈隋遺錄〉和『三記』而成的，
其主要故事都來源於『三記』而略有所增益，只是有些事件發生的時
間順序有所改變」。[10]王昕直接指出此篇「仿擬和教誨氣息較濃，似是
作者依照宋元話本的風格和內容而作的」，[11]相信其為馮夢龍手筆。筆
者以為，〈隋〉篇雖大抵遵循了原來的文言風格，其前文本除了諸篇
傳奇外尚含《隋書》，有較的強文人潤色痕跡。且正如鄭氏所論，馮
氏著手編纂《醒世恆言》時，宋元話本的材料已遠較其編《警世通
言》時為稀少，故《恆言》中明人作品特多，有一部分甚或是馮氏自

<hr />

7　同前註，頁896-897。

8　夏秀麗：〈《大業拾遺記》與〈隋煬三記〉淺析〉，《萍鄉高等專科學校學報》第27卷
　　第5期（2010年10月），頁44-47。

9　鄭振鐸：〈明清二代的平話集〉，載《中國文學研究》（北京市：作家出版社，1957
　　年）上冊，頁405。

10　王亞婷：《《隋煬帝豔史》研究》（廣州大學碩士學位論文，2009年），頁24。

11　王昕：《話本小說的歷史和敘事》（北京市：中華書局，2002年），頁110。

作。[12]故此，即使〈隋〉篇出現於宋元之際，馮夢龍作最後修訂的可能性仍高。趙景深《中國小說叢考》將此篇分為十五段，一一標明出處，[13]洵為開創之功。然而，如此分段略嫌瑣碎，且所列前文本僅含諸篇傳奇而不及《隋書》，可謂智者一失。為方便審覽，筆者將〈隋〉篇的情節重新分為七段，某些段落再以節次細分之。茲表列如下：

表一　〈隋煬帝逸遊召譴〉的分段及前文本

段落	內容	頁碼	前文本
1	奪嫡	333	〈海山記〉、《隋書・房陵王勇傳》
2	即位	333-334	〈海山記〉、《隋書・后妃傳》、《情史》卷十七〈情穢類〉
3.1	造迷樓	334-335	〈迷樓記〉
3.2	開西苑	335-336	〈海山記〉
4.1	慶兒夢	336-337	〈海山記〉
4.2	幸廣陵	337-338	〈開河記〉、〈隋遺錄〉上、《太平御覽》卷七四九引《大業拾遺》、《古今譚概・雜誌部第三十六・垂柳賜姓》
4.3	吳絳仙	338-339	〈隋遺錄〉上、〈隋遺錄〉下、《情史》卷六〈情愛類〉
5	夢後主	339-340	〈隋遺錄〉上、〈海山記〉
6.1	遼東歌	340	〈海山記〉
6.2	迷樓歌	340	〈迷樓記〉
6.3	王義死	340-341	〈海山記〉
7.1	下詔	341	〈隋遺錄〉下

---

12 鄭振鐸：〈明清二代的平話集〉，頁403。
13 趙景深：《中國小說叢考》（濟南市：齊魯書社，1980年），頁350-351。

段落	內容	頁碼	前文本
7.2	駕崩	341-342	〈海山記〉、《隋書·齊王暕傳》
7.3	焚迷樓	342	〈迷樓記〉

此篇前二段，曾軼靜已指出為作者所加，因而設置了小說完整的首尾架構；而後把四篇傳奇的情節輾轉穿插，形成了篇幅較大、內容詳實的新文本。這種把掌握的大量材料內容集中綴合的編纂手法，所造成的明顯效果在於給讀者以隋煬帝一生如此穢亂奢靡的審美衝擊，從而為人物定型。[14]所論甚善。補充一提的是，馮夢龍所編《情史》錄有煬帝四事，包括卷六〈情愛類〉吳絳仙條、卷十二〈情憾類〉侯夫人條、卷十七〈情穢類〉隋宣華夫人陳氏條、卷二十四〈情跡類〉雜憶詩條。[15]吳絳仙事係自〈隋遺錄〉迻鈔，侯夫人事見於〈迷樓記〉，宣華夫人事鈔自《隋書》，〈雜憶詩〉見於《古樂苑》。然四條之中，僅吳絳仙及宣華夫人事見錄於〈隋〉篇。下文中，筆者將從直接迻錄、原文刪節、內容增補、剪接穿插及細部改寫五方面來論述〈隋〉篇與其前文本之間的互文關係。

(一)直接迻錄

〈隋〉篇自幾種傳奇迻錄的文字占了極大部分，其中有些甚至是大幅迻錄。限於篇幅，謹舉數例。如第六段「遼東歌」云：

> 帝后御龍舟，中道聞歌者甚悲，其辭曰：「我兄征遼東，餓死青山下。今我挽龍舟，又困隋堤道。方今天下饑，路糧無些

---

14 曾軼靜：《隋唐至明末隋煬帝題材小說研究》（暨南大學碩士學位論文，2008年），頁32-33。

15 分見〔明〕馮夢龍：《情史》（北京市：中國戲劇出版社，2000年），頁100、201、295、459。

少。前去三千程，此身安可保！寒骨枕荒沙，幽魂泣煙草。悲
損門內妻，望斷吾家老。安得義男兒，焚此無主屍。引其孤魂
回，負其白骨歸。」帝聞其歌，遂遣人求其歌者，至曉不得其
人，帝頗彷徨，通夕不寐。[16]

此段的前文本出自〈海山記〉，其文曰：

帝御龍舟，中道夜半聞歌者甚悲，其辭曰：「我兄征遼東，餓
死青山下。今我挽龍舟，又困隋堤道。方今天下饑，路糧無些
少。前去三千程，此身安可保！寒骨枕荒沙，幽魂泣煙草。悲
損門內妻，望斷吾家老。安得義男兒，焚此無主屍。引其孤魂
回，負其白骨歸。」帝聞其歌，遂遣人求其歌者，至曉不得其
人，帝頗彷徨，通夕不寐。[17]

〈隋〉篇除將「帝御龍舟」改作「帝后御龍舟」、「中道夜半」改作
「中道」外，幾乎毫無更動。又如第四段「慶兒夢」：

大業四年，道州貢矮民王義，眉目濃秀，應對敏捷。帝尤愛
之。常從帝遊，終不得入宮，曰：「爾非宮中物也。」義乃
出，自宮以求進。帝由是愈加憐愛，得出入內寢。義多臥御榻
下。帝遊湖海回，多宿十六院。一夕中夜，帝潛入棲鸞院。時
夏氣喧煩，院妃慶兒臥於簾下。初月照軒，甚是明朗。慶兒睡
中驚魘，若不救者。帝使義呼慶兒。帝自扶起，久方清醒。帝

16 〔明〕馮夢龍：《醒世恆言》（上海市：上海古籍出版社，1992年），頁340。
17 魯迅校錄：《唐宋傳奇集》（北京市：文學古籍刊行社，1956年），頁222。

日：「汝夢中何故而如此？」慶兒曰：「妾夢中如常時，帝握妾臂，遊十六院。至第十院，帝入坐殿上，俄時火發，妾乃奔走，回視帝坐烈焰中，驚呼人救帝，久方睡覺。」帝自強解曰：「夢死得生。火有威烈之勢，吾居其中，得威者。」後帝幸江都被弒，帝入第十院，居火中，此其應也。[18]

此段亦出自〈海山記〉。「義乃出，自宮以求進」原作「義乃自宮」，「甚是明朗」原作「頗光明」，「後帝幸江都被弒」原作「大業十年幸江都被弒」，[19]他無更易。觀〈隋〉篇之細處修改，或補充敘述，或增添白話，或刪除年份（煬帝非崩於大業十年），然於情節內容乃至語言皆並無太大影響。

（二）原文刪節

如前目所論，〈隋〉篇大幅迻錄前文本的過程中，亦時有文字上的刪節。整體而言，〈隋〉篇細部的刪節多關乎描述，大部的刪節則關乎情節。細部如第四段云：

帝聞奏大喜，出敕朝堂，有敢諫開河者斬。[20]

此段前文本為〈開河記〉，「帝聞奏大喜」後尚有「群臣皆默」四字，[21]〈隋〉篇刪去。大部如同段記迎輦花曰：

18　〔明〕馮夢龍：《醒世恆言》，頁336-337。
19　魯迅校錄：《唐宋傳奇集》，頁221。
20　〔明〕馮夢龍：《醒世恆言》，頁337。
21　魯迅校錄：《唐宋傳奇集》，頁233。

> 時洛陽進合蒂迎輦花，云：「得之嵩山塢中，人不知其名。採花者異而貢之。」會帝駕適至，因以「迎輦」名之。帝令寶兒持之，號曰司花女。[22]

此節出自〈隋遺錄〉，「因以『迎輦』名之」後尚有以下描述：

> 花外殷紫，內素膩，菲芬粉蕊，心深紅，跗爭兩花，枝幹烘翠，類通草，無刺。葉圓長薄，其香氣濃芬馥，或惹襟袖，移日不散，嗅之令人不多睡。[23]

描繪迎輦花之外貌、效用甚為細緻。其後宋元話本為照顧讀者水平，往往在敘事之際就某些較艱深的詞語略作隨文解釋。然此處之描述卻類近《本草》之書，置於文中仿如雙行小註闌入正文，不僅與前後敘述文字風格不太一致，也令情節有鬆散之虞，故〈隋〉篇刪去。又如〈隋遺錄〉後文尚有江淹文集中壁魚所化繭絲等文字，[24]與迎輦花相似，亦刪之。此外，諸傳奇中亦時有關於隋唐易代之預言。如〈迷樓記〉云：

> 大業九年，帝將再幸江都。有迷樓宮人抗聲夜歌云：「河南楊柳謝，河北李花榮。楊花飛去落何處，李花結果自然成。」帝聞其歌，披衣起聽，召宮女問之，云：「孰使汝歌也？汝自為之邪？」宮女曰：「臣有弟在民間，因得此歌，曰：『道途兒童

---

22 〔明〕馮夢龍：《醒世恆言》，頁337。
23 魯迅校錄：《唐宋傳奇集》，頁202。
24 同前註，頁203。

多唱此歌。』」帝默然久之，曰：「天啟之也！天啟之也！」[25]

以楊、李花之開落暗示唐之代隋而興。又如〈海山記〉云：

> 又一夕，晨光院周夫人來奏云：「楊梅一夕忽爾繁盛。」帝
> 喜，問曰：「楊梅之茂，能如玉李乎？」或曰：「楊梅雖茂，終
> 不敵玉李之盛。」帝自於兩院觀之，亦自見玉李至繁茂。後梅
> 李同時結實，院妃來獻。帝問二果孰勝，院妃曰：「楊梅雖
> 好，味清酸，終不若玉李之甘。苑中人多好玉李。」帝歎曰：
> 「惡楊好李，豈人情哉，天意乎！」後帝將崩揚州，一日，院
> 妃報楊梅已枯死。帝果崩於揚州。異乎！一日，洛水漁者獲生
> 鯉一尾，金鱗赤尾，鮮明可愛。帝問漁者之姓。姓解，未有
> 名。帝以朱筆於魚額書「解生」字以記之，乃放之北海中。後
> 帝幸北海，其鯉已長丈餘，浮水見帝，其魚不沒。帝時與蕭院
> 妃同看，魚之額朱字猶存，惟「解」字無半，尚隱隱「角」字
> 存焉。蕭后曰：「鯉有角，乃龍也。」帝曰：「朕為人主，豈不
> 知此意？」遂引弓射之。魚乃沉。[26]

又以玉李、鯉魚等影射李氏父子將得天下。這樣的小故事，各自抽離
地作為稗官掌故來看也許饒有興味，然其主旨大率如一。〈海山記〉
等將之臚列於同篇之中，尚存筆記之格套。然〈隋〉篇若將之一併收
入，非但難於編排，且過多的預言故事可能阻礙情節發展、引致閱讀
倦怠。故編纂者皆為刪去。

---

25 同前註，頁231。

26 同前註，頁219-220。

又如〈迷樓記〉中有侯夫人事：

> 乃復入迷樓，宮女無數，後宮不得進御者亦極眾。後宮侯夫人
> 有美色，一日，自經於棟下。臂懸錦囊，中有文。左右取以進
> 帝，乃詩也，〈自感〉三首云（詩略）、〈看梅〉二首云（詩
> 略）、〈妝成〉云（詩略）、〈遣意〉云（詩略）、〈自傷〉云（詩
> 略）。帝見其詩，反覆傷感。帝往視其屍，曰：「此已死，顏色
> 猶美如桃花。」乃急召中使許廷輔曰：「朕向遣汝擇後宮女入
> 迷樓，汝何故獨棄此人也？」乃令廷輔就獄，賜自盡。厚禮葬
> 侯夫人。帝日誦詩，酷好其文，乃令樂府歌之。[27]

此事亦錄於馮氏所編《情史》卷十二〈情憾類〉，然並未收入〈隋〉
篇，蓋因侯夫人生前與煬帝並無交集之故。

（三）內容增補

〈隋遺錄〉等傳奇皆為稗官小說，有補充正史不足的功能，不少
正史已記載的內容，這些傳奇就不再錄入。且〈海山記〉、〈開河
記〉、〈迷樓記〉諸篇顧名思義，主題各有側重。〈隋〉篇雖以「逸遊
遭譴」為旨，然若以此四篇傳奇作為前文本，必然不足。因此，馮夢
龍又參考了其他著述，採用最多的厥推《隋書》，而運用之處大抵在
〈隋〉篇首尾的「奪嫡」、「即位」、「駕崩」三個段落。幾篇傳奇中，
有關煬帝即位的書寫主要見於〈海山記〉，然〈海山記〉並未收入奪
嫡及宣華夫人等事。如〈隋〉篇於「奪嫡」段云：

---

27 魯迅校錄：《唐宋傳奇集》，頁229-230。

（晉王）刺探得太子勇失愛母后，日夜思所以間之。日與蕭妃
獨處，後宮皆不得御幸。每遇文帝及獨孤皇后使來，必與蕭妃
迎門候接，飲食款待。如平交往來，臨去，又以金錢納諸袖
中。以故人人到母后跟前，交口同聲，譽稱晉王仁孝聰明，不
似太子寡恩傲禮，專寵阿雲，致有如許豚犢。獨孤皇后大以為
然，日夜譖之於文帝，說太子勇不堪承嗣大統。[28]

此段之前文本大抵為《隋書‧房陵王勇傳》：

勇多內寵，昭訓雲氏，尤稱嬖幸，禮匹於嫡。勇妃元氏無寵，
嘗遇心疾，二日而薨。獻皇后意有他故，甚責望勇。自是雲昭
訓專擅內政，后彌不平，頗遣人伺察，求勇罪過。晉王知之，
彌自矯飾，姬妾但備員數，唯共蕭妃居處。皇后由是薄勇，愈
稱晉王德行。……皇后忿然曰：「睍地伐漸不可耐，我為伊索
得元家女，望隆基業，竟不聞作夫妻，專寵阿雲，使有如許豚
犬。」……此別之後，知皇后意移，始構奪宗之計。[29]

〈隋〉篇並未言及勇妃元氏心疾而薨之事，且增入晉王賄賂平交的情
節，但整體來看，改寫自《隋書》無疑。又如「即位」中宣華夫人一
節：

文帝有一位宣華夫人陳氏，陳宣帝之女也，隋滅陳，配掖庭。
性聰慧，姿貌無雙。及皇后崩後，始進位為貴人。專房擅寵，

28　〔明〕馮夢龍：《醒世恆言》，頁333。
29　〔唐〕魏徵：《隋書》（北京市：中華書局，1997年），頁1231。

後宮莫及。文帝寢疾於仁壽宮，夫人與太子廣同侍疾。平旦，夫人出更衣，為太子所逼。夫人拒之，髮亂神驚，歸於帝所。文帝怪其容色有異，問其故，夫人泫然泣曰：「太子無禮！」文帝大恚曰：「畜生何足付大事！獨孤誤我！」蓋指皇后也。……晡時，太子廣遣使者齎金合，緘封其際，親書封字，以賜夫人。夫人見之惶懼，以為藥酒，不敢發。使者促之，乃開。見盒中有同心結數枚，宮人咸相慶曰：「得免死矣！」陳夫人恚而卻坐，不肯致謝。宮人咸逼之，乃拜使者。太子夜入烝焉。[30]

參《隋書·后妃傳》：

宣華夫人陳氏，陳宣帝之女也。性聰慧，姿貌無雙。及陳滅，配掖庭，後選入宮為嬪。……初，上寢疾於仁壽宮也，夫人與皇太子同侍疾。平旦出更衣，為太子所逼，夫人拒之得免，歸於上所。上怪其神色有異，問其故。夫人泫然曰：「太子無禮。」上恚曰：「畜生何足付大事，獨孤誠誤我！」……晡後，太子遣使者齎金合子，帖紙於際，親署封字，以賜夫人。夫人見之惶懼，以為鴆毒，不敢發。使者促之，於是乃發，見合中有同心結數枚。諸宮人咸悅，相謂曰：「得免死矣！」陳氏恚而卻坐，不肯致謝。諸宮人共逼之，乃拜使者。其夜，太子烝焉。[31]

---

30 〔明〕馮夢龍：《醒世恆言》，頁333-334。
31 〔唐〕魏徵主編：《隋書》，頁1110。

文字幾乎雷同，〈隋〉篇當係馮氏直接擷取自《隋書》。復觀「駕崩」段中關於齊王的一節：

> 初，帝不愛第三子齊王暕，見之常切齒。每行幸，輒錄以自隨。及是難作，謂蕭后曰：「得非阿孩耶？」阿孩，齊王暕小字也。司馬德戡等既弒帝，即馳遣騎兵執齊王暕於私第，倮跣驅至當街。暕曰：「大家計必殺兒，願容兒衣冠就死。」猶意帝遣人殺之。父子見殺，至死不明，可勝痛悼！[32]

此節之前文本為《隋書·齊王暕傳》：

> 俄而化及作亂，兵將犯蹕，帝聞，顧謂蕭后曰：「得非阿孩邪？」其見疎忌如此，化及復令人捕暕，暕時尚臥未起，賊既進，暕驚曰：「是何人？」莫有報者，暕猶謂帝令捕之，因曰：「詔使且緩，兒不負國家。」賊於是曳至街而斬之，及其二子亦遇害。暕竟不知殺者為誰。時年三十四。[33]

據《隋書·齊王暕傳》記載，煬帝不喜齊王是因為其「頗驕恣，昵近小人，所行多不法」。〈隋〉篇自無額外篇幅道其詳細，故僅言「見之常切齒」。然如此亦令人以為煬帝所為純出於個人好惡，且與下文「每行幸，輒錄以自隨」看似扞格。其實煬帝將齊王帶在身邊，只是為了方便監管而已。

---

32 〔明〕馮夢龍：《醒世恆言》，頁340。
33 〔唐〕魏徵主編：《隋書》，頁1444。

（四）剪接穿插

　　由於四篇傳奇及《隋書》在題材、內容及其敘述時間上有互涉之處，故〈隋〉篇對於這些材料或作取捨，或切割為片段而剪接穿插。取捨方面，如第五段「夢後主」，〈隋遺錄〉上及〈海山記〉皆有記載。而〈隋〉篇主要是取〈隋遺錄〉上而捨〈海山記〉。又如篇首「奪嫡」、「即位」兩段中有關楊素幫助煬帝之事，見於〈海山記〉及《隋書》，而〈隋〉篇則取〈海山記〉而捨《隋書》。比較之下，〈隋〉篇所取者確實文字更精彩、情節更緊湊，宜其如此。至於剪接穿插之處，茲舉數例。如第四段有關殿腳女吳絳仙的敘述，前文本主要有兩處。〈隋遺錄〉上云：

> 帝每倚簾視絳仙，移時不去，顧內謁者云：「古人言秀色若可餐，如絳仙真可療飢矣！」因吟〈持楫篇〉賜之曰：「舊曲歌桃葉，新妝豔落梅。將身傍輕楫，知是渡江來。」詔殿腳女千輩唱之。……帝獨賜司花女洎絳仙，他姬莫預。蕭妃恚妒不懌，由是二姬稍稍不得親幸。[34]

〈隋遺錄〉下云：

> 他日蕭后誣（俊娥）罪去之，帝不能止。暇日登迷樓憶之，〈題東南柱〉二篇云：「黯黯愁侵骨，綿綿病欲成。須知潘岳鬢，強半為多情。」又云：「不信長相憶，絲從鬢裡生。閒來倚樓立，相望幾含情。」殿腳女自至廣陵，悉命備月觀行宮，

---

34 魯迅校錄：《唐宋傳奇集》，頁203。按：省略處乃江淹文集中壁魚所化繭絲一節，不贅錄。

由是絳仙等亦不得親侍寢殿。有郎將自瓜州宣事回，進合歡水果一器。帝命小黃門以一雙馳騎賜絳仙。遇馬急搖解。絳仙拜賜私恩，因附紅箋小簡上，進曰：「驛騎傳雙果，君王寵念深。寧知辭帝里，無復合歡心。」帝省章不悅，顧黃門曰：「絳仙如何，來辭怨之深也？」黃門懼拜而言曰：「適走馬搖動，及月觀果已離解，不復連理。"帝意不解，因言曰：「絳仙不獨貌可觀，詩意深切，乃女相如也。亦何謝左貴嬪乎？」[35]

趙景深指出，〈隋遺錄〉中的〈題東南柱〉詩是思念韓俊娥的，〈隋〉篇改為憶吳絳仙而作，以牽合情事。此外〈隋〉篇與諸前文本間很少有不同的地方。[36]所言甚然。觀〈隋〉篇將「暇日登迷樓憶之」改作「帝常登迷樓憶之」，直承「由是二姬稍稍不得親幸」句。本為煬帝懷想俊娥之詞的〈題東南柱〉二篇，如是遂化為思念吳絳仙之語，又與下文賜果拜恩之事相連。[37]此剪接之例。又如前引《隋書》中宣華夫人一節，在〈隋〉篇第二段便與楊素之事交錯成文，而楊素之事大抵來自〈海山記〉。如〈海山記〉謂文帝病重時：

素入問疾，文帝見素，起坐，謂素曰：「吾常親鋒刃，冒矢石，出入死生，與子同之，方享今日之貴。吾自惟不免此疾，不能臨天下。倘吾不諱，汝立吾兒勇為帝。汝背吾言，吾去世亦殺汝。此事吾不語人，汝立吾族中人，吾之死目不合。」素曰：「國本不可屢易，臣不敢奉詔。」文帝憤懣，乃大呼左右曰：「召吾兒勇來！」乃氣哽塞，回面向內，不言。素乃出語

---

35 同前註，頁207-208。
36 趙景深：《中國小說叢考》，頁351。
37 〔明〕馮夢龍：《醒世恆言》，頁338-339。

帝曰：「事未可，更待之。」有頃，左右出報素曰：「帝呼不
應，喉中呦呦有聲。」帝拜素曰：「願以終身累公。」素急
入，帝已崩。[38]

而馮夢龍則依據《隋書》，以調戲宣華事件作為文帝駕崩的直接原
因。〈隋〉篇於「文帝大恚曰：『畜生何足付大事！獨孤誤我！』蓋指
皇后也」句後敘述道：

因呼兵部尚書柳述，黃門侍郎元岩，司空越公楊素等曰：「召
我兒來！」述等將呼太子廣。帝曰：「勇也。」楊素曰：「國本
不可屢易，臣不敢奉詔。」帝氣哽塞，回面向內不言。素出，
語太子廣曰：「事急矣！」太子廣拜素曰：「以終身累公！」有
頃，左右報素曰：「帝呼不應，喉中呦呦有聲。」素急入，文
帝已崩矣。陳夫人與諸後宮相顧悲慟。晡時，太子廣遣使者齎
金合……太子烝焉。[39]

〈隋〉篇此處擷取〈海山記〉中「楊素曰：『國本不可屢易，臣不敢
奉詔。』」至「帝已崩已」數語略作改寫，然大體仍依據了《隋書·
后妃傳》：

因呼兵部尚書柳述、黃門侍郎元巖曰：「召我兒！」述等將呼
太子，上曰：「勇也。」述、巖出閤為勅書訖，示左僕射楊
素。素以其事白太子，太子遣張衡入寢殿，遂令夫人及後宮同

---

38 魯迅校錄：《唐宋傳奇集》，頁211-212。
39 〔明〕馮夢龍：《醒世恆言》，頁334。

侍疾者，並出就別室。俄聞上崩，而未發喪也。夫人與諸後宮相顧曰：「事變矣！」皆色動股慄。晡後，太子遣使者齎金合子……太子烝焉。[40]

比對之下，可知《隋書・后妃傳》中文帝駕崩之日，病榻前僅有柳述、元巖，並無楊素，而楊素接到柳、元的信息後轉達煬帝。此與〈海山記〉不同。然《隋書・楊素傳》則云：「及上不豫，素與兵部尚書柳述、黃門侍郎元岩等入合侍疾。」[41]故〈隋〉篇將楊素與柳、元同列於榻前，並非完全不符合情理，且可避免情節過於紛繁。其次，〈隋〉篇又將宣華及後宮之相關文字簡化為「陳夫人與諸後宮相顧悲慟」一句，以啟下文。至「太子烝焉」後，復承以改寫自〈海山記〉的敘述：

明旦發喪，使人殺故太子勇而後即位。左右扶太子上殿，太子足弱，欲倒者數四，不能上。楊素叱去左右，以手扶接，太子援之乃上。百官莫不嗟歎。楊素歸謂家人曰：「小兒子吾已提起教作大家，即不知能了當否？」素恃己有功，於帝多呼為郎君。時宴內宮，宮人偶遺酒汙素衣，素叱左右引下加撻焉。帝甚不平，隱忍不發。一日，帝與素釣魚於後苑池上，並坐，左右張傘以遮日。帝起如廁，回見素坐赭傘下，風骨秀異，神彩毅然，帝大忌之。帝每欲有所為，素輒抑而禁之，由是愈不快於素。會素死，帝曰：「使素不死，夷其九族。」先是，素一日欲入朝，見文帝執金鉞逐之，曰：「此賊，吾欲立勇，竟不

40　〔唐〕魏徵主編：《隋書》，頁1110。

41　同前註，頁1288。

從吾言，今必殺汝！」素驚怖入室，召子弟二人語曰：「吾必死矣！出見文帝如此如此。」移時而死。[42]

此節文字大抵與〈海山記〉相近，唯「明旦發喪，使人殺故太子勇而後即位」一句，於〈海山記〉原作：

明日，素袖遺詔立帝。時百官猶未知，素執圭謂百官曰：「文帝遺詔立帝。有不從者，戮於此！」[43]

〈海山記〉如此書寫雖能體現楊素隻手遮天的權力，然在群臣質疑之際如此吆喝，似乎反而暴露出其心虛，故〈隋〉篇不從。而楊勇之死，見於《隋書‧房陵王勇傳》：

高祖暴崩……偽為高祖敕書，賜庶人死。追封房陵王，不為立嗣。[44]

可見馮夢龍如此改寫不僅有根據，且更能表現出煬帝及楊素的陰狠。

又如前引〈迷樓記〉中宮人夜歌一節，乃大業九年，煬帝將再幸江都之時。其下文曰：

帝因索酒自歌云：「宮木陰濃燕子飛。興衰自古漫成悲。他日迷樓更好景，宮中吐豔戀紅輝。」歌竟不勝其悲。近侍奏：「無故而悲，又歌，臣皆不曉。」帝曰：「休問。他日自知

---

42 〔明〕馮夢龍：《醒世恆言》，頁334。
43 魯迅校錄：《唐宋傳奇集》，頁211。
44 〔唐〕魏徵主編：《隋書》，頁1238。

也。」⁴⁵

此蓋煬帝對宮人所唱那首具有預言性質的民歌之回應。由於宮人夜歌一節並未採入〈隋〉篇，故煬帝之索酒自歌置於第六段夜起觀天、王義進諫兩節之間。此二節本前後相屬，出自〈海山記〉：

> 帝未遇害前數日，帝亦微識玄象，多夜起觀天。乃召太史令袁充，問曰：「天象如何？」充伏地泣涕曰：「星文太惡，賊星逼帝座甚急。恐禍起旦夕，願陛下遽修德禳之。」帝不樂，乃起，入便殿挽膝俯首不語。乃顧王義曰：「汝知天下將亂乎？汝何故省言而不告我也？」義泣對曰：「臣遠方廢民，得蒙上恩，自入深宮，久膺聖澤。又常自宮，以近陛下。天下大亂，固非今日，履霜堅冰，其來久矣。臣料大禍，事在不救。」……⁴⁶

〈隋〉篇將「入便殿挽膝俯首不語」切作兩截，前作「入便殿，索酒自歌」，引入〈迷樓記〉中所歌內容及近侍所問，後將「俯首不語」上承「休問。他日自知也」的回答。⁴⁷〈海山記〉「賊星逼帝座甚急」的天象與〈迷樓記〉宮人所歌一樣，皆為預言，故馮氏挪用於此，蓋以煬帝此詩而存其人也。

（五）細部改寫

　　〈隋〉篇的內容大致仍忠實於各種前文本，並無太多大刀闊斧的

45　魯迅校錄：《唐宋傳奇集》，頁231。

46　同前註，頁222-223。

47　〔明〕馮夢龍：《醒世恆言》，頁340。

更易。然細部之改寫，則為數甚多，本節前四目中已時有道及。總而觀之，這些改寫有文字上的刪節、增補與更易三種方式。

刪節一類，如〈隋遺錄〉上云：

> 煬帝將幸江都，命越王侑留守東都。宮女半不隨駕，爭泣留帝，言：「遼東小國，不足以煩大駕，願擇將征之。」攀車留借，指血染鞅。[48]

李劍國指出，這段文字亦見於《太平御覽》卷七四九引杜寶《大業拾遺》，蓋〈隋遺錄〉於杜書有所取資。[49]〈隋〉篇或因「攀車留借，指血染鞅」八字猶見宮女對煬帝的忠誠，與所營造之獨夫民賊形象不合，故刪去。次如〈隋遺錄〉上云：

> 羅羅畏蕭妃，不敢迎帝，且辭以有程姬之疾，不可薦寢。帝乃嘲之曰：「個人無賴是橫波。黛染隆顱簇小蛾。幸得留儂伴成夢，不留儂住意如何？」帝自達廣陵，宮中多效吳言，因有儂語也。[50]

比對〈隋〉篇第四段中並無「宮中多效吳言，因有儂語也」兩句，[51] 蓋煬帝好為吳言乃人所共知，故馮氏不欲饒舌爾。

增補一類，如〈開河記〉云：

---

48 魯迅校錄：《唐宋傳奇集》，頁201。
49 李劍國：《唐五代志怪傳奇敘錄》，頁561。
50 魯迅校錄：《唐宋傳奇集》，頁204。
51 〔明〕馮夢龍：《醒世恆言》，頁339。

時恐盛暑，翰林學士虞世基獻計，請用垂柳栽於汴梁兩堤上。一則樹根四散，鞠護河堤，二乃牽舟之人護其陰，三則牽舟之羊食其葉。上大喜，……自種一株，群臣次第種，方及百姓。時有謠言曰：「天子先栽，然後百姓栽。」栽畢，帝御筆寫賜垂楊柳姓楊，曰楊柳也。[52]

〈隋〉篇全錄此節，且於謠言後增補「栽與災同音，蓋妖讖也」一句，作為解釋。次如前引《隋書‧齊王暕傳》云：「暕竟不知殺者為誰。時年三十四。」而〈隋〉篇則補入「可勝痛悼」四字，以寄煬帝荒淫誤國誤家之歎。

更易一類，如〈隋遺錄〉上曰：

一日帝將登鳳舸，憑殿腳女吳絳仙肩，喜其柔麗，不與群輩齒，愛之甚，久不移步。絳仙善畫長蛾眉，帝色不自禁，回輦召絳仙，將拜婕妤。適值絳仙下嫁為玉工萬群妻，故不克諧。帝寢興罷，擢為龍舟首楫，號曰崆峒夫人。[53]

至〈隋〉篇則將「適值絳仙下嫁為玉工萬群妻」改為「蕭后性妒忌」，[54]避免節外生枝，突顯絳仙與煬帝之相互悅慕而難以聚首之情。次如〈海山記〉言煬帝駕崩前，司馬德戡威逼煬帝，宮人朱貴兒在旁，大罵德戡。煬帝入內閣自經後，「貴兒猶大罵不息，為亂兵所殺」。[55]而〈隋〉篇將貴兒之死移至煬帝自經前，在其大罵德戡後，

52　同前註，頁242-243。
53　同前註，頁203。
54　〔明〕馮夢龍：《醒世恆言》，頁338。
55　魯迅校錄：《唐宋傳奇集》，頁226。

「德戡斬之，血濺帝衣」。[56]如是更體現出亂黨的蹀躞進逼，以及煬帝一步步走向死亡的過程。不過，「血濺帝衣」一語蓋出自《隋書・趙王杲傳》：「後遇化及反，杲在帝側，號慟不已。裴虔通使賊斬之於帝前，血潸御服。時年十二。」[57]趙王乃煬帝幼子，為亂黨殺於煬帝御前。馮夢龍於〈隋〉篇雖未言及趙王，卻將其措辭乃至敘事方法套用至朱貴兒身上，亦頗熨貼。

當然，上述三種情況，也有交相運用者。如第五段「夢後主」云：

> 帝自達廣陵。沉湎滋深，荒淫無度，往往為妖祟所惑。嘗游吳公宅雞台，恍惚間與陳後主相遇。帝幼年與後主甚善，乃起迎之，都忘其已死。後主尚喚帝為殿下。[58]

查其主要前文本〈隋遺錄〉，並無「帝幼年與後主甚善，乃起迎之，都忘其已死」三句。[59]然此數語實出自〈海山記〉：

> 一夕，帝泛舟游北海，惟宮人數十輩。帝升海山殿，是時月初朦朧，晚風輕軟，浮浪無聲，萬籟俱息。俄水上有一小舟，只容兩人，帝謂為十六院中美人。泊至，有一人先登贊道，唱：「陳後主謁帝。」帝意恍惚，亦忘其死。帝幼年於後主甚善，乃起迎之。[60]

可見馮氏之迻錄拼接，亦有取長補短之考慮。

---

56 〔明〕馮夢龍：《醒世恆言》，頁342。

57 〔唐〕魏徵主編：《隋書》，頁1444。

58 〔明〕馮夢龍：《醒世恆言》，頁339。

59 魯迅校錄：《唐宋傳奇集》，頁204-205。

60 同前註，頁218。

三 〈宋高宗偏安耽逸豫〉的文本築構

胡士瑩以〈宋〉篇本自《武林舊事》卷七及《西湖遊覽志餘》卷三；曾慶全則謂此篇「文風較古樸，許多段落抄錄前人的原文」。與〈隋〉篇相比，〈宋高宗偏安耽逸豫〉所重組的前文本素材更為繁多，包括《鶴林玉露》、《桯史》、《四朝聞見錄》、《朝野遺記》、《貴耳集》、《夢粱錄》、《咸淳臨安志》、《武林舊事》、《乾淳起居注》、《說郛》、《雪舟脞語》、《詞品》、《西湖遊覽志》、《西湖遊覽志餘》乃至《禪寄筆談》、《明朝小史》、《明會典》諸書。茲將此篇分為十六段，表列於下：

表二 〈宋高宗偏安耽逸豫〉的分段及前文本

段落	內容	頁碼	前文本
1	題中和	24	《西湖遊覽志餘》卷二
2	鵓鴣詩	24-25	《四朝聞見錄》丙集、《西湖遊覽志餘》卷二
3	二勝環	25	《貴耳集》卷下
4	徽宗詩詞	25	《詞品》卷五〈宋徽宗詞〉、《說郛》卷五七，《雪舟脞語》
5.1	韋后南歸	25-26	《朝野遺記》、《西湖遊覽志餘》卷二
5.2	洪皓南歸	26	《宋史・洪皓傳》
6.1	明太祖	26-27	《禪寄筆談》、《明朝小史》
6.2	明成祖	27-28	《明會典》、《明太宗實錄》、《憲章錄》
7	四聖延祥觀	28-29	《夢粱錄》卷八、《咸淳臨安志》卷十三〈四聖延祥觀〉、《西湖遊覽志》卷八

段落	內容	頁碼	前文本
8	題西湖圖	29	《桯史》卷八「逆亮辭怪」、《鶴林玉露》
9	退居德壽	29-30	《武林舊事》卷四〈故都宮殿〉
10	宋嫂魚羹	30-31	《武林舊事》卷三〈西湖游幸〉、卷七〈乾淳奉親〉、《西湖遊覽志餘》卷三
11	于國寶	31	《武林舊事》卷三〈西湖游幸〉、《西湖遊覽志餘》卷三
12	遇行者	31-32	《西湖遊覽志餘》卷二
13	觀潮	32-34	《武林舊事》卷七〈乾淳奉親〉
14.1	冷泉亭	34-35	《夢粱錄》、《西湖遊覽志餘》卷三
14.2	聚遠樓	35	《咸淳臨安志》卷二〈行在所錄〉、周必大《文忠集》卷一一八、《西湖遊覽志餘》卷三
15	後園看花	35-36	《武林舊事》卷七〈乾淳奉親〉、《西湖遊覽志餘》卷三
16	德壽賞月	36-38	《乾淳起居注》、《詞苑萃編》卷十三〈紀事四〉、《西湖遊覽志餘》卷三

從比例上看，筆者以為〈宋〉篇直接以《西湖遊覽志餘》為依據的情形最為常見。如第十四段聚遠樓部分，乃《西湖遊覽志餘》先拼接了《咸淳臨安志》及周必大詩，而〈宋〉篇迻錄之。且此節前為「冷泉亭」，後為「後園看花」，次序與《西湖遊覽志餘》之次序雷同，[61]當係迻錄而非偶合所致。與〈隋〉篇不同，〈宋〉篇的文字相對於大部分前文本幾乎皆有口語化傾向。針對此篇與各種前文本的實際情況，本節將從原意迻錄、文字縮略、內容增飾、段內拼貼及細部改寫五方面論述〈宋〉篇與前文本的互涉情況。

---

61 〔明〕田汝成：《西湖遊覽志餘》（上海市：上海古籍出版社，1980年），頁42-43。

（一）原意迻錄

　　與〈隋〉篇相比，〈宋〉篇語言更近口語。因此相對於前文本，甚少原文迻錄。如第十五段「後園看花」：

　　　　乾道三年三月初十日，孝宗遣內侍到德壽宮，取出聖旨奏道：「連日天氣甚好，欲一二日間，恭邀聖駕幸聚景園看花，取自聖意，選定一日。」太上道：「傳語官家：備見聖孝，但頻頻出去，不唯費用，又且勞人，本宮後園亦有幾株好花，不若來日請官家過來閒看。」內侍領命而來，奏與孝宗。孝宗遵命，次日早膳後，車駕同皇后、太子過德壽宮，起居拜舞二殿已畢，先到燦錦亭進茶。茶畢，同至後苑看花。兩廊都是小內侍照依西湖景致，擺列珠翠、花朵、玩具、匹帛、花籃、鬧竿、市食等物，許小內侍關撲。次到球場，看小內侍拋彩球、打秋千。看了一會，又到射廳看百戲。孝宗都有賞賜。又到清妍堂看荼蘼花。[62]

此段前文本為南宋周密《武林舊事》卷七〈乾淳奉親〉，其間對白本來就比較接近口語色彩：

　　　　乾道三年三月初十日，南內遣閤長至德壽宮奏知：「連日天氣甚好，欲一二日間恭邀車駕幸聚景園看花，取自聖意選定一日。」太上云：「傳語官家，備見聖孝，但頻頻出去，不惟費用，又且勞動多少人。本宮後園亦有幾株好花，不若來日請官

62　〔明〕周清源：《西湖二集》，載《中國古代珍稀小說續》冊12（瀋陽市：春風文藝出版社，1997年），頁35-36。

家過來閒看。」遂遣提舉官同到南內奏過遵依訖。次日進早膳後，車駕與皇后太子過宮起居二殿訖，先至燦錦亭進茶，宣召吳郡王、曾兩俯已下六員侍宴，同至後苑看花。兩廊並是小內侍及幕士。效學西湖，鋪放珠翠、花朵、玩具、匹帛，及花籃、鬧竿、市食等，許從內人關撲。次至球場，看小內侍拋彩球、蹴秋千。又至射廳看百戲，依例宣賜。回至清妍亭看茶蘼。[63]

雖非一字不易地迻錄，卻也大致相同。此外，將原文語譯後照原意迻錄者，則所在頗多。如第十五段「遇行者」：

太上一日駕幸靈隱冷泉亭，觀風玩景。寺中一個行者捧著茶盤，跪而獻茶。太上龍目一看，就問這行者道：「朕觀汝意度，不像行者模樣，本是何等樣之人，可為細說。」那行者叩頭泣奏道：「臣本嶺南郡守，得罪於監司，因而誣奏臣有贓私，廢為庶人，貧無以為糊口之計，只得在此從師舅覓碗粥飯，以苟延殘喘耳。」太上甚是哀憫，道：「朕當與皇帝言之，復爾原官可也。」行者叩謝而退。太上過了十餘日，又幸靈隱寺，那人仍舊出來獻茶，還是本等服色。太上大驚道：「爾怎麼還在此間？」那人答道：「並不曾有恩命。」太上默然不悅，隨即起駕而去。次日，孝宗恭請太上、太后游聚景園，太上也不言語，也不飲食，大有嗔怪之意。孝宗再三勸進飲食，太上只是不理。太后道：「孩兒好意招老夫婦飲酒，卻為何大有不悅之意？」太上大怒道：「朕今年老，人不聽我說

---

63 〔宋〕周密：《武林舊事》（杭州市：浙江人民出版社，1984年），頁115-116。

話。」孝宗驚懼，跪請其故。太上方才說道：「靈隱寺中行者，朕已言之而不效，使朕羞見其人。」孝宗答道：「昨承聖訓，次日便諭宰相。宰相說彼贓汙狼藉，免死已幸，難以復用。然此小事，明日一依聖諭便是，今日且開懷一醉可也。」太上方才言笑飲食。次日，孝宗臨朝，面諭宰相，宰相還執前說，孝宗道：「昨日太上大怒，朕幾無地縫可入，就是大逆謀反，也須放他。」遂盡復原官，仍改一大郡。後數日，太上再往，那人已具冠服叩謝道：「臣已得恩命，專候聖駕到此。」遂叩頭謝恩而去。太上大喜，從此益隆於父子之情。[64]

此段前文本則為明人田汝成《西湖遊覽志餘》卷二：

高宗既居德壽，時到靈隱冷泉亭閒坐。有一行者奉湯茗甚謹，德壽語之曰：「朕觀汝意度，非行者也，本何等人？」其人拜且泣曰：「臣本某郡守，得罪監司，誣劾贓，廢為庶人。貧無以餬口，來從師舅覓粥延殘喘。」德壽惻然曰：「當為皇帝言之。」數日後再往，則其人尚在。問之，則云未也。明日，孝宗恭請太上帝后幸聚景園，德壽不笑不言。孝宗再奏，亦不答。太后曰：「孩兒好意招老夫婦，何為怒耶？」德壽默然良久乃曰：「朕老矣，人不聽我言。」孝宗益駭，復從太后請其事。德壽乃曰：「如某人者，朕已言之而不效，使朕媿見其人。」孝宗曰：「昨承聖訓，次日即以諭宰相。宰相謂贓汙狼藉，免死已幸，難以復用。然此小事，來日決了，今日且開懷一醉可也。」德壽始笑而言。明日，孝宗再諭宰相，宰相猶執

前說。孝宗曰：「昨日太上聖怒，朕幾無地縫可入。縱大逆謀反，也須放他。」遂盡復原官，予大郡。後數日，德壽再往，其人曰：「臣已得恩命，專待陛下之來。」謝恩而去。[65]

〈宋〉篇將某些文字語譯或敷衍成白話，如「其人拜且泣曰」改作「那行者叩頭泣奏道」、「貧無以餬口，來從師舅覓粥延殘喘」改作「貧無以為糊口之計，只得在此從師舅覓碗粥飯，以苟延殘喘耳」之類。又將某些敘述改為對白，如「問之，則云未也」改作：「太上大驚道：『爾怎麼還在此間？』那人答道：『並不曾有恩命。』」但大致不失前文本之意。

（二）文字縮略

由於考慮到作品的小說性質，周楫在採用素材時對於前文本也有壓縮省略之處。如第三段「二勝環」云：

將官楊存中在建康，旗上畫雙勝連環，叫做「二勝環」，蓋取二聖北還之義；後得美玉，琢為帽環，獻與高宗。有一優伶在旁，高宗指示道：「此乃楊太尉所進『二勝環』。」優伶跪接細視，徐徐奏道：「可惜『二勝環』放在腦後。」高宗為之改容。[66]

此段的前文本出自為宋張端義《貴耳集》卷下：

65 〔明〕田汝成：《西湖遊覽志餘》，頁15。
66 〔明〕周清源：《西湖二集》，頁25。

紹興初，楊存中在建康，諸軍之旗中有雙勝交環，謂之二聖
環，取兩宮北還之意。因得美玉琢成帽環，進高廟曰：「尚御
裏。」偶有一伶者在旁，高宗指環示之：「此環楊太尉進來，
名『二勝環』。」伶人接奏云：「可惜『二聖環』，且放在腦
後。」高宗亦為之改色，所謂工執藝事以諫。[67]

比對之下，《貴耳集》所云此環之圖案先出現於軍旗，以及楊太尉進
環所言「尚御裏」之語，〈宋〉篇皆為略去。又如第八段「題西湖
圖」的前文本為宋人岳珂《桯史》卷八「逆亮辭怪」：

（完顏亮）及得志，將圖南牧，遣我叛臣施宜生來賀天申節，
隱畫工於中，使圖臨安之城邑，及吳山、西湖之勝以歸。既進
繪事，大喜，瞋然有垂涎杭、越之想。亟命撤坐間軟屏，更設
所獻，而於吳山絕頂，貌己之狀，策馬而立，題其上曰：「萬
里車書盡混同。江南豈有別疆封？提兵百萬西湖上，立馬吳山
第一峰。」[68]

而〈宋〉篇的文字則有所壓縮：

金主完顏亮便起南侵之思，假以通好為名，潛遣畫工入臨安，
圖畫西湖山水，裱成屏風，並畫自己形像，策馬於吳山頂上，
題詩屏上道：「萬里車書合會同。江南豈有別疆封？提兵百萬

---

67 〔宋〕張端義：《貴耳集》（揚州市：江蘇廣陵古籍刻印社《學津討原》本，1990
　　年），卷下，頁12a。

68 〔宋〕岳珂：《桯史》（北京市：中華書局，1981年），頁95。

西湖上，立馬吳山第一峰。」⁶⁹

所謂天申節，即高宗誕辰（農曆五月二十一日）。海陵王派遣施宜生南下為高宗賀壽，使畫工擔任其隨從。這些內容於〈宋〉篇有所省略，僅作「假以通好為名」，以避免旁生枝節。

（三）內容增飾

〈宋〉篇中某些內容，於南宋著作中已有記載。在流傳過程中，文意雖無大變化，但文字上卻踵飾增華。如第十段「宋嫂魚羹」之事，最早見於南宋周密《武林舊事》卷三〈西湖游幸〉：

> 如宋五嫂魚羹，嘗經御賞，人所共趨，遂成富媼。朱靜佳六言詩云：「柳下白頭釣叟，不知生長何年。前度君王游幸，賣魚收得金錢。」⁷⁰

同書卷七〈乾淳奉親〉亦有關於宋五嫂的記載：

> 時有賣魚羹人宋五嫂，對御自稱：「東京人氏，隨駕到此。」太上特宣上船起居，念其年老，賜金錢十文、銀錢百文，絹十匹，仍令後苑供應泛索。⁷¹

田汝成《西湖遊覽志餘》卷三〈偏安佚豫〉之記錄，主要根據於周書卷三之言有所增補：

---

69 〔明〕周清源：《西湖二集》，頁29。
70 〔宋〕周密：《武林舊事》，頁62-63。
71 同前註，頁121。

宋五嫂者，汴酒家婦，善作魚羹。至是僑寓蘇隄，光堯召見
之，詢舊悽然，令進魚羹。人競市之，遂成富媼。朱靜佳六言
詩云：「柳下白頭釣叟，不知生長何年。前度君王遊幸，賣魚
收得金錢。」[72]

〈宋〉篇之敘述則結合了三種前文本而舖演道：

那時有個宋五嫂，是汴京酒家婦人，善作魚羹，隨南渡來此，
僑寓於蘇堤之上，賣魚羹為生。太上因是汴京故人，遂召到御
舟上訪問來歷。念其年老，因而悽然有感舊之思，遂命宋五嫂
進其魚羹。太上食而美之，遂賜金錢十文、銀錢百文，絹十
匹。自此之後，每遊湖上，必要宋五嫂烹的魚羹。因此杭人都
來買食，其門如市，遂成富媼。有詩為證：「柳下白頭釣叟，
不知生長何年。前度君王游幸，賣魚收得金錢。」[73]

以「詢舊悽然，令進魚羹」八字為基礎，增入「念其年老」、「感舊之
思」及賞賜金帛等細節，使情節更為動人。至若隱去朱靜佳之名，替
以「有詩為證」四字，愈見其小說色彩。除了細節上的增飾潤色外，
〈宋〉篇的補充也常有夾議夾敘之處。如第十一段「于國寶」之事，
亦見於周密《武林舊事》卷三，其文曰：

一日，御舟經斷橋，橋旁有小酒肆，頗雅潔，中飾素屏，書
〈風入松〉一詞於上，光堯駐目稱賞久之，宣問何人所作，及

72　〔明〕田汝成：《西湖遊覽志餘》，頁41。
73　〔明〕周清源：《西湖二集》，頁30-31。

太學生俞國寶醉筆也。其詞云：「一春長費買花錢，日日醉湖邊。玉驄慣識西泠路，驕嘶過、沽酒樓前。紅杏香中歌舞，綠楊影裡秋千。東風十里麗人天，花壓鬢雲偏。畫船載取春歸去，餘情在、湖水湖煙。明日再攜殘酒，來尋陌上花鈿。」上笑曰：「此詞甚好，但末句未免儒酸。」因為改定云「明日重扶殘醉」，則迥不同矣。即日命解褐云。[74]

《西湖遊覽志餘》卷三所記略同。[75]而〈宋〉篇則據而潤飾云：

一日，御舟經過斷橋，太上見一酒肆甚是精雅，中有素屏風，上書詞一首，調寄〈風入松〉道：「一春常費買花錢，日日醉湖邊。玉驄慣識西湖路，驕嘶過、沽酒樓前。紅杏香中歌舞，綠楊影裡秋千。暖風十里麗人天，花壓鬢雲偏。畫船載得春歸去，餘情付、湖水湖煙。明日重攜殘酒，來尋陌上花鈿。」太上看了這詞，喜動天顏道：「這詞甚好，但末句不免酸寒。」因提御筆改「殘酒」為「殘醉」二字，就問酒保道：「這詞是誰人所作？」酒保跪奏道：「是個窮秀才于國寶醉後所作。」太上即時宣召于國寶前來，賜與金花烏襆角頭，敕賜為翰林學士之職，即日榮歸鄉里，驚動了天下。自此之後，歌樓酒館、庵院亭臺粉壁之上，往往有文人才子之筆，也有文理欠通之人，假學東坡姓蘇，希圖君王龍目觀看、重瞳鑒賞，胡謅亂謅，做幾句歪詩句在上，臭穢不堪，只好送與君王一笑而已。[76]

74 〔宋〕周密：《武林舊事》，頁38。

75 〔明〕田汝成：《西湖遊覽志餘》，頁41-42。

76 〔明〕周清源：《西湖二集》，頁31。

除了增添高宗與酒保的對話、將「即日命解褐」鋪寫為「即時宣召于
國寶前來，賜與金花烏襆角頭，敕賜為翰林學士之職，即日榮歸鄉
里，驚動了天下」外，又補入「自此之後」一節文字，諷刺那些以才
子自命而希求仕進者之態。實際上，〈宋〉篇中不少段落皆有賴這些
小篇幅的議論文字而黏接起來。

（四）段內拼貼

　　除了段落之間的黏接外，〈宋〉篇各段之中也或有拼貼之處。如
第六段闌入明太祖、成祖之事，與高宗作映襯。太祖一節云：

> 說話的，不知從來做天子的，都是一味憂勤，若是貪戀嬉遊，
> 定是亡國之兆。只看我洪武爺百戰而有天下，定鼎金陵，不曾
> 耽一刻之安閒。夜深在於宮中，直待外邊人聲寂靜，方才就
> 枕，四更時便起，冠服拜天後，即往拜奉先殿，然後臨朝。敬
> 天敬祖，無一日而不如此，所以御制一首詩道：「百僚未起朕
> 先起。百僚已睡朕未睡。不如江南富足翁，日高三丈猶披
> 被。」……又因金陵是六朝建都風流之地，多有李後主、陳後
> 主等輩貪愛嬉遊，以致敗國亡家、覆宗絕祀，所以喜誦唐人李
> 山甫〈金陵懷古詩〉，吟哦不絕，又大書此詩，揭於門屏道：
> 「南朝天子愛風流，盡守江山不到頭。總為戰爭收拾得，卻因
> 歌舞破除休。堯將道德終無敵，秦把金湯不自由。試問繁華何
> 處在，雨花煙草石城秋。」聖心儆惕，安不忘危，其創業貽謀
> 之善如此。[77]

---

77 同前註，頁26-27。

此節之前文本出自明人陳師《禪寄筆談》及呂毖《明朝小史》。《禪寄筆談》卷七云：

> 洪武初，嘉定安亭萬二，元之遺民也，富甲一郡。嘗有人自京回，問其何所見聞？其人曰：「皇帝近日有詩云：『百僚未起朕先起。百僚已睡朕未睡。不如江南富足翁，日高五丈猶披被。』」某嘆曰：「兆已萌於此矣！」即以家貲付托諸僕能幹者掌之，買巨航，載妻子，汎游湖湘而去。不二年，江南大族以次籍沒，獨此人獲令終。其亦達而知幾者歟！[78]

這段故事實以萬二為主角，透露出明太祖報復迫害蘇松富民的暴政，以及萬二的見微知著。而〈宋〉篇僅取太祖之詩，以體現其勤政。引詩後，又補記其飲食之時如何、臨朝之時如何，繼而敘及李山甫詩。太祖誦李氏詩一事，即出自《明朝小史‧洪武紀》：

> 帝平日極喜誦唐人李山甫〈上元懷古詩〉，有暇則吟哦不絕，且大書置屏間。其詩曰：（下略）[79]

〈宋〉篇引此詩前，先拈出李後主、陳後主等南朝天子作為註腳，以便讀者理解，且進一步呼應前文所言「一味憂勤」的施政理念。

此外，也有前文本業已拼貼，而〈宋〉篇直接引用者。如第四段所引徽宗詩詞云：

---

78 〔明〕陳師：《禪寄筆談》（臺南市：莊嚴文化出版公司據北京圖書館藏萬曆廿一年自刻本影印，1997年），卷七，頁37a。

79 〔明〕呂毖：《明朝小史》（臺北市：國立中央圖書館據清初刊本影印，1981年），卷二，頁11a。

可憐他父親徽宗，陷身金韃子之地，好生苦楚，見杏花開，作〈燕山亭〉一隻詞，後有句道：「天遙地遠，萬水千山，知他故宮何處。怎不思？夢裡有時曾去，無據；和夢也有時不做。」又遇清明日，做首詩道：「茸母初生認禁煙。無家對景倍淒然。帝城春色誰為主，遙指鄉關涕淚漣。」又做首詞道：「孟婆孟婆，你做些方便，吹個船兒倒轉。」你看徽宗這般苦楚，思量回來。那高宗卻全不在心上。[80]

這些詩詞雖散見於各種典籍，然考其列舉次序，則與明人楊慎《辭品》相合。楊書卷五〈宋徽宗辭〉條曰：

宋徽宗北隨金虜後見杏花，作〈燕山亭〉一辭云：「裁剪冰綃，輕疊數重，冷淡胭脂注。新樣靚妝，豔溢香融，羞殺蕊珠宮女。易得凋零，更多少無情風雨。愁苦。閒院落淒涼，幾番春暮。◎憑寄離恨重重，這雙燕何曾，會人言語。天遙地遠，萬水千山，知他故宮何處。怎不思量，除夢裡有時曾去。無據。和夢也，有時不做。」辭極淒惋，亦可憐矣。又在北遇清明日詩曰：「茸母初生認禁煙。無家對景倍淒然。帝城春色誰為主，遙指鄉關涕淚連。」又戲作小辭云：「孟婆，孟婆，你做些方便。吹個船兒倒轉。」[81]

兩段文字的引文次序皆是〈燕山亭〉、清明詩及孟婆詞。且〈燕山亭〉下闋「和夢也，有時不做」句，「有時」一作「新來」，於意為

80　〔明〕周清源：《西湖二集》，頁25。
81　〔明〕楊慎：《辭品》（上海市：上海古籍出版社據北京圖書館藏明刻本影印，1995年）卷五，頁2b-3a。

長，其因有二：一者，上文「除夢裡有時曾去」已出現「有時」二
字，此處不宜重複。二者，上文謂只能有時夢迴故國，此處則更進一
層，曰近來連夢都夢不到，足見作者絕望悲涼的心境。若將「新來」
換成「有時」，那種遞進式的藝術感染力就削弱了。「有時」蓋後人一
時誤記，或傳鈔、版刻之訛。楊慎乃明世知名博學者，〈宋〉篇於此
處徵引其書，加以潤色，不足為奇。又如第十四段「聚遠樓」一節：

> 那園中又有新造一聚遠樓，太上御筆親書扁額，仍大書蘇軾
> 「賴有高樓能聚遠，一時收拾付閒人」之句於屏風之上。那聚
> 遠樓景致清涼，三伏之中絕無暑氣，真蓬島之勝境也。翰林院
> 進首詞道：「聚遠樓前面面風。冷泉亭下水溶溶。人間炎熱何
> 曾到，真是瑤臺第一重。」[82]

此節文字與《西湖遊覽志餘》卷三所載幾乎全同，[83]當以其為前文
本。然《西湖遊覽志餘》所據則又有兩處。其一為《咸淳臨安志》卷
二〈行在所錄〉：

> 有樓名聚遠，太上親題其額，仍大書蘇軾「賴有高樓能聚遠，
> 一時收拾付閒人」之句於屏間。[84]

其二為引詩，實乃南宋周必大〈太上皇后閣端午帖子〉詩。[85]恰好兩

---

82 〔明〕周清源：《西湖二集》，頁35。
83 〔明〕田汝成：《西湖遊覽志餘》，頁43。
84 〔宋〕潛說友：《咸淳臨安志》（臺北市：臺灣商務印書館影印文淵閣四庫全書，
　　1983年），卷二，頁8a-8b。
85 〔宋〕周必大：《文忠集》（臺北市：臺灣商務印書館影印文淵閣四庫全書，1983年），
　　卷一一八，頁17a。

條資料皆與聚遠樓有關，田汝成遂將之拼貼於一處；而〈宋〉篇且於詩前添入「那聚遠樓景致清涼，三伏之中絕無暑氣，真蓬島之勝境」數語，雖近似周詩之語譯，然亦有開啟後文的作用。

（五）細部改寫

〈宋〉篇對於前文本之細部改寫，前文已時有論及，多為白話語譯及情節潤色，茲不贅。本目所論，主要針對人物及情節。這種情況在全篇中並不多，但僅見者對於各段前文本頗有黏合之功。且因其為細部改寫，故令黏合不著痕跡。如第四段談及徽宗的思鄉詩詞後，第五段即敘述韋后南歸之事：

> 紹興間，和議已成，高宗母親韋后將還中國，徽宗挽住韋后車輪泣道：「但得與你同歸中國，為太一宮主足矣，他無望於九哥也。」韋后不能卻，只得發誓道：「我若回去，不差官來迎接，當瞽吾目。」說畢升車。回來見高宗並無迎接之意，韋后心中不樂，遂兩目俱盲……[86]

此段之前文本在《西湖遊覽志餘》卷二：

> 紹興間，和議成，顯仁后韋氏自北漢將還。欽宗挽其輪泣曰：「第與吾同歸，得為太乙宮主足矣，他無望於九哥也。」后不能卻，為之誓曰：「吾此歸，苟不迎若者，有瞽吾目！」乃升車歸。見高宗殊無迎復意，后為之憮然，兩目俱盲。[87]

---

86 〔明〕周清源：《西湖二集》，頁25-26。
87 〔明〕田汝成：《西湖遊覽志餘》，頁13-14。

除挽輪者為欽宗而非徽宗外，語意幾乎完全相同。《西湖遊覽志餘》
之前文本、明人陸楫《古今說海》卷八十八引闕名《朝野遺記》所記
亦為欽宗：

> 和議成，顯仁后將還，欽廟挽其輪而躃之曰：「第與吾南歸，
> 但得為太一宮主足矣，他無望於九哥也！」后不能卻，為之誓
> 曰：「吾先歸，苟不迎若，有瞽吾目！」乃升車，既至，則是
> 間所見大異。不久，后失明……[88]

韋后並非欽宗生母，遂有「不能卻」的難堪之狀。至若徽宗乃韋后之
夫，縱使金人環伺，也不當如此掩藏人倫之情。徽宗雖已落難，畢竟
「但得為太一宮主足矣，他無望於九哥也」卻不類父親向子傳話之語
氣。考徽宗崩於紹興五年（1135），至十二年四月（1142），金人送韋
后歸宋，徽宗與鄭皇后棺槨同行，故其臨行時挽輪者絕非徽宗。然
〈宋〉篇於前段已頗言及徽宗，故此處改換角色以作承接、呼應，良
有以也。角色之改換，亦有於前文本中已完成者。又如第二段「鵓鴿
詩」云：

> 高宗在宮，好養鵓鴿，躬自飛放，有一士人題首詩道：「鵓鴿
> 飛騰繞帝都，朝收暮放費功夫。何如養個南來雁，沙漠能傳二
> 帝書。」高宗聞得，即召見此人，賜與一官。[89]

88　〔明〕陸楫：《古今說海》（臺北市：臺灣商務印書館影印文淵閣四庫全書，1983
　　年），卷八十八，頁1a-1b。

89　〔明〕周清源：《西湖二集》，頁24-25。

此條之前文本出自《西湖遊覽志餘》卷二，文字幾乎全同。[90]然《西湖遊覽志餘》所參考者，蓋為宋人葉紹翁《四朝聞見錄》丙集〈鵓鴿詩〉，其言云：

> 東南之俗，以養鵓鴿為樂，群數十百，望之如錦。灰褐色為下，純黑者為貴。內侍畜之尤甚。粟之既，則寓金鈴於尾，飛而颺空，風力振鈴，鏗如雲間之珮，或起從鳳山。紹興中，有賦詩者曰：（詩略。）[91]

可見養鵓鴿者乃宮中宦官，而非高宗本人，更遑論其「躬自飛放」。

除角色之改換外，也有情節之更易處。如第7段「四聖延祥觀」：

> 那宋高宗耽樂湖山，便是偏安之本了。自南渡以來，建宮殿於鳳凰山，左江右湖，曲盡湖山之美，沿江數十里，風帆沙鳥，煙靄霏微，一覽而盡。不則一日，造成宮殿，非常華麗，與汴京一樣。又點綴名山，敕建廟宇。因當初封康王之時，常使於金，兀朮每欲加害，夜中常見四個極大之神，身長數丈，手執器械護衛，金兀朮遂下手不得。登位之後，訪問方士，方士道：「紫微座旁有大將四名，曰天蓬、天猷、翊聖、真武，護陛下者即此四將也。」後來韋太后還自沙漠，高宗大喜，感四將護衛之德，遂敕封四聖延祥觀，以沉香刻四聖像，並從者二十人，飾以大珠，備極工巧，為園曰「延祥」，亭館窈窕，麗若畫圖，水潔花寒，氣象幽雅，為湖上極盛之處。[92]

---

90 〔明〕田汝成：《西湖遊覽志餘》，頁11-12。
91 〔宋〕葉紹翁：《四朝聞見錄》（北京市：中華書局，1989年），頁97。
92 〔明〕周清源：《西湖二集》，頁28-29。

考田汝成《西湖遊覽志》卷八〈北山勝跡〉：

> 四聖延祥觀，舊在孤山。宋高宗為康王時，常使於金。夜見四
> 巨人執仗衛行，詢之方士，云紫微有大將四名，曰天蓬、天
> 猷、翊聖、真武。王心異之，及即位乃建觀祀之。[93]

內文僅謂四聖於金地庇佑尚未即位的康王，卻並未言及韋后。再查
《咸淳臨安志》卷十三〈四聖延祥觀〉曰：

> 在孤山，舊名四聖堂。四聖者，道經云紫微北極大帝之四將，
> 曰天蓬、天猷、翊聖、真武。先是，顯仁皇太后繪像，事甚
> 謹。高宗皇帝以康邸北使，將行，有見四金甲人，執弓劍以衛
> 者。紹興十四年，慈寧殿斥費，即今地建觀。……二十年，詔
> 復東都延祥舊名，殿曰「北極四聖之殿」，門曰「會真之門」。[94]

《夢粱錄》卷八所言略同，唯未詳言年份。[95]由此可知，四聖觀本在
汴京，韋后甚為信奉，觀中聖像皆其命人所繪。慈寧殿乃韋后南歸後
所居，故斥費建觀，淵源有自。而〈宋〉篇稱高宗「造成宮殿，非常
華麗，與汴京一樣」，恰與此節相應。又〈宋〉篇此段道及韋后，照
應了第五段「韋后南歸」，且顯示作者非僅參考明代易得的《西湖遊
覽志》而已。然作者略去韋后與四聖延祥觀的淵源，將焦點放在四聖
庇佑高宗一節，主要還是為了借修宮觀之事貶斥高宗「耽樂湖山，便
是偏安之本」。

---

93 〔明〕田汝成：《西湖遊覽志》（北京市：中華書局，1958年），頁107。

94 〔宋〕潛說友：《咸淳臨安志》，卷十三，頁11a-11b。

95 〔宋〕吳自牧：《夢粱錄》（臺北市：臺灣商務印書館影印文淵閣四庫全書，1983年）
　　卷八，頁1b-2a。

四　論迻錄與拼接方法的得失

　　曾軼靜論〈隋〉篇云，除卻篇首與篇尾詩詞，入話和頭回被省略，表明擬話本的一些重要特徵已消失，作者的重心不再放在模擬話本的形式上。[96]〈隋〉、〈宋〉二篇都有曾氏所論的現象，且皆係以素材重組的方式撰成，然二者之得失亦有異同之處。比較二者之異同，可進一步了解迻錄與拼接方法的優劣所在。茲就主題之去存、風格之異同、敘事之疏密三方面分目而討論之。

（一）主題之去存

　　陳學海認為，〈隋〉篇的詩詞描寫從骨子裡透露出作者的文人才氣，而其對於君王縱情淫慾的刻畫已經在不自覺地迎合著晚明商品經濟下市民文化的大潮流了。[97]李正心也認為〈隋〉篇是對諸傳奇的加工改造，而「世俗味甚濃」。[98]其實篇中大部分詩詞皆來自諸前文本，固非馮夢龍原創，且如李劍國論〈迷樓記〉：「全文描畫煬帝淫靡，雖極其詞而不事張揚，視伶玄〈趙飛燕外傳〉之耽於色情，猶稱嚴肅。作者於樂事中暗寄悲意，味之調傷旨苦。其悲非悲隋亡也，悲隋政之失也。」[99]曾軼靜亦云，儘管作者在原始素材之外並沒有流露出更多道德勸誡和功利化的感情色彩，但大量的情節匯聚是為隋煬帝逸豫亡身的斑斑鐵證，無疑給讀者留下深刻印象。[100]筆者認為，馮夢龍確然

96　曾軼靜：《隋唐至明末隋煬帝題材小說研究》，頁33。

97　劉海燕、藍勇輝主編：《大學生品讀「三言」》（福州市：福建教育出版社，2012年），頁347。

98　李正心：《《隋煬帝豔史》研究》（福建師範大學高等學校教師在職攻讀碩士學位論文，2009年），頁8。

99　李劍國：《唐五代志怪傳奇敍錄》，頁900。

100　曾軼靜：《隋唐至明末隋煬帝題材小說研究》，頁33。

大抵保存了前文本的主題。如〈隋〉篇之末有詩云：

> 千里長河一旦開。亡隋波浪九天來。錦帆未落干戈起，惆悵龍
> 舟不更回。[101]

胡士瑩以此詩「疑為馮夢龍所作」。[102]若其言果然，更可引證馮夢龍
對此篇意旨之歸納，乃是將煬帝建造運河、勞殫民力與隋亡連結在一
起，點明了「逸遊」的主題。又如前表所示，〈開河記〉的內容
〈隋〉篇迻錄較少，但其「遭譴」的主題則一以貫之。如李菁所論：
作為第一篇敘寫煬帝開河的小說，〈開河記〉的主旨傾向無疑具有很
強的代表性和對後世作品的指向性，明清小說演義在情節描繪上的極
盡誇大譏諷之能事，恐怕就跟〈開河記〉有一定的關係。[103]又謂就筆
法論，〈開河記〉實具其他諸《記》未有之特色，小說中數名古墓鬼
神粉墨登場，以全知全能的姿態操控局勢預言下場，施冥冥之力懲惡
罰罪。[104]古墓鬼神一段並未被〈隋〉篇吸納，但隋煬帝多行不義而遭
冥誅的主題卻是一致的。其次，李劍國論〈隋遺錄〉云：

> 中多綴歌詩，計煬帝八首、虞世南一首、吳絳仙一首、陳後主
> 一首，詩筆明淨麗婉，兼陳隋之輕綺、唐人之清俊。才人美女
> 相對必賦詩吟歌，意盡方休，全係唐人作風。[105]

---

101 〔明〕馮夢龍：《醒世恆言》，頁342。

102 胡士瑩：《話本小說概論》，頁714。

103 李菁：〈唐傳奇文《煬帝開河記》研究〉，《廈門大學學報（哲學社會科學版）》
    2012年第2期，頁36。

104 同前註，頁33。

105 李劍國：《唐五代志怪傳奇敘錄》，頁562。

換言之，諸傳奇在狀述煬帝暴虐之餘，並不否認其豐富的才情。《貞觀政要・文史第二十八》錄唐太宗語云：「若事不師古，亂政害物，雖有詞藻，終貽後代笑，非所須也。只如梁武帝父子及陳後主、隋煬帝，亦大有文集，而所為多不法，宗社皆須臾傾覆，凡人主惟在德行，何必要事文章耶？」[106]賢君既以詩文為餘事，以此推之，諸傳奇中廣錄煬帝詩文，其優美的詞藻不僅能進一步體現煬帝好文荒政，同時也可吸引一般士庶背景之讀者的注意力。〈隋〉篇所以大幅迻錄這些詩文，其因在此。

　　〈宋〉篇的情況稍為複雜。侯忠義指出，《西湖二集》的作者演義前朝史事，抨擊政治竄敗，感慨世情冷暖，頗能反映當時知識階層對民不聊生明末社會的認知和懷才不遇之情。[107]所言甚是。前賢多指出〈宋〉篇與《西湖遊覽志餘》卷三的文本關聯，且此卷題為「偏安佚豫」，[108]益可見此篇標目、乃至主題所由自。篇中，周楫批評高宗道：

　　　　若是真要報仇雪恥，須像越王臥薪嚐膽，日圖恢復之志，身率岳飛一班兒戰將，有進無退，直殺得金兀朮大敗虧輸而走，奪還兩宮，恢復土宇，仍都汴京，方是個有道的君王、報仇雪恥的臣子。高宗不知大義，聽信賊臣秦檜和議，誤了大事。[109]

又論高宗：

106　〔唐〕吳兢：《貞觀政要》（上海市：上海古籍出版社，1978年），頁222。
107　侯忠義：〈前言〉，〔明〕周清源：《西湖二集》，頁2。
108　〔明〕田汝成：《西湖遊覽志餘》，頁37。
109　〔明〕周清源：《西湖二集》，頁25。

> 不思迎接徽、欽回來，只是燕雀處堂，一味君臣縱逸，耽樂湖
> 山，無復新亭之淚。[110]

可謂抨擊甚力。然而除了明人的《西湖遊覽志餘》等外，〈宋〉篇的
前文本還包括南宋的《武林舊事》等，宋、明兩代的著者對於高宗的
評價自有差異。故〈宋〉篇除了站在明人的立場批評高宗偏安逸豫、
不思進取外，也吸納了宋人的正面觀點以為輔助。這些正面觀點主要
放在篇末，一則避免文意牴觸，二則有在總收處作整體評價之意。其
言曰：

> 高宗雖然遊豫湖山，卻都是與民同樂。那時臨安百姓極其安
> 適，諸務稅息每多蠲免，如有貧窮之民，連年不納錢賦者，朝
> 廷自行抱認。還有各項恩賞，有黃榜錢，雪降之時便有雪寒
> 錢，久雨久晴便有賑恤錢米，大官拜命便有搶節錢，病的便有
> 施藥局，童幼無人養育的便有慈幼局，貧而無倚的便有養濟
> 院，死而無殮的便有漏澤園。那時百姓歡悅，家家饒裕。唯與
> 民同樂，所以還有一百五十年天下，不然與李後主、陳後主又
> 何以異乎！[111]

站在歷史的角度，有貶有褒，不純然以高宗未能北伐而忽略其於江南
的善政。故今人曾慶全論此篇道：「作者在故事的結尾處也提出『與
民同樂』四個字，採用了《武林舊事》的原意。到底是真心，還是假
意？我們且不去作猜度。不過，事實並不都像這裡所說的，『百姓歡

---

110 同前註，頁26。
111 同前註，頁37-38。

悅，家家饒裕」。臨安即使如此，也不過是帝輦下的偶然現象而已，並不能掩蓋當時天下百姓所受的巨大痛苦。……天下百姓橫遭剝削，這對趙構父子身邊的小恩小惠，是鮮明的對照和無情的諷刺。周清源……是講故事，不是作專論，不必苛求。最後作者點明這南宋的開國之君，比陳叔寶和李煜，還是略高一籌，這是事實，沒有曲諱，評價得實在。」[112]所言甚是。而雲宇則認為，與《宋史》中宋高宗的歷史形象相比較，《西湖二集》中宋高宗的文學形象顯得更集中，並且也缺少變化。[113]〈隋〉、〈宋〉二篇皆著眼於逸遊、逸豫之內容，而無暇細究其產生之背景，故煬帝、高宗的形象雖能保持一致，但作為主角來說缺乏多面向之呈現，不為無憾。

（二）風格之異同

儘管〈隋〉、〈宋〉二篇的前文本多為文言，然二篇在撰寫的過程中，語言風格的取向卻不同。馮夢龍大抵保存了幾篇傳奇及《隋書》的原文，而周清源則往往對前文本進行了白話語譯。試比較〈隋〉篇第四段及其前文本〈開河記〉：

〈隋煬帝逸遊遭譴〉	〈開河記〉
一夕，帝因觀殿壁上有廣陵圖，帝注目視之。移時不能舉步。時蕭后在側，謂帝曰：「知他是甚圖畫？何消帝如此掛心？」帝曰：「朕不愛此畫，只為思舊遊之處耳。」於是以左手憑后肩，右手指圖上山水及人煙村	因觀殿壁上有廣陵圖，帝瞪目視之，移時不能舉步。時蕭后在側，謂帝曰：「知他是甚圖畫，何消皇帝如此掛意。」帝曰：「朕不愛此畫，只為思舊遊之處。」於是帝以左手憑后肩，右手指圖上山水及人煙村落寺

---

112 曾慶全選析：《明代擬話本作品賞析》，頁150。
113 雲宇：《從歷史到文學：《西湖二集》帝王將相形象研究》（北京語言大學碩士論文，2009年），頁6。

落寺宇，歷歷皆如在目前。謂蕭后曰：「<u>朕昔征陳後主時遊此</u>。豈期久有<u>天下</u>，萬機在躬，便不得豁然於懷抱也。」言訖，<u>容色</u>慘然。蕭后奏曰：「帝意在廣陵，何如一幸？」帝聞之，<u>言下恍然</u>。<u>即日召群臣，言欲至廣陵</u>，旦夕遊賞。議當泛巨舟自洛入河，自河達海入淮至廣陵。[114]	宇，歷歷皆如目前。謂后曰：「<u>朕為陳王時</u>，守鎮廣陵，旦夕遊賞。<u>當此之時以雲煙為美景，視富貴若深冤</u>。豈期久有<u>臨軒</u>，萬機在躬，使不得豁於懷抱也。」言訖，<u>聖容</u>慘然。后曰：「帝意在廣陵，何如一幸？」帝聞，<u>心中豁然</u>。<u>翌日</u>與大臣議，欲泛巨舟自洛入河，自河達海入淮至廣陵。[115]

比較兩段，改動處甚細微，如「朕為陳王時」於史有誤，當為「晉王」，故改作「朕昔征陳後主時」；「<u>瞪目</u>」措辭欠雅，改作「<u>注目</u>」；「久有<u>臨軒</u>」文字較艱澀，改作「久有<u>天下</u>」；「<u>聖容</u>」改作「<u>容色</u>」，寄寓褒貶；「<u>翌日</u>」改作「<u>即日</u>」，以見煬帝之心血來潮。但整體而言，前文本的文言風格並未破壞。即便略為白話之語如「知他是甚圖畫」亦未作改動。至如〈宋〉篇第一段〈題中和〉，引詩完畢後云：

> 這一首詩是高宗在杭州題中和之作。話說宋朝當日泥馬渡康王，來於杭州，以府治為行宮，題這首詩於中和堂，思量恢復中原，要范蠡、文種之臣輔佐國家。說便是這般說，朝中有一岳飛而不能用，卻思借材於異代，豈不可笑。[116]

然觀《西湖遊覽志餘》卷二，僅云：「嗟乎，有一岳武穆而不能用，乃顧思材于異代耶？」[117]相勘可知，不僅〈宋〉篇就前文本作了語譯，

114 〔明〕馮夢龍：《醒世恆言》，頁337。

115 魯迅校錄：《唐宋傳奇集》，頁232。

116 〔明〕周清源：《西湖二集》，頁24。

117 〔明〕田汝成：《西湖遊覽志餘》，頁12-13。

還添入不少詩歌背景、內容之解釋文字。李劍國論〈海山記〉:「此借隋煬舊事陳興衰之感、成敗之理,其心亦可悲矣。」[118]又論〈開河記〉:「作者激憤既深,故而筆致嚴峻。」[119]馮夢龍於〈隋〉篇因襲文言風格,因而頗能繼承幾篇傳奇冷峻深沈的筆調。至若〈宋〉篇,有不少前文本如《武林舊事》、《四朝聞見錄》等皆南宋時書,於高宗每有稱譽。故周楫之白話語譯,一則迎合讀者口味,二則可藉此機會對高宗另作論斷。當然,周氏行文好作議論,時有枝節旁生,故其語譯之餘,於文義亦多鋪衍,不過仍如曾慶全所言,文風猶稱古樸。

(三) 敘事之疏密

　　整體而言,〈隋〉篇之敘事較〈宋〉篇為連貫圓融,作為素材重組的文人話本,這當然是由其前文本的情況所決定的。此篇的前文本僅以四篇傳奇為主體,且如李劍國所言,隋煬三記分記隋煬三事,鮮有重複,風格一致,當出同一人。又云〈海山記〉夢陳後主一節雖與〈隋遺錄〉之夢同為幻設之辭,但事不相重。[120]非僅如此,此三記與〈隋遺錄〉的主題亦皆為歷史反思,故迻錄拼接皆較為容易。趙景深曾謂〈隋〉篇組合上頗費匠心,[121]良有以也。進而言之,〈隋遺錄〉後跋有以下文字:

> 上元縣,南朝故都。梁建瓦棺寺閣,閣南隅有雙閣。閱之忘記歲月。會昌中詔拆浮圖,因開之,得筍筆千餘頭。中藏書一帙,雖皆隨手靡書,而文字可紀者乃《隋書》遺稿也。中有生

---

118 李劍國:《唐五代志怪傳奇敘錄》,頁897。
119 同前註,頁903。
120 同前註,頁895-896。
121 趙景深:《中國小說叢考》,頁350。

白藤紙數幅，題〈南部煙花錄〉，僧志徹得之。[122]

此言〈隋遺錄〉（〈南部煙花錄〉）之來歷雖未必可盡信，但有一點值得注意，即〈隋遺錄〉乃「《隋書》遺稿」。換言之，〈隋遺錄〉因內容多為《隋書》所無，故可當成《隋書》之補充資料來閱讀。其餘三記亦可作如是觀。因此，《隋書》所言之事，四篇傳奇則多不錄。如〈隋遺錄〉開篇便道：

> 大業十二年，煬帝將幸江都，命越王侗留守東都。宮女半不隨駕，爭泣留帝，言「遼東小國，不足以煩大駕，願擇將征之」。攀車留借，指血染鞅，帝意不回，因戲飛白題二十字，賜守宮女云：「我夢江都好，征遼亦偶然。但存顏色在，離別只今年。」車駕既行，師徒百萬前驅。[123]

由此可見，煬帝晚年幸江都，主要由於征高麗失敗後意興闌珊所致。故作者雖侈言其逸遊，卻於此因果仍有所知，且諸篇傳奇除此處外亦不復齒及征遼，蓋其事可徵於《隋書》之故也。而〈隋〉篇於敘及開河之事後接入此節，整體脈絡雖無大礙，然征遼於前後文皆無照應，頗嫌突兀。其次，四篇傳奇因有補遺性質，故不全面道及煬帝生平，雖於奪嫡、即位兩處有所著墨，但主要仍為映襯其後的逸遊段落。相形之下，〈隋〉篇更有為煬帝作傳的雄心，故補充了一些《隋書》的材料。然而這些材料僅有三種，即〈房陵王勇傳〉、〈后妃傳〉和〈齊王暕傳〉，分別渲染奪嫡、即位及駕崩三節，並無太多新資料的補

---

122 魯迅校錄：《唐宋傳奇集》，頁209。

123 同前註，頁201。

充。加上馮夢龍在迻錄拼接時將年份幾乎悉數略去，於是給讀者的印象是，煬帝弒父即位後，便馬上開始遊樂，一無可取。縱毋論即位後之事，煬帝在藩邸時，平陳後曾任揚州總管十年，致力於南北文化之交融。故前引〈開河記〉有「朕為陳王時，守鎮廣陵，旦夕遊賞」之語，隱隱可見其在揚州之功。而〈隋〉篇改作「朕昔征陳後主時遊此」，則全然抹煞之。如此雖能突顯逸遊之主題，然於敘事則不免有瑕疵矣。

至於〈宋〉篇，前文本雖大抵來自田汝成《西湖遊覽志餘》，但田書本為條列式的筆記性質，而這些條目又更有不同的出處，故要將之黏合成一篇小說，在主題、情節及語言上皆需下功夫。曾慶全論此篇道：「許多段落抄錄前人的原文，既不流暢，也不悅目。詩詞雜列，半文不白，直敘事情為主，缺乏生動的細節，也不重視人物刻劃，與一般的話本小說要求不符，像記敘散文。但是，一個個事件，交待清楚，輪廓分明，滲透著作者的愛憎感情，還是吸引人的。」[124]又說：「這篇故事，採摘史乘筆記，梳理成篇，藝術性不算高，屬於說話中的『講史』家數，以事實取信讀者，不以人情世態悲歡離合的虛構動人耳目。」[125]篇中對高宗有貶有褒，這在歷史論述而言可謂客觀，然在文學藝術而言則猶須進一步呈現出這種矛盾心態之生成和發展的來龍去脈，僅憑一個個題材不一的小故事之聯綴潤飾，是遠遠不足的。曾慶全又謂此篇讓讀者「發思古之幽情，玩味某些不斷重複的生活意境」，[126]換言之，這些小故事即便抽離來看頗為精彩，但排列起來卻仍嫌散亂，幾乎沒有情節的推進、高潮的起落。時空模糊處，

---

124 曾慶全選析：《明代擬話本作品賞析》，頁147。

125 同前註，頁150。

126 同前註，頁147。

故事前後置換亦無大妨；稍微清晰處，卻又如一筆流水帳，淡然寡味。此外，陳國軍指出〈宋〉篇在詰責宋高宗淫逸誤國的弦外之音中，也以明太祖的身分和口吻對明代的帝王提出警告，要他們勿忘祖先創業之難，振作起來，冀望挽救頹運於萬一。這些「聖世名君」的出現與小說敘事節奏大不協調、大不和諧，破壞了作品的敘事密度和進程，且有著極其刺眼的「垂教訓」的目的。[127]與此類似的問題還有周氏於〈宋〉篇引詩過多，且這些詩作非如〈隋〉篇般主要出自煬帝之手，故使本已脈絡不清的故事情節益為割裂，以致此篇並非「有詩為證」，而更像串連一處的本事詩著作了。

五 結語

　　〈隋煬帝逸遊召譴〉及〈宋高宗偏安耽逸豫〉的文本築構，可概括為迻錄與拼接之法。本章將這兩篇話本各分為若干段，一一在前賢的論述基礎上進一步探尋其前文本，探論其文本築構的過程及得失。由於迻錄與拼接之法，兩篇話本甚少以一個虛構陳述者的方式將一個真正的、未被提及的陳述者的話語據為己有。〈隋〉篇的文本築構可歸納為直接迻錄、原文刪節、內容增補、剪接穿插及細部改寫五方面，〈宋〉篇對於前文本素材的重組則主要為原意迻錄、文字縮略、內容增飾、段內拼貼及細部改寫五方面。總而觀之，比較〈隋〉、〈宋〉二篇書寫方式之異同，可進一步了解迻錄與拼接方法的優劣所在。在主題去存方面，〈隋〉篇大抵保存了作為前文本的諸傳奇之「於樂事中暗寄悲意」、「悲隋政之失」的主題，而其迻錄的優美詩

---

127 陳國軍：〈《西湖二集》敘事品格的生成〉，《武警學院學報》第22卷第2期（2006年4月），頁81。

文，也可吸引一般讀者。而〈宋〉篇除批評高宗偏安逸豫，也對其作了一定程度的肯定。在風格方面，馮夢龍大抵保存了前文本的文言原文，因而頗能繼承幾篇傳奇冷峻深沈的筆調。而周清源往往對前文本進行白話語譯，文義多有鋪衍，不過文風仍稱古樸。敘事疏密方面，由於〈隋〉篇所依據的諸傳奇之主題與風格一致，內容甚少重複，故迻錄拼接皆較易。唯諸傳奇要為《隋書》之補充資料，若以其為小說主體，無疑難以顯現煬帝荒政的深層背景，於人物個性之刻劃也較單薄。而〈宋〉篇將筆記條目黏合成一篇小說，同樣無法呈現高宗的複雜個性，且有嫌散亂，幾乎沒有情節的推進、高潮的起落，如一筆淡然寡味的流水帳。又好頌帝德、引詩過多，使本已脈絡不清的故事情節益為割裂。

第三章
采擷與重寫
——〈唐明皇好道集奇人，武惠妃崇禪鬥異法〉新考

一　引言

　　收錄於《初刻拍案驚奇》卷七的〈唐明皇好道集奇人，武惠妃崇禪鬥異法〉是凌濛初在前代材料的基礎上運用采擷與重寫之法，改編而成的文人話本。所謂采擷，即蒐集、摘取之意。與〈隋〉、〈宋〉二篇相比，〈唐〉篇的主角唐明皇的傳說故事為數更多，凌氏所參考的材料理論上也自然更為龐雜。舉例而言，如〈唐〉篇的重要前文本之一《明皇雜錄》有孫甑生一條，謂其深於道術，「轞石纍卵，折草為人馬，乘之東西馳走」。[1]然而〈唐〉篇並未選取這段材料；又如明皇晚年請臨邛道士尋訪楊貴妃的魂魄，也是膾炙人口的故事，卻也不見於〈唐〉篇。由此可見，〈唐〉篇雖名「好道集奇人」，卻並非無所不包的雜俎。凌氏僅將張果老、葉法善、羅公遠三人的故事采擷入正話，固因三人在《太平廣記》等前文本中已同場出現，便於串連重寫，還由於歷史上他們不僅為人正派，且心存社稷。如張果老被武則天召見時「死」於妒女祠下，葉法善協助明皇推翻武周、羅公遠向明皇進諫等皆然，這就扣緊了〈唐〉篇另一隱藏的主題：對國事日非、君王倦勤的憂慮。此外，如遊月宮的故事，南宋周密便指出：「所出亦數處。《異聞錄》云，開元中，明皇與申天師、洪都客夜遊月

1　〔唐〕鄭處誨：《明皇雜錄》（北京市：中華書局，1994年），卷下，〈孫甑生道術〉，頁42。

中……《唐逸史》則以為羅公遠，而有擲杖化銀橋之事；《集異記》則以為葉法善，而有潞州城奏玉笛、投金錢之事；《幽怪錄》則以為遊廣陵，非潞州事。」[2]而〈唐〉篇獨選葉法善而棄葉淨能、羅公遠等，也有其道理。這些都可視為凌氏對前文本的采擷之力。采擷材料之後，凌氏不僅進行刪節、語譯，更作出可觀的重寫。重寫後的內容，視諸前文本更為豐盈。

根據凌濛初〈拍案驚奇序〉所云，二拍的創作多是「偶戲取古今所聞一二奇局可紀者，演而成說」。[3]因此，包括〈唐〉篇在內的作品都經過一番慘澹經營、加工組織，將各種前文本串合潤色而成。洵如孫楷第〈三言二拍源流考〉論凌氏之作：「要其得力處在於選擇話題，借一事而構設意象；往往本事在原書中不過數十百字，記敘瑣聞，了無意趣。在小說則清談娓娓，文逾數千。抒景寫情，如在耳目。化神奇於臭腐，易陰慘為陽舒，其功力亦實等於造作。自非才思富贍，洞達人情，鮮能語此，不得與稗販者比也。」[4]所言極是。抑有進者，魯迅在《中國小說史略・明之擬宋市人小說及後來選本》評論《醒世恆言》，認為其中的精彩故事大多以近代為背景：「明事十五篇則所寫皆近聞，世態物情，不待虛構，故較高談漢唐之作為佳。」[5]非僅《醒世恆言》，晚明以三言二拍為首的文人話本，大率皆是這種情況。故此，〈唐〉篇以唐明皇及其身邊的奇人異士為主角，神仙法術為主題，題材與情節涉及怪力亂神及宮廷生活，不同於眾多話本作品以市民生活為主軸，故一向不太為學者及讀者所注意，歷來論者寥

---

2 〔宋〕周密：《癸辛雜識》，《宋元筆記小說大觀》第6冊（上海市：上海古籍出版社，2001年），頁5716。

3 〔明〕凌濛初：〈拍案驚奇序〉，《初刻拍案驚奇》（上海市：古典文學出版社，1957年），頁1。

4 孫楷第：〈三言二拍源流考〉，《滄州集》（北京市：中華書局，2009年），頁130。

5 魯迅：《中國小說史略》（天津市：天津人民出版社，1999年），頁223。

寥。史上唐明皇的傳說故事經歷了漫長的演變過程，而〈唐〉篇正是在參考多種既有典籍後聯綴改編而成。本章之論述，即以〈唐〉篇與其前文本之關係為核心。

二 〈唐明皇好道集奇人〉文本的築構

凌濛初在自序中說宋元舊本被馮夢龍「蒐刮殆盡」，[6]故二拍作品較多原創。〈唐〉篇當屬素材重組一類，乃凌濛初採擇史傳、筆記、道教故事，聯綴而成。史佳佳指出，玄宗類型小說一共分為三種模式：第一，政治事蹟；第二，風流軼事；第三，求仙問佛及靈異之事。[7]而〈唐〉篇自屬於第三種模式。譚正璧窮數十年之功，查閱數百種參考書，輯成《三言兩拍資料》，以探究故事的來源出處、影響關聯，與〈唐〉篇相關的有《明皇雜錄》、《太平廣記》、《次柳氏舊聞》、《獨異志》、《廣德神異錄》、《歲時廣記》、《古今圖書集成》、《雲笈七籤》、《錄異記》、《朝野僉載》、《開天傳信記》、《酉陽雜俎》、《堅瓠廣集》等書。此外，尚有《龍城錄》、敦煌卷S6836〈葉淨能詩〉、唐人鄭嵎〈津陽門詩〉、《集異記》、《開元天寶遺事》、《舊唐書》、《新唐書》、《碧雞漫志》、《類說》、《唐葉真人傳》、《龍鳳錢》傳奇、《東遊記》等。據筆者統計，〈唐〉篇的情節大抵可分為四段十四節，茲表列如下：

---

6 〔明〕凌濛初：〈拍案驚奇序〉，《初刻拍案驚奇》，頁1。
7 史佳佳：〈唐玄宗類型小說的三種模式及其演變特點〉，《西昌學院學報（社會科學版）》2008年第4期，頁39。

表一　〈唐明皇好道集奇人〉的分段及前文本

段落	內容	頁碼	前文本
1	李遐周題讖詩	123	《明皇雜錄》卷下、《太平廣記》卷三十一、《太平廣記》卷一六三引《抒情詩》、《新編分門古今類事》卷十四引《青瑣高議》佚文
2.1	張果之一·返老	123-124	《舊唐書》卷一九一、《明皇雜錄》卷下
2.2	張果之二·飲酒	124-125	〈葉淨能詩〉、《明皇雜錄》卷下、《太平廣記》卷七十二引《河東記》、《類說》、《東遊記》二十回
2.3	張果之三·辨鹿	125	《明皇雜錄》卷下、《宣室志》卷八、《東遊記》、《東遊記》二十一回
2.4	張果之四·賜婚	125-126	《舊唐書》卷一九一、《明皇雜錄》卷下
2.5	張果之五·飲堇（包括師夜光、邢和璞）	126	《舊唐書》卷一九一、《明皇雜錄》卷下、《次柳氏舊聞》、《東遊記》二十、二十一回
2.6	張果之六·出處	126-127	《明皇雜錄》卷下、《獨異志》卷下、《東遊記》二十一回
3.1	葉法善之一·凶函	127	《太平廣記》卷二十六引《集異記》《仙傳拾遺》、《唐葉真人傳》
3.2	葉法善之二·觀燈	127-128	〈葉淨能詩〉、王棨〈玄宗幸西涼府觀燈賦〉、《玄怪錄》卷三、《太平廣記》卷二十六引《集異記》《仙傳拾遺》、《廣德神異錄》（《太平廣記》卷七十七、《唐葉真人傳》、《歲時廣記》卷十二、《歲華紀麗譜》、《古今圖書集成》卷三〇六引）

段落	內容	頁碼	前文本
3.3	葉法善之三·登月	128-130	〈葉淨能詩〉、鄭嵎〈津陽門詩〉、《龍城錄》、《開天傳信記》、《太平廣記》卷二十二引《神仙感遇傳》《仙傳拾遺》《逸史》、《廣德神異錄》（《太平廣記》卷七十七、《碧雞漫志》卷三、《唐葉真人傳》、《龍鳳錢》傳奇、《古今圖書集成》卷三〇六引）、《雲笈七籤》卷一一三
4.1	羅公遠之一·斥龍	130-131	《錄異記》卷一、《太平廣記》卷二十二引《神仙感遇傳》《仙傳拾遺》《逸史》等、《雲笈七籤》卷一一三
4.2	羅公遠之二·貢果	131-132	《太平廣記》卷二十二引《神仙感遇傳》《仙傳拾遺》《逸史》等、《雲笈七籤》卷一一三
4.3	羅公遠之三·鬥法	131-133	《太平廣記》卷二十二引《神仙感遇傳》《仙傳拾遺》《逸史》等、《太平廣記》卷二八五引《朝野僉載》
4.4	羅公遠之四·隱身	133-134	〈葉淨能詩〉、《開天傳信記》、《酉陽雜俎》卷二、《太平廣記》卷二十二引《神仙感遇傳》《仙傳拾遺》《逸史》等、《雲笈七籤》卷一一三、《新唐書》卷二九一

由此表可見，〈唐〉篇之取材以筆記小說及道教典籍為主。趙景深指出，〈唐〉篇相對於前文本，張、羅二公的故事是全引，葉公只取中段，「兩相比勘，不差毫釐，幾乎是文言譯成白話。」[8]實際上，在撰構〈唐〉篇的過程中，小說作者不僅對這些固有的前文本進行了采

8　趙景深：《中國小說叢考》（濟南市：齊魯書社，1980年），頁360。

擷，並進一步加工，如為統一體例、迎合讀者的口味，將之以白話來
重寫，還為配合情節發展，將之更改、增飾等。這些文本的互文性，
頗為值得研究。下文將從主題、佈局、題材、情節、語言五方面之異
同就〈唐〉篇展開論述。

三　主題的異同

主題乃文藝作品中通過具體的藝術形象表現出來的基本思想，是
文藝作品內容的核心。唐代皇室以老子後裔自居，以道教位居三教之
首。高世瑜認為，明皇青少年正當祖母武則天掌政之時，他作為李氏
宗室，備受猜疑，因此會在抑鬱失意而又富貴有閒的心情和處境中，
從佛、道那裡尋求一些樂趣。睿宗繼位，太平公主專權，明皇又以
「飛丹煉藥」之名在自己身邊安插謀士，策劃誅除太平。此時的道術
活動在很大程度上是掩蓋自己政治謀略的韜晦之計。而明皇即位後，
自知不宜大肆清算武、韋集團篡唐的罪行，遂大興象徵李唐的道教，
壓抑武周以之為符命、武韋時代大力崇奉過的佛教，道教便成了他重
興李唐，否定武、韋時代的一種巧妙而有力的政治方式和精神戰術。[9]
不過，李唐皇室對神仙之說卻仍有保留。如太宗謂「神仙事本虛妄，
空有其名」。[10]唐高宗尊老子為太上玄元皇帝，奉《老子》為上經，令
王公以下皆習之，然對神仙之術的態度則與太宗相似：「自古安有神
仙？秦始皇，漢武帝求之，疲弊生民，卒無所成。果有不死之人，今
皆安在？」[11]明皇承武韋之亂而即位，前期與民休息，頗尚道家無為

9　高世瑜：〈唐玄宗崇道淺論〉，《歷史研究》1985年第4期，頁18-19。

10　〔後晉〕劉昫：《舊唐書》（北京市：中華書局，1997年），卷二，〈太宗紀〉，頁
　　33。

11　〔宋〕司馬光：《資治通鑑》（北京市：中華書局，1956年），卷二〇〇，頁6303。

之治，但開元十三年還有「仙者憑虛之論，朕所不取」的言論。[12]直到開元二十二年，明皇接見「變化不測」的張果，因而禮待有加，由是頗信神仙。且如沈睿文所言，到天寶初年，隨著明皇因年齡的增長和對長生的渴望，他開始熱衷於從神仙之說中求得長生之途，變成了道術方士的信徒。[13]這正是〈唐〉篇的諸前文本產生的重要原因。顧名思義，〈唐〉篇可謂一篇白話版的志怪小說，以唐明皇為經，貫穿了張果、葉法善、羅公遠等人的故事。雙翼在《談「拍案驚奇」》有〈唐明皇看魔術〉一篇，專論這篇小說，其言云：「這一輯故事，小說是用肯定的觀點來寫的，認為的確有神仙，有奇人。那是迷信，今天很少人相信。不過，作為資料看，可以說明那時候的封建皇帝們，對此是入迷到何等程度，家庭中又是一塌糊塗到何等地步。」[14]不信神仙者謂唐明皇迷信自可，但驟然批評其家庭生活一塌糊塗，則似嫌太過。筆者以為，此篇除了宣揚道教的主題外，還有其他旨趣。

　　值得注意的是，作為〈唐〉篇前文本的諸志怪小說限於撰寫動機、篇幅及體例，僅能將情節敘述一通，其敘述態度則以歆悅驚羨為主。然《舊唐書·方伎》傳贊卻體現出史官對這些奇人乃至神仙之說的褒貶：

> 術數之精，事必前知。粲如垂象，變告無疑。怪誕之夫，誣罔菁龜。致彼庸妄，幸時艱危。[15]

以劉昫為首的史官們雖然站在儒家立場，卻並不否定世上存有未卜先

12　同前註，卷二一二，頁6764。

13　沈睿文：《安祿山服散考》（上海市：上海古籍出版社，2015年），頁247。

14　雙翼：《談「拍案驚奇」》（香港：上海書局，1977年），頁117。

15　〔後晉〕劉昫：《舊唐書》，卷一九一，〈方伎〉，頁5114。

知的神通之人。他們只是斥責那些「誣罔蓍龜」的「怪誕之夫」，在
艱危之世心存僥倖、欺世炫奇而已。不過，《舊唐書‧方伎》所載諸
人多受知於唐代帝王，明皇接引術士尤多。如此則「致彼庸妄，幸時
艱危」之語不無微言大義矣。反觀〈唐〉篇，主題至少有二：以宣揚
道教法術、滿足讀者的獵奇心態為主，此為褒義；以諷刺對唐明皇不
思修政為輔，此為貶義。整體而言，這兩個主題結合得尚算圓融。崇
禎元年尚友堂凌氏原刊本的眉批，頗能點出作者的本意。如羅公遠見
葉法善與金剛三藏鬥法，批評道：「陛下以為樂，不知此乃道家末
技，葉師何必施逞？」眉批：「公遠更勝在不自衒。」又如當明皇欲
從羅公遠學隱形之術，公遠不肯，勸諫道：「陛下乃真人降化，保國
安民，萬乘之尊，學此小術何用？」眉批：「每見公遠高處。」[16]羅公
遠的諫語意味著這些術士不僅法術高明，而且也心繫國計民生，非以
奇技淫巧牟取富貴者可比。而其由此招致殺身之禍，則顯示唐明皇荒
廢政事、耽於逸樂、喜怒無常、殘忍冷酷的情況，明皇的結局可謂咎
由自取。此外，張果的故事流傳甚廣，元代畫家任仁發更有《張果見
明皇圖》傳世。今人洪再新認為，任氏希望以此畫傳達對元朝帝王的
期望：期望蒙古的大汗能和唐代的君主那樣賞識和重用人才，在文治
方面開創出與其武功相當的業績。[17]凌濛初長期沉淪下僚，曾感嘆
道：「使吾輩得展一官，效一職，不出其生平籌劃以匡時艱，亦何貴
乎經笥之腹，武庫之胸哉！」[18]由是而推之，若說凌氏在編寫〈唐〉

---

16 〔明〕凌濛初原著、石昌渝校點：《初刻拍案驚奇》（南京市：江蘇古籍出版社，
　　1990年），頁128。

17 洪再新：〈任公釣江海，世人不識之：元任仁發《張果見明皇圖》研究〉，《故宮博
　　物院院刊》2000年第3期，頁16。

18 〔明〕鄭龍采：〈別駕初成公墓誌銘〉，載周紹良：〈曲目叢拾〉，中華書局編輯部
　　編：《學林漫錄》第五集（北京市：中華書局，1982年），頁97。

篇時也寄寓了懷才不遇的感慨，當亦在情理之中。

　　袁行霈、丁放云：「玄宗前期的無為而治重在革除弊端，與民休息，其後期的無為而治則是荒怠政事，妄求神仙，以致禍國殃民。唐玄宗由利用道家治國思想逐漸轉變為沉湎道教方術，也就由明君變為昏君了。」[19]雙翼更認為：「我們實在很有理由設想，那些什麼大法師，不論是道是佛，不外是些江湖客，他們在皇帝面前，扮演各種不同角色，其實是串同一氣，在皇帝面前，大家都有得混下去，如此而已……這些什麼真人，法師，如果真有那樣的神通，又肯來受皇帝供養，唐明皇還會弄得後來那麼狼狽的下場，連個楊貴妃的命也保不住嗎？可見這批『活神仙』，一個個都是騙子而已。」[20]以神通行騙的江湖術士固多，然而若將帝王師禮的緇黃全部斥為騙子則不宜。舉例而言，南朝高道陶宏景，有「山中宰相」之稱，乃因梁武帝每遇國家大事就去山中尋訪他，與之商討。陶氏的四傳弟子司馬承禎在初唐則受到明皇在內的幾位帝王的重視。可見緇黃雖講求清淨無為，但心存家國之念者也有人在。正如馮靜武指出，葉法善非常提倡忠孝思想，這一方面合乎道教的義理，另一方面也迎合了明皇治國的理念。[21]葉氏早年有功於皇室，明皇與葉氏關係之密切，自非偶然。其次，如吳真提出：「中唐以後的明皇遺事往往將太平時代的明皇遊樂當作歷史韻事來描寫，葉法善作為開元初期極負盛名的內道場高道，也就頻繁地出現在這些遺事當中。」[22]非僅葉法善，張果、羅公遠莫不如此。而白金杰進一步認為，〈唐〉篇「以道家先知預言的肯定表達對歷史的

---

19 袁行霈、丁放：《盛唐詩壇研究》（北京市：北京大學出版社，2012年），頁22。

20 雙翼：《談「拍案驚奇」》，頁119、122。

21 馮靜武：〈葉法善的忠孝思想論略〉，《中華文化論壇》2011年第4期，頁136-139。

22 吳真：《為神性加注：唐宋葉法善崇拜的造成史》（北京市：中國社會科學出版社，2012年），頁89。

操控理想，而以歷史命運不可逆轉表達對天命無情的無可奈何的慨
歎，在小說結構上沿用了宋元以來講史平話所表述的宗教史觀，在小
說的情感上體現了對盛世明君的無限緬懷，以及個人及歷史命運無法
把握的無限失落」，[23]其言頗讜。如〈唐〉篇中，羅公遠對安史之亂的
預言則顯示出其對國事的憂慮。所謂「蜀當歸」之寄，我們不妨視為
一種譎諫。若將這篇小說純粹當作「一個個騙子」要竭力在皇帝面前
「混下去」的故事，則似有所低估。如是看來，〈唐〉篇懷盛世、褒
奇人、諫君王的主題，誠與《舊唐書・方伎》傳贊的大義一脈相承。

當然，由於這篇小說的前文本皆為筆記式的小故事，在流傳過程
中雖經過一定程度的黏合，但畢竟獨立性較強，故事之間的邏輯關係
並不明顯。因此，雖經作者苦心經營後串連一處，情節的推進依舊乏
力。尤其在正文的大量篇幅中，作者以欣悅驚羨的筆調講述各位奇人
的神通廣大，但篇末卻僅以羅公遠的「蜀當歸」一語帶出安史之亂、
明皇播遷的遭遇，在無甚鋪墊的情況下，情節、語氣陡然一轉，全篇
戛然而止，只以一首七言絕句斥責明皇的荒政，頗嫌草率。

四　佈局的異同

韓南將中國古代小說佈局分為兩種：「如果我們用『佈局』（plot）
一詞表示故事中事件的次序，便可分辨出兩種徹底不同的佈局：一種
是，情節無論如何曲折離奇，佈局仍是完整一體，若把其中稍有分量
的內容抽除，便要破壞整個故事。另一種是，佈局只是一個連結故事
幾個部分的鬆散架子，其中某些部分即被刪除，對故事整體亦不足以

23　白金杰：《「二拍」道教敘事與勸懲旨歸》（黑龍江大學中國古代文學碩士，2009年），
　　頁22。

造成不可彌補的破壞；其實，這幾個部分本身皆可視為小佈局。我們不妨稱這兩種極端類型為單體佈局及連合佈局。」[24]以張果、葉法善及羅公遠三人為主體的〈唐〉篇在情節結構上就屬於連合式佈局。在前文本中，這三人的故事基本上的獨立的。如何將這些獨立的故事銜接交織，則有賴作者的功夫。作為〈唐〉篇主要前文本之一的〈葉淨能詩〉，張鴻勳有這樣的論述：「〈葉淨能詩〉把一些零碎片段、互不相關的傳說、故事，以葉淨能為主幹人物按年聯綴為一篇……存志怪餘風，顯示了早期階段話本的面目。」[25]在這個基礎上，凌濛初可謂踵飾增華。

首先可以看看篇首和入話。如胡士瑩所論，話本小說的篇首通常都以一首詩詞（有時也稱「言語」）為開頭。其作用可以是點名主題，概括全篇大意，也可以是造成意境，烘托特定的情緒，還可以是抒發感嘆，從正面或反面陪襯故事內容。在詩詞後加以解釋，然後引入正話的，叫做入話。[26]〈唐〉篇的篇首先拈出李遐周題的讖詩，預言安史之亂、楊妃賜死之事，在入話加以解釋，然後收結道：

> 蓋因玄宗是孔升真人轉世，所以一心好道，一時有道術的，如張果、葉法善、羅公遠諸仙眾異人皆來聚會。往來禁內，各顯神通，不一而足。那李遐周區區算術小數，不在話下。[27]

以此帶出張、葉、羅三人。然觀凌濛初撰寫此篇時主要依據的《明皇

---

24 〔美〕韓南著、王秋桂等譯：《韓南中國小說論集》（北京市：北京大學出版社，2008年），頁15-16。

25 張鴻勳：〈敦煌話本（葉淨能）考辨〉，甘肅社會科學院文學研究所：《敦煌學論集》（蘭州市：甘肅人民出版社，1985年），頁136。

26 胡士瑩：《話本小說概論》（北京市：商務印書館，2012年），頁175-178。

27 〔明〕凌濛初：《初刻拍案驚奇》，頁123。

雜錄》和《太平廣記》，明皇身邊的奇人遠不止李、張、葉、羅。之所以不貪多務得、好奇炫博，將這些故事全部羅致，首先當然是限於話本的篇幅，其次是張、葉、羅的故事較為精彩，再次則是三人故事多有互見之處，易於綴合並設計佈局、發展情節。在篇首和入話中安置李遐周，固因為李氏與三人關係較疏遠、故事較短小，更重要的是其詩可用於篇首，與篇末羅公遠「蜀當歸」的預言恰好收呼應之效。

再看正話。儘管身為仙人的張、葉、羅並無生卒年可言（生為乘願再來，卒為一時權宜），但就小說的描述來看，張果為老叟，羅公遠為童子，葉法善則處於兩人之間（儘管依正史記載，葉氏於開元八年去世時已壽逾期頤）。雖然《太平廣記》中，玄宗命羅公遠與張、葉「等齒坐」，小說則改為「玄宗就叫他坐在法善之下」，[28]可見三人出場的次序顯示著「年齡」的長幼。其次，小說以張果開始，還因三人中張果的名聲在晚明最盛：這不僅因為新舊《唐書》有傳，更因他位列八仙之一。八仙的姓名在元代尚未固定，至明代吳元泰《八仙出處東遊記傳》始確定為今日習見的八人。[29]由於道教信仰的流行，小說的暢銷，張果成了晚明民間熟知的仙人。凌濛初將他置於最前，自然也考慮過讀者的接受情況。再者，小說第二段有六節皆以張果為主角，情節分別為返老、飲酒、辨鹿、賜婚、飲董、出處。這些內容雖皆出自《明皇雜錄》，然次序卻為返老、賜婚、飲酒、飲董、辨鹿、出處，略有不同。幾段故事的邏輯關聯不強，顛倒次序固非難事；然凌濛初如此調整，主要還是出於情節安排的考量。如〈唐〉篇在賜婚故事末有這樣的文字：

---

28 同前註，頁131。

29 浦江清：〈八仙考〉，《浦江清文錄》（北京市：人民文學出版社，1989年），頁1-46。

中使與二公大家相勸一番，張果只是笑不止。中使料道不成，只得去回復聖。玄宗見張果不允親事，心下不悅。便與高力士商量道：「我聞菫汁最毒，飲之立死。若非真仙，必是下不得口。好歹把這老頭兒試一試。」[30]

如此鋪排，方帶出飲菫一節，使文字的脈絡更為連貫。《明皇雜錄》中，飲菫後即是辨鹿一節。而小說作者蓋因辨鹿之舉只是體現張果之高壽，於是將之前置，次於飲酒一節，以見其神通。至於飲菫一節之末則如此書寫：

玄宗越加敬異，賜號通玄先生，卻是疑心他來歷。[31]

以「疑心他來歷」之語，帶出師夜光視鬼、邢和璞推算來歷無效的文字，然後開展葉法善道出真相一節。《明皇雜錄》中，師夜光、邢和璞的故事本在飲酒、飲菫兩節之間：

有師夜光者，善視鬼，玄宗嘗召果坐於前，而敕夜光視之。夜光至御前，奏曰：「不知張果安在乎？願視察也。」而果在御前久矣，夜光卒不能見。又有邢和璞者，嘗精於算術，每視人則布籌於前，未幾已能詳其名氏、善惡、夭壽，前後所算計千數，未嘗不析其詳細，玄宗奇之久矣。及命算果，則運籌移時，意竭神沮，終不能定其甲子。[32]

---

30 〔明〕凌濛初：《初刻拍案驚奇》，頁126。

31 同前註。

32 〔唐〕鄭處誨：《明皇雜錄》，卷下，〈道士張果〉，頁31。

凌濛初則將師夜光、邢和璞及葉法善道出張果身世三部分黏合在一
處。至於葉法善部分，《明皇雜錄》的文字是這樣的：

> 是時又有道士葉法善，亦多術，玄宗問曰：「果何人耶？」答
> 曰：「臣知之，然臣言訖即死，故不敢言。若陛下免冠跣足救
> 臣，即得活。」玄宗許之。法善曰：「此混沌初分白蝙蝠精。」
> 言訖，七竅流血，僵僕於地。玄宗遽詣果所，免冠跣足，自稱
> 其罪。果徐曰：「此兒多口過，不譴之，恐敗天地間事耳。」
> 玄宗復哀請，久之，果以水噀其面，法善即時復生。[33]

而〈唐〉篇文字較《明皇雜錄》更為直白，篇中葉法善云：「張果出
處，只有臣曉得，卻說不得。」眉批曰：「接縫甚妙。」[34]的確，如此
既呼應了故事開端「且說張果，是帝堯時一個侍中」的簡介，以側寫
的方式體現出張果的神通廣大，又將情節逐漸推向葉法善部分，可謂
承上啟下。[35]

張果故事之後，小說隨即進入第三・一節「凶函」，補充道出了
葉氏生平：

> 而今且說這葉法善，表字道元，先居處州松陽縣，四代修道。

---

33 同前註，頁32。

34 〔明〕凌濛初原著、石昌渝校點：《初刻拍案驚奇》，頁128。

35 按：小說中的張果故事還有一種時代較為接近的前文本：嘉靖間吳元泰編撰的《東
遊記》。此書以八仙故事為主體，第二十回名〈張果騎驢應召〉，廿一回名〈果老飲
菫辨鹿〉，而正文僅包括飲酒、飲菫、辨鹿、出處等段，內容不及《明皇雜錄》豐
富，然次序則同。其文字亦介乎文白之間，是《明皇雜錄》向〈唐明皇好道集奇
人〉發展中的一個過渡文本。〔明〕吳元泰：《東遊記》（北京市：中華書局據萬曆
刊本影印，1991年），頁92-100。

> 法善弱冠時，曾遊括蒼、白馬山，石室內遇三神人，錦衣寶
> 冠，授乙太上密旨。自是誅蕩精怪，掃蕩凶妖，所在救人。入
> 京師時，武三思擅權，法善時常察聽妖祥，保護中宗、相王及
> 玄宗，大為三思所忌，流竄南海。玄宗即位，法善在海上乘白
> 鹿，一夜到京。在玄宗朝，凡有吉凶動靜，法善必預先奏聞。[36]

這段文字除了生平簡介外，更強調他忠於李唐皇室，對中宗、睿宗及
明皇皆有保護之功。南宋馬光祖為《唐葉真人傳》作序云：

> 觀其邀致神人、際遇仙客，皆平生精練修習，仙風道骨，夙與
> 神會，故能感遇契合如此之易。亦其孝於親、忠於君，有以動
> 天地、感鬼神，位在上卿，足以鞭風焉。[37]

足見葉法善之成就，不僅在於神仙之術，更在於對時政的參與。據朱
連法考察，葉法善先後協助評定韋后、太平公主之亂，協助明皇登
基，故而為明皇推尊為帝師。至開元廿七年（西元739年），葉法善已
辭世十九載，明皇仍御製〈葉尊師碑銘並序〉，有「不忘舊情，紀諸
事蹟」之語，[38]足見二人之交情匪淺；而這段交情的基礎，正因葉氏
並非只崇道術、不切時用的人，而是獻計獻策，在以道治國方面起了

36　〔明〕凌濛初：《初刻拍案驚奇》，頁127。

37　〔宋〕馬光祖：〈唐葉真人傳序〉，〔宋〕張道統：《唐葉真人傳》，載《正統道藏》
　　（臺北市：新文豐出版有限公司，1988年），冊30，頁327。按：蕭登福指出：此書
　　撰成於宋徽宗朝以後，約撰於南宋世。見氏著《正統道藏總目提要》（臺北市：文
　　津出版社，2011年），上冊，頁755。

38　朱連法：《葉法善傳略》（上海市：上海人民出版社，2012年），頁87-91、208-210。
　　按：碑銘全文見《正統道藏》，冊18，〈唐鴻臚卿越國公靈虛見素真人傳·御製真人
　　碑〉。

一定的促進作用。[39]不過僅就道術而言，誠如白金杰所論，張、葉、羅的能力對比是張果勝於葉法善，羅公遠勝過張果。[40]吳真推論：從這些「抑葉尊張」、「抑葉尊羅」的春秋筆法中，我們大概可以想像：在講述張果故事與羅公遠故事的兩個故事圈或信仰群的知識體系內，葉法善作為法術高強的道士形象已經相當深入人心，因此張、羅故事才會借助葉法善的神性，以「鬥法」的形式壓過葉法善一頭，用以為張或羅的神性加註。[41]但無論如何，三人中只有葉法善能令明皇甘願紆尊降貴，在張果面前免冠跣足，稱罪哀請（第二‧六節），這段情節仍可折射出明皇對於葉氏的看重非張、羅可比。如前所論，明皇遊月宮事，《唐逸史》以為羅公遠，《集異記》以為葉法善。至於觀燈一節，則多以為葉氏。相比之下，返老還童、喝毒酒、隱身等法術多止突顯施術者個人的神通，而觀燈和登月則是與明皇相伴，有更多的人際互動、情感交流。凌濛初將兩處情節歸在葉法善名下，不完全依照據《唐逸史》改寫的《太平廣記》，這和葉氏的背景自然相當契合。

葉法善也出現於《太平廣記》卷二十二的〈羅公遠傳〉：

> 時玄宗酷好仙術。刺史具表其事以進。時玄宗與張果、葉法善棋。二人見之大笑曰：「村童事亦何解？」乃各握棋子十數枚，問曰：「此有何物？」曰：「空手。」及開果無，並在公遠處，方大駭異。令與張、葉等齒坐。[42]

---

39 高世瑜：〈唐玄宗崇道淺論〉，《歷史研究》1985年第4期，頁27。

40 白金杰：《「二拍」道教敘事與勸懲旨歸》，頁27-28。

41 吳真：《為神性加註：唐宋葉法善崇拜的造成史》，頁100-101。

42 〔宋〕李昉：《太平廣記》（北京市：中華書局，1961年），卷二十二，〈羅公遠傳〉，頁146。

小說將「令與張、葉等齒坐」改作「叫他坐在法善之下」，又將「方大駭異」改作「兩人方曉得這童兒有些來歷」，不過分拔高羅公遠，力求三個角色的地位均等。此外《太平廣記》的〈羅公遠傳〉裡，葉法善還在與金剛三藏鬥法的段落中露面，如前文論述的斂身就瓶等情節。葉、羅二人的交錯出現，為小說中羅公遠的出場提供了良佳的鋪墊。

　　三位奇人中，葉法善在歷史上雖有贊翊皇家之功，但話本中的呈現這方面內容的只有「凶函」部分，且是倒敘當年，文字簡短，而觀燈、登月等情節於國計民生則無甚涉及。三人中似乎唯有羅公遠一人勸諫明皇勤政，並與明皇發生爭執：

> 玄宗欲從他學隱形之術，公遠不肯，道：「陛下乃真人降化，保國安民，萬乘之尊，學此小術何用？」玄宗怒罵之，公遠即走入殿柱中，極口數玄宗過失。[43]

此外，三人中也只有羅公遠預言到安史之亂，而這場戰亂標誌著明皇政治生涯的終止。故凌濛初安排全篇以明皇幸蜀、回馭為結，置羅公遠於最後，正便於故事的收束。

　　不過，如此安排有利有弊。在張果、葉法善相繼退場後，小說文本再不涉及二人。而實際上，有關張、葉的歸宿，《舊唐書》皆有記載。〈張果傳〉記載張果拒絕賜婚後：

> ……懇辭歸山，因下制曰：「恆州張果先生，遊方外者也。跡先高尚，深入窈冥。是渾光塵，應召城闕。莫詳甲子之數，且謂羲皇上人。問以道樞，盡會宗極。今特行朝禮，爰畀寵命。

43　〔明〕凌濛初：《初刻拍案驚奇》，頁133。

可銀青光祿大夫，號曰通玄先生。」其年請入恆山，錫以衣服及雜綵等，便放歸山。乃入恆山，不知所之。[44]

同傳謂張果入長安為開元二十二年，其退隱蓋在開元末、天寶初。再觀同書〈葉法善傳〉，知葉氏卒於開元八年，此正如浦江清所說，張葉二人不相值，[45]不可能共事明皇。然葉氏道明張果出處一事既見於《明皇雜錄》，可知這個傳說在晚唐時已經流行。《舊唐書》葉氏本傳云：

> 法善生於隋大業之丙子，死於開元之庚子，凡一百七歲。八年卒。詔曰：「故道士鴻臚卿員外置越國公葉法善，天真精密，妙理玄暢，包括祕要，發揮靈符，固以冥默難源，希夷罕測。而情棲蓬閬，跡混朝伍，保黃冠而不杖，加紫綬而非榮，卓爾孤秀，泠然獨往。勝氣絕俗，貞風無塵，金骨外聳，珠光內應。斯乃體應中仙，名升上德。朕當聽政之暇，屢詢至道；公以理國之法，數奏昌言。謀參隱諷，事宣弘益。歎徽音之未泯，悲形解之俄留，曾莫愁遺，殲良奄及。永惟平昔，感愴於懷，宜申禮命，式旌泉壤。可贈越州都督。」[46]

仙人有「不死之身」，凌濛初諱言葉法善之死，似乎也是為了突顯其神奇。但是對於葉法善、張果二人與明皇的關係，小說僅言合而不言離，似乎有嫌於虎頭蛇尾。這無疑是因為凌氏選取的素材對話本佈局的構造產生了天然的制約。

---

44 〔後晉〕劉昫：《舊唐書》卷一九一〈方伎〉，頁5107。

45 浦江清：〈八仙考〉，《浦江清文錄》，頁42。

46 同前註，頁5108。

五　題材的異同

題材是指文學作品中具體描寫的事件和現象，亦即作者表達主題、塑造形象所用的材料。而小說作者處理這些題材的方法則各各不同，歸納而言，即薩莫瓦約所說的「暗含—引用」（implicitation），也就是指引用完全隱含並融於受文（texte d'accueil），絕對深藏不露。「暗含—引用」又可區分為兩種：簡單的和複雜的。[47]本節從上述兩大類前文本中舉例分析，以見此篇在題材上借用的情況。

對於一些固有的關於明皇好道的故事題材，小說會直接吸納，此即「簡單的暗含—引用」——只是省略了變換陳述的信號（引號、另起一行、註釋），陳述者直面讀者而掠人之美。[48]如入話部分的「李遹周題讖詩」（第一段）：

> 詩曰：「燕市人皆去，函關馬不歸。若逢山下鬼，環上繫羅衣。」這一首詩，乃是唐朝玄宗皇帝時節一個道人李遹周所題。那李遹周是一個有道術的，開元年間，玄宗召入禁中，後來出住玄都觀內。天寶末年，安祿山豪橫，遠近憂之；玄宗不悟，寵信反深。一日，遹周隱遁而去，不知所往，但見所居壁上，題詩如此如此。時人莫曉其意，直至祿山反叛，玄宗幸蜀，六軍變亂，貴妃縊死，乃有應驗。後人方解云：「燕市人皆去」者，說祿山盡起燕薊之人為兵也。「函關馬不歸」者，大將哥舒潼關大敗，匹馬不還也。「若逢山下鬼」者，「山下

---

47 〔法〕薩莫瓦約（Tiphaine Samoyault）著、邵煒譯：《互文性研究》（天津市：天津人民出版社，2005年），頁50。

48 同前註。

鬼」是「嵬」字，蜀中有「馬嵬驛」也。「環上繫羅衣」者，貴妃小字玉環，馬嵬驛時，高力士以羅巾縊之也。道家能前知如此。[49]

譚正璧指出，這段故事出自《明皇雜錄》卷下：

李遐周者，頗有道術。唐開元中，嘗召入禁中。後求出，住玄都觀。唐宰相李林甫嘗往謁之。遐周謂曰：「公存則家泰，歿則家亡。」林甫拜泣，求其救解。笑而不答，曰：「戲之耳。」天寶末，祿山豪橫跋扈，遠近憂之；而上意未寤。一旦，遐周既去，不知所之。但於其所居壁上題詩數章，言祿山僭竊及幸蜀之事。時人莫曉，後方驗之。其末篇曰：「燕市人皆去，函關馬不歸。若逢山下鬼，環上繫羅衣。」「燕市人皆去」者，祿山悉幽薊之眾而起也。「函關馬不歸」者，哥舒翰潼關之敗，疋馬不還也。「若逢山下鬼」者，馬嵬，蜀中驛名也。「環上繫羅衣」者，貴妃小字玉環，馬嵬時，高力士以羅巾縊之也。其所先見，皆此類矣。[50]

除李林甫一段因無關主題被刪去外，文字幾乎全襲《明皇雜錄》，少有更動。又如第三・一節「凶函」：

一日吐蕃遣使進寶，函封甚固。奏稱：「內有機密，請陛下自開，勿使他人知之。」廷臣不知來者真偽，是何緣故，面面相

---

49 〔明〕凌濛初：《初刻拍案驚奇》，頁123。
50 〔唐〕鄭處誨：《明皇雜錄》，卷下，〈李遐周〉，頁33。

覷，不敢開言。惟有法善密奏道：「此是凶函，宣令番使自
開。」玄宗依奏降旨。番使領旨，不知好歹，扯起函蓋，函中
弩發，番使中箭而死。乃是番家見識，要害中華天子，設此暗
機於函中，連番使也不知道，卻被法善參透，不中暗算，反叫
番使自著了道兒。[51]

這段故事則出自《太平廣記》卷二十六引《集異記》及《仙傳拾
遺》：

會吐蕃遣使進寶函封，曰：「請陛下自開，無令他人知機
密。」朝廷默然，唯法善曰：「此是凶函，請陛下勿開，宜令
蕃使自開。」玄宗從之。及令蕃使自開，函中弩發，中番使
死，果如法善言。[52]

《唐葉真人傳》所記大致與《太平廣記》相同。[53]可見話本除將「朝
廷默然」鋪衍為「廷臣不知來者真偽，是何緣故，面面相覷，不敢開
言」數語，又於文末補充「番家見識」等言之外，大抵沿襲了《太平
廣記》的原文。

　　而所謂「複雜的暗含─引用」，其陳述變換是有標識的，但表面
所謂陳述者非事實上的話出此言者：這裡並不掩蓋引用的行為，但是
一個虛構的陳述者將一個真正的、未被提及的陳述者的話語據為己
有。如第三‧三節「登月」故事的前文本中，帶引明皇登月的高道有
幾種不同的說法。史佳佳認為，作者將帶玄宗遊月宮之事安置在葉法

51　〔明〕凌濛初：《初刻拍案驚奇》，頁127。
52　〔宋〕李昉：《太平廣記》卷二十六〈葉法善傳〉，頁171。
53　〔宋〕張道統：《唐葉真人傳》，載《正統道藏》，冊三十，頁334。

善身上，可以達到提升道家陣營整體素質的效果。[54]言之成理。該段
寫道：

> 是年八月中秋之夜，月色如銀，萬里一碧。玄宗在宮中賞月，
> 笙歌進酒。憑著白玉欄杆，仰面看著，浩然長想。有詞為證：
> （詞略）玄宗不覺襟懷曠蕩，便道：「此月普照萬方，如此光
> 燦，其中必有非常好處。見說嫦娥竊藥，奔在月宮，既有宮
> 殿，定可遊觀。只是如何得上去？」急傳旨宣召葉尊師，法善
> 應召而至。玄宗問道：「尊師道術可使朕到月宮一遊否？」法
> 善道：「這有何難？就請御駕啟行。」說罷，將手中板笏一
> 擲，現出一條雪鍊也似的銀橋來，那頭直接著月內。法善就扶
> 著玄宗，踱上橋去，且是平穩好走，隨走過處，橋便隨滅。走
> 得不上一里多路，到了一個所在，露下霑衣，寒氣逼人，面前
> 有座玲瓏四柱牌樓。抬頭看時，上面有個大匾額，乃是六個大
> 金字。玄宗認著是「廣寒清虛之府」六字。便同法善從大門走
> 進來。看時，庭前是一株大桂樹，扶疏遮蔭，不知覆著多少里
> 數。桂樹之下，有無數白衣仙女，乘著白鸞在那裡舞。這邊庭
> 階上，又有一夥仙女，也如此打扮，各執樂器一件在那裡奏
> 樂，與舞的仙女相應。看見玄宗與法善走進來，也不驚異，也
> 不招接，吹的自吹，舞的自舞。玄宗呆呆看著，法善指道：
> 「這些仙女，名為『素娥』，身上所穿白衣，叫做『霓裳羽
> 衣』，所奏之曲，名曰《紫雲曲》。」玄宗素曉音律，將兩手按
> 節，把樂聲一一默記了。後來到宮中，傳與楊太真，就名《霓

---

54 史佳佳：〈唐玄宗類型小說的三種模式及其演變特點〉，《西昌學院學報（社會科學
版）》2008年第4期，頁40。

裳羽衣曲》，流於樂府，為唐家稀有之音，這是後話。玄宗聽罷仙曲，怕冷欲還。法善駕起兩片彩雲，穩如平地，不勞舉步，已到人間。路過潞州城上，細聽譙樓更鼓，已打三點。那月色一發明朗如畫，照得潞州城中纖毫皆見。但只夜深入靜，四顧悄然。法善道：「臣侍陛下夜臨於此，此間人如何知道？適來陛下習聽仙樂，何不於此試演一曲？」玄宗道：「甚妙，甚妙。只方才不帶得所用玉笛來。」法善道：「玉笛何在？」玄宗莊「在寢殿中。」法善道：「這個不難。」將手指了一指，玉笛自雲中墜下。玄宗大喜，接過手來，想著月中拍數，照依吹了一曲；又在袖中摸出數個金錢，灑將下去了，乘月回宮。至今傳說唐明皇遊月宮，正此故事。那潞州城中，有睡不著的，聽得笛聲嘹亮，似覺非凡。有爬起來聽的，卻在半空中吹響，沒做理會。次日，又有街上抬得金錢的，報知府裡。府裡官員道是非常祥瑞，上表奏聞。十來日，表到御前。玄宗看表道：「八月望夜，有天樂臨城，兼獲金錢，此乃國家瑞兆，萬千之喜。」玄宗心下明白，不覺大笑。自此敬重法善，與張果一般，時常留他兩人在宮中，或下棋，或鬥小法，賭勝負為戲。[55]

譚正璧臚列了《太平廣記》卷二十二引《神仙感遇傳》、《仙傳拾遺》、《逸史》、《廣德神異錄》（《太平廣記》卷七十七、《古今圖書集成》卷三〇六引）、《雲笈七籤》卷一一三等前文本。此外，唐人筆記如《龍城錄》、《集異記》、《開天傳信記》及宋代《唐葉真人傳》等亦有記載，可見該故事當時流播之廣。如柳宗元《龍城錄》卷上，引遊

---

55 〔明〕凌濛初：《初刻拍案驚奇》，頁128-130。

月宮者為申天師申泰芝，[56]而《太平廣記》的〈羅公遠〉條則為羅
氏，敦煌〈葉淨能詩〉則為葉淨能。故吳真指出，葉法善故事似乎並
未能取得強勢文本的地位。[57]而二拍這段文字，主要仍以《太平廣
記》的〈葉法善〉為基礎，極力渲染而成。《太平廣記》原文曰：

> 嘗因八月望夜，師與玄宗遊月宮，聆月中天樂。問其曲名，
> 曰：「《紫雲曲》。」玄宗素曉音律，默記其聲，歸傳其音。名
> 之曰《霓裳羽衣》。自月宮還，過潞州城上，俯視城郭悄然，
> 而月光如畫。師因請玄宗以玉笛奏曲。時玉笛在寢殿中，師命
> 人取，頃之而至。奏曲既，投金錢於城中而還。旬日，潞州奏
> 八月望夜，有天樂臨城，兼獲金錢以進。[58]

南宋周密《癸辛雜識》有〈遊月宮〉條，其言曰：

> 明皇遊月宮一事，所出亦數處。《異聞錄》云：「開元中，明皇
> 與申天師、洪都客夜遊月中，見所謂廣寒清虛之府，下視玉城
> 嵯峨，若萬頃琉璃田，翠色冷光，相射炫目。素娥十餘舞於廣
> 庭，音樂清麗。遂歸製《霓裳羽衣》之曲。」《唐逸史》則以
> 為羅公遠，而有擲杖化銀橋之事；《集異記》則以為葉法善，
> 而有過潞州城，奏玉笛、投金錢之事；《幽怪錄》則以為遊廣
> 陵，非潞州事。要之皆荒唐之說，不足問也。[59]

---

56 〔唐〕柳宗元著、〔宋〕魏仲舉集注：《五百家注柳先生集・龍城錄》（臺北市：臺
　　灣商務印書館影印文淵閣四庫全書，1983年），卷上，頁284。

57 吳真：《為神性加注：唐宋葉法善崇拜的造成史》，頁94。

58 〔宋〕李昉：《太平廣記》，卷二十六，〈葉法善傳〉，頁172。

59 〔宋〕周密：《癸辛雜識》（北京市：中華書局，1988年），前集，〈遊月宮〉，頁29-
　　30。按：清褚人獲《堅瓠廣集》，卷五，迻錄周說，譚正璧引之。

周氏比勘《異聞錄》、《唐逸史》、《集異記》、《幽怪錄》（按：即牛僧孺《玄怪錄》，避宋諱改）幾種前文本的異同，所論甚為細緻。這幾種書今已難見，但周氏所言情況猶見於譚正璧所列諸類書及道書的轉錄。周氏所未提及之《唐葉真人傳》，將登月事繫於葉法善名下，且同樣記載過潞州城奏玉笛、投金錢之事，因其道書的性質，對於後世民間當有一定影響。

在晚唐鄭綮《開天傳信記》中，登月的故事還比較質樸：

> 上嘗坐朝，以手指上下按其腹。退朝，高力士進曰：「陛下向來數以手指按其腹，豈非聖體小不安耶！」上曰：「非也。吾昨夜夢遊月宮，諸仙娛予以上清之樂，寥亮清越，殆非人間所聞也。醖醉久之，合奏諸樂以送吾歸。其曲悽楚動人，杳杳在耳。吾回，以玉笛尋之，盡得之矣，坐朝之際，慮忽遺忘，故懷玉笛，時以手指上下尋，非不安。」力士再拜賀曰：「非常之事也。願陛下為臣一奏之。」其聲寥寥然，不可名言也。力士又再拜，且請其名。上笑言：「此曲名《紫雲回》。」遂載於樂章，今太常刻石在焉。[60]

在這段文本中，明皇是在夢中登月，非於現實中藉他人之力。至於擲杖化銀橋之事、投金錢等事，亦自闕如。而明皇所記的《紫雲回》，並未交代是否《霓裳羽衣曲》的前身。與之時代相去不遠的敦煌變文〈葉淨能詩〉，則將協助明皇登月者歸為葉淨能，胡士瑩已指出其與〈唐〉篇的關係：[61]

---

60 〔唐〕鄭綮：《開天傳信記》（北京市：中華書局，1985年），頁5。
61 胡士瑩：《話本小說概論》，頁725。

八月十五日夜，皇帝與淨能及隨駕侍從，於高處玩月，皇帝謂淨能曰：「月中之事，其可惻〔測〕焉？」淨能奏曰：「臣說亦恐無益，臣願將陛下往至月宮遊看可否？」皇帝曰：「何以得往？」淨能奏曰：「陛下自行不得，與臣同往，其何難哉！」皇帝大悅龍顏。皇帝曰：「可將侍從同行？」淨能奏曰：「劍南看燈，凡人之處；月宮上界，不同人間。緣陛下有仙分，其可暫往。」皇帝又曰：「復著何色衣服？」淨能奏曰：「可著白錦綿衣。」皇帝曰：「因何著白錦綿衣？」淨能〔奏曰〕：「緣彼是水晶樓殿，寒氣凌人。」皇帝裝束便行。淨能作法，須臾便到月宮內。觀看樓殿台閣，與世人不同；門窗〔戶〕牖，全珠〔殊〕異世。皇帝心看樓殿，及入重門，又見樓處宮合，直到大殿，皆用水精瑠璃瑪瑙，莫惻〔測〕涯際。以水精為窗牖，以水精為樓臺。又見數個美人，身著三殊〔銖〕之衣，手中皆擎水精之盤，盤中有器，盡是水精七寶合成。皇帝見皆存禮度。淨能引皇帝直至娑羅樹邊看樹，皇帝見其樹，高下莫惻〔測〕其涯，枝條直赴〔覆〕三千大千世界。其葉顏色，不異白銀，花如同雲色。皇帝樹下徐行之次，踟躕暫立，冷氣凌人，雪凝傷骨。皇帝謂淨能曰：「寒氣甚冷，朕欲歸宮。」淨能奏曰：「與陛下相隨遊戲，甚是仙華，不亞下方，陛下不用匆匆，且從容玩月觀看，然乃卻回，豈不善矣！」皇帝倚樹，轉覺凝寒，再問淨能：「朕今忍寒不得，願且卻歸。若更須臾，恐將不可。」淨能再問〔聞〕帝說，不覺哂然。便乃作法，須臾卻到長安。[62]

---

62 王重民等編：《敦煌變文集》（北京市：人民文學出版社，1957年），卷二，〈葉淨能詩〉，頁225。

歷史上，葉淨能為葉法善之叔祖。相對於《開天傳信記》，〈葉淨能詩〉已將登月的情節由夢境書寫為現實，但關於《霓裳羽衣曲》也未道及，文中的仙女並非在奏樂，而是「手中皆擎水精之盤，盤中有器，盡是水精七寶合成」。明皇既未聞樂，在月宮「徐行之次，踦躇暫立」自然感到無聊，加以「冷氣凌人，雪凝傷骨」，故兩度提出要離去。葉淨能挽留不得，其「不覺哂然」有感慨明皇「入寶山空手而歸」之意。這在其他文本中是未曾見到的，似乎也隱含了唐代民間對帝王的想像和嘲弄——儘管這種嘲弄仍是善意的。這個民間流傳的版本，將不少情節以對話方式帶出，如此當然與其講唱性質有關，不過未必是最早的型態。張湧泉《敦煌變文校注》等將〈葉淨能詩〉分為十六段，[63]其中第八段飲酒、第十一段觀燈、第十三段登月、第十五段蜀中遇中使等，皆與〈唐〉篇及其諸種前文本存在互文性，換言之，張果、葉法善及羅公遠的故事，早在敦煌變文中便已角色互涉，悉歸於葉淨能名下。故袁書會指出：「〈葉淨能詩〉是一個故事大捏合，民間藝人將當時及歷史上的種種歷史傳說聯綴、捏合於葉淨能一人身上，一如魯迅在塑造人物時所採取的『雜取種種』的原則。藝人們將各地流傳的故事加以收集綜合……極有可能是〈葉淨能詩〉在民間流傳過程中，各地藝人在傳唱中將本地流行的故事加了進來，從而形成了〈葉淨能詩〉故事頭緒多、地點變化跨度大的一個原因。」[64]所言甚是。

　　不過，同是晚唐人的鄭嵎在〈津陽門詩〉中已將登月協助者定為葉法善。其詩曰：

---

63 張湧泉：《敦煌變文校注》（北京市：中華書局，1997年），卷二，〈葉淨能詩〉，頁333-356。

64 袁書會：〈中國古代早期白話小說探析：以《葉淨能詩》為中心〉，《西藏民族學院學報（哲學社會科學版）》2004年第5期，頁71。

> 蓬萊池上望秋月，無雲萬里懸清輝。上皇夜半月中去，三十六
> 宮愁不歸。月中秘樂天半間，丁璫玉石和塤篪。宸聰聽覽未終
> 曲，卻到人間迷是非。

鄭氏自註道：

> 葉法善引上入月宮，時秋已深，上苦淒冷，不能久留，歸，於
> 半尚聞仙樂。及上歸，且記憶其半，遂於笛中寫之，會西涼都
> 督楊敬述進《婆羅門曲》，與其聲調相符，遂以月中所聞為之
> 散序，用敬述所進曲作其腔，而名《霓裳羽衣法曲》。[65]

值得注意的是，鄭註沒有提及《紫雲回》一名，而是將傳說與史實揉
合在一起，指出明皇於月中所聞之曲與楊敬述所進《婆羅門曲》聲調
相符，於是「以月中所聞為之散序，用敬述所進曲作其腔，而名《霓
裳羽衣法曲》」。由此可見，《開天傳信記》、〈葉淨能詩〉與〈津陽門
詩〉所述雖異，一定程度上卻又能互補。同時或稍後的小說家很有可
能根據這幾種文本，將月中所聞對應為《紫雲回》，將《紫雲回》定
為《霓裳羽衣曲》的前身，又隱去楊敬述進《婆羅門曲》的史實，這
就成了《太平廣記》卷二十七所見的面貌。[66]

---

65 〔清〕聖祖皇帝敕修：《全唐詩》（北京市：中華書局，1960年），卷五六七，頁
6566。

66 按：趙紅指出，《唐會要‧諸樂》記載「天寶十三載七月十日，太樂署供奉曲名，
及改諸樂名」，《婆羅門曲》也在此時更名為《霓裳羽衣曲》。包括《婆羅門曲》在
內五十八曲之原名基本為胡語，而新改的華語曲名則多數具有明顯的道教色彩，如
《金華洞真》、《仙雲升》、《紫雲騰》、《無疆壽》等。由此或可捕捉到樂曲更名背後
的一個重要資訊，即以道調法曲為核心對胡樂的改造，實際上有著化胡為華、化佛
為道的目的，而這正是有唐一代激烈的釋道之爭與玄宗崇道而使道教發展達於極盛

　　此外，《太平廣記》卷二十六〈葉法善〉及《唐葉真人傳》包含了觀燈及登月兩個題材，大約皆是凌濛初較為直接參考的前文本。前引〈葉淨能詩〉中，葉氏奏明皇曰：「劍南看燈，凡人之處；月宮上界，不同人間。緣陛下有仙分，其可暫往。」而牛僧孺《玄怪錄》卷三〈開元明皇幸廣陵〉條，雖是記載明皇與葉法善觀燈，然內容與登月故事卻亦有互文處：

> 開元十八年正月望夕，帝謂葉仙師曰：「四方之盛，陳於此夕，師知何處極麗？」對曰：「燈燭華麗，百戲陳設，士女爭妍，粉黛相染，天下無逾於廣陵矣。」帝曰：「何術可使吾一觀之？」師曰：「侍御皆可，何獨陛下乎？」俄而虹橋起於殿前，板閣架虛，〔欄〕楯若畫。師奏：「橋成，請行，但無回顧而已。」於是帝步而上之，太真及侍臣高力士、黃幡綽、樂官數十人從行，步步漸高，若造雲中。俄頃之間，已到廣陵矣。月色如晝，街陌繩直，寺觀陳設之盛，燈火之光，照灼臺殿。士女華麗，若行化焉，而皆仰望曰：「仙人現於五色雲中。」乃蹈舞而拜，闐溢里巷。帝大悅焉，乃曰：「此真廣陵也？」師曰：「請敕樂官奏《霓裳羽衣》一曲，後可驗矣。」於是作樂雲中，瞻聽之人，紛紜相蹈。曲終，帝意將迴，有頃之間，已到闕矣。帝極喜。人或謂仙師幻術造微，暫炫耳目。久之未決。後數旬，廣陵奏云：「正月十五日三更，有仙人乘彩雲自西來，臨孝感寺道場上，高數十丈。久之，又奏《霓裳羽衣》一曲，曲終西去。官僚士女，無不具瞻。斯蓋陛下孝誠感通，

的深刻的時代內容和歷史事實的真切反映。其說可參。見趙紅：〈從敦煌變文《葉靜能詩》看佛教月宮觀念對唐代「明皇遊月宮」故事之影響〉，《敦煌研究》2011年第1期，頁96。

> 玄德昭著，名應仙錄，道冠帝圖。不然，何以初元朝禮之晨而
> 慶雲現，小臣賤修之地而仙樂陳？則垂衣裳者徒聞帝德，歌
> 〈南風〉者才洽人心，豈與盛朝同日而語哉！」上覽表，大
> 悅，方信師之不妄也。[67]

此處並未交代葉仙師之名，蓋非淨能即法善。此處虹橋之事與登月極
近，又涉《霓裳羽衣》。可見觀燈、登月兩個故事在中晚唐時已產生
了聯繫。然此正如袁書會所言「〈葉淨能詩〉在民間流傳過程中，各
地藝人在傳唱中將本地流行的故事加了進來」，觀燈、登月二題材原
本可能是產生於不同地區而毫不相干的的故事。考《雲笈七籤》卷一
一二（下）則將登月事歸於羅方遠（按：羅公遠之訛），連當事人亦
非二葉。[68]由此推之，觀燈及登月故事蓋因內容皆關乎藉神力而遠
遊，故由兩個獨立的故事逐漸綴合一處，並歸在同一協助者名下。凌
濛初仍將兩事悉歸葉法善，不但突顯了葉氏法術的特點，也是其與羅
公遠之相關篇幅大抵接近，兩人戲分因此不致失衡。不過，《唐葉真
人傳》在觀燈前尚有這樣一節敘述：

> 玄宗移仗上陽宮觀燈……召真人觀於樓下。真人曰：「彩燈之
> 盛，固無比矣。然西涼府今夕之燈，亦亞於此，但皆奢侈，無
> 益於國。」帝怪其言，欲試其仙術，且曰：「今欲一往，得
> 乎？」曰：「此易耳。以至尊遠往觀燈，恐非所宜。」帝力強
> 之。真人請帝瞑目，騰驅而上，俄頃即至。[69]

---

67 〔唐〕牛僧孺、李復言：《玄怪錄·續玄怪錄》（北京市：中華書局，1982年），卷
　三，頁57-58。

68 〔宋〕張君房：《雲笈七籤》（臺北市：臺灣商務印書館影印文淵閣四庫全書，1983
　年），卷一一二（下），〈羅方遠〉，頁2b-3a。

69 〔宋〕張道統：《唐葉真人傳》，載《正統道藏》，冊三十，頁334。

葉氏諫語，全不見於較早之《太平廣記》卷二十六。可知這些諫語若非另有前文本，即是《唐葉真人傳》的撰者為進一步提高葉氏地位而補入。當然，以葉氏生平觀之，這些諫語亦切合其與明皇的關係。而凌濛初改撰〈唐〉篇時不取諫語，逕直採用《太平廣記》材料，蓋欲突顯後文羅公遠進諫之功爾。

又如關於張果的第二‧一節「飲酒」：

> 玄宗大喜，留在內殿賜酒。飲過數杯，張果辭道：「老臣量淺，飲不過二升。有一弟子，可吃得一斗。」玄宗命召來。張果口中不知說些甚的，只見一個小道士在殿簷上飛下來，約有十五六年紀，且是生得標緻。上前叩頭，禮畢，走到張果面前打個稽首，言詞清爽，禮貌周備。玄宗命坐。張果道：「不可，不可。弟子當侍立。」小道士遵師言，鞠躬旁站。玄宗愈看愈喜，便叫斟酒賜他，杯杯滿，盞盞乾，飲勾一斗，弟子並不推辭。張果便起身替他辭道：「不可更賜，他加不得了。若過了度，必有失處，惹得龍顏一笑。」玄宗道：「便大醉何妨？恕卿無罪。」立起身來，手持一玉觥，滿斟了，將到口邊逼他。剛下口，只見酒從頭頂湧出，把一個小道士冠兒湧得歪在頭上，跌了下來。道士去拾時，腳步跟蹌，連身子也跌倒了，玄宗及在旁嬪御，一齊笑將起來。仔細一看，不見了小道士，止有一個金榼在地，滿盛著酒。細驗這榼，卻是集賢院中之物，一榼止盛一斗。玄宗大奇。[70]

這段文字，當是直接敷衍自《明皇雜錄》：

---

70 〔明〕凌濛初：《初刻拍案驚奇》，頁124-125。

玄宗留之內殿，賜之酒，辭以「山臣飲不過二升，有一弟子，飲可一斗」。玄宗聞之喜，令召之。俄一小道士自殿簷飛下，年可十六七，美姿容，旨趣雅淡，謁見上，言詞清爽，禮貌臻備。玄宗命坐，果曰：「弟子當侍立於側，未宜賜坐。」玄宗目之愈喜，遂賜之酒，飲及一斗不辭。果辭曰：「不可更賜，過度必有所失，致龍顏一笑耳。」玄宗又逼賜之，酒忽從頂湧出，冠子落地，化為一榼。玄宗及嬪御皆驚笑，視之，已失道士矣。[71]

相參之下，兩個文本中張果辭讓、小道士自殿簷飛下、美姿容、言詞清爽而禮貌臻備、遵師侍立、張果代辭、明皇逼酒、酒從頂出等細節皆是一致，知凌濛初參考《明皇雜錄》無疑。不過，類似題材還有其他版本。如《太平廣記》卷七十二引薛漁思《河東記》：

唐汝陽王好飲。終日不亂，客有至者，莫不留連旦夕。時術士葉靜能常過焉，王強之酒，不可，曰：「某有一生徒，酒量可為王飲客矣。然雖侏儒，亦有過人者。明日使謁王，王試與之言也。」明旦，有投刺曰：「道士常持滿。」王引入，長二尺。既坐，談胚渾至道，次三皇五帝、歷代興亡、天時人事、經傳子史，歷歷如指諸掌焉。王呿口不能對。既而以王意未洽，更咨話淺近諧戲之事，王則懽然謂曰：「觀師風度，亦常飲酒乎？」持滿曰：「唯所命耳。」王即令左右行酒。已數巡，持滿曰：「此不足為飲也，請移大器中，與王自把而飲之，量止則已，不亦樂乎！」王又如其言，命醇醪數石，置大斛中，以巨觥取

---

71 〔唐〕鄭處誨：《明皇雜錄》，卷下，〈道士張果〉，頁31。

而飲之。王飲中醺然，而持滿固不擾，風韻轉高。良久，忽謂
王曰：「某止此一杯，醉矣。」王曰：「觀師量殊未可足，請更
進之。」持滿曰：「王不知度量有限乎？何必見強。」乃復盡
一杯，忽倒，視之，則一大酒榼，受五斗焉。[72]

葉靜能辭酒而將木榼化為小道士等內容，與鄭處誨《明皇雜錄》的記
載相似。這段故事行文較為質樸，並沒有小道士自殿簷飛下、酒從頂
出等戲劇性情節，但談學問而「王咕口不能對」，更容話淺近諧戲之
事而王懼然勸酒，卻亦自有嘲諷之意。進而言之，汝陽王李璡與賀知
章、李白等號稱飲中八仙，他強迫他人飲酒，似乎比明皇來得更有說
服力，也更接近事實。薛漁思《河東記》多記文宗大和年間（西元
827-835年）之事，而鄭處誨則於大和八年（西元834年）成進士，其
後任校書郎時撰《明皇雜錄》一書。兩人為同代人，然對同一故事之
角色記錄卻頗不相同。此外，敦煌變文〈葉淨能詩〉也有類似故事：

前後三日，皇帝詔淨能於大內飲宴，作樂動簫韶。時囑〔屬〕
初秋之月，涼風漸侵。大內宴賞，與賓〔嬪〕妃玩樂，同飲數
巡，歌吹濱〔繽〕紛。皇帝心不歡悅，謂淨能曰：「朕今飲宴
都不似。天師有章令，使宴樂歡娛？」淨能承其帝命，抽身便
起，只對殿西角頭一個劍南蠻畫甕子，可授〔受〕石已來，淨
能移心作法，暗求歡樂帝心，娛情在炙。於是淨能懷中取筆，
便於甕子上畫一道士把酒盞飲帖在甕子上，其甕子便變作一個
道士。身長三尺，還著樗冠黃被，立於殿西角頭。淨能奏曰：
「臣見陛下飲似不樂，臣與陛下邀得一個飲流，此席的畢歡

矣。」皇帝聞，謂淨能曰：「是何飲流，性得朕意？」淨能奏
曰：「還是一個道士，妙解章令，又能飲宴。論今說古，無有
不知，多解多能，人間皆曉。」陛下詔道士，道士奉詔從殿西
角而直至殿前，口口稱臣。玄宗亦見，龍顏大悅，妃姹采女，
悉皆歡笑。其道士朝儀不失，皇帝便賜昇殿，與朕接坐問答。
帝又問：「尊師飲戶大小？」淨能奏曰：「此尊大戶，直是飲
流，每巡可加三十五十分，卒難不醉。」其道士巡到便飲，都
不推辭。皇帝極歡，同坐興合，妃姹采女，皆勸三升。道士被
勸校多，巡巡不闕。從巳時飲至申時，道士飲一石已來，酒甕
子恰滿。樽中有酒五升，淨能意逞道士，奏曰：「陛下！席欲
散，餘酒擬勸尊師，伏望陛下允臣所奏。」皇帝曰：「依
奏！」酒便賜尊師，其道士苦苦推辭，奏曰：「臣恐失朝儀而
虧禮度。」淨能曰：「知上人是大戶，何用推辭？」道士奏
曰：「其酒已當，實飲不得！」淨能見苦推辭，對皇帝前乃作
色怒曰：「此道士終須議斬首！」皇帝曰：「他有何罪愆，忽而
斬之？」淨能奏曰：「緣伊近我極！」皇帝依奏，令高力士取
劍斬道士。頭隨劍落，拋在一邊。頭元是酒甕子蓋，身畫甕子
身，向上畫一個道士，帖符一道。緣酒甕子恰滿便醉。皇帝一
見大笑，妃后共賀帝情，應內人驚笑不已。高力士再三瞻矚不
分，重觀恣嗟。玄宗皇帝及朝庭大臣，嘆淨能絕古超今，化窮
無極，暴書符籙，□聖幽玄，人間罕有，莫側〔測〕變現，與
太上老君而無異矣！[73]

與前兩種文本不同，〈葉淨能詩〉中的酒甕所化道士之出現，並非為

了逃避在上位者的勸酒，而是主動「暗求歡樂帝心」。傳聞異詞者尚不止此。《太平廣記》卷二十六引《集異記》、《仙傳拾遺》所載葉法善事云：

> 燕國公張說，嘗詣觀謁，師（葉法善）命酒。說曰：「既無他客。」師曰：「此有曲處士者，久隱山林，性謹而訥，頗耽於酒，鍾石可也。」說請召之，斯須而至。其形不及三尺，而腰帶數圍，使坐於下，拜揖之禮，頗亦魯樸。酒至，杯盂皆盡，而神色不動。燕公將去。師忽奮劍叱曲生曰：「曾無高談廣論，唯沉湎於酒，亦何用哉！」因斬之，乃巨榼而已。[74]

這個故事中，主角成了葉法善和明皇時的名臣張說。與前兩個故事不同，張說不過認為兩人對飲孤清了些，因此才引致木榼所化曲處士的出場。至於曲處士的打回原型，只是由於張說要離去罷了。相比之下，張說並未勸酒，也未如〈葉淨能詩〉中的明皇般心不歡悅，更像一個旁觀者，而非故事的參與者。比較四個故事，張果版本與前後文其他情節銜結最好，文字亦最佳。葉淨能版本對於汝陽王雖有諷刺，但似乎不便挪用於小說，蓋以明皇之修養，尚不至於「咕口不能對」，只是好飲酒與淺近諧戲。至若葉法善版本於張說、〈葉淨能詩〉於明皇皆略有主動諂媚之意，與小說著眼於這幾位奇人高尚其志的基調不侔。因此張果版本最終為凌濛初所採納，除了材料易得外，就內容而言也是合乎情理的。

---

74 〔宋〕李昉：《太平廣記》，卷七十二，〈葉法善傳〉，頁172-173。

六 情節的異同

　　除了主題和題材方面，〈唐〉篇的相關文本中還出現了情節的借用。情節是指敘事作品中表現人物之間相互關係的一系列生活事件的發展過程。它是由一系列展示人物性格，表現人物與人物、人物與環境之間相互關係的具體事件構成。情節是由情節單元所組成，為了加強故事性，小說作者往往在前文本的故事基礎上增加一些情節單元。這些情節單元可能引用、模擬自與唐明皇故事無涉或關係甚小的其他文本。由於情節與結構關係密切，本章第四節已經涉及，本節僅就情節單元舉例，以見該小說前文本之夥。

　　首先看前文本之移植。如第四・三節「鬥法」中，有一節敘述葉法善與武惠妃寵僧金剛三藏的較量。明皇請三藏持咒，將葉法善咒入瓶中。葉氏順水推舟，斂身就瓶，待三藏咒其出瓶時，卻毫無動靜。眾人焦慮之際，葉氏卻從門外進來，謂寧王相邀吃飯，明皇於作法之際必不肯放，恰好借入瓶機會，到寧王家吃了飯來。眾人轉憂為喜。接下來輪到葉氏還擊：

> 法善道：「法師已咒過了，而今該貧道還禮。」隨取三藏紫銅
> 缽盂，在圍爐裡面燒得內外都紅。法善捏在手裡，弄來弄去，
> 如同無物。忽然雙手捧起來，照著三藏光頭撲地合上去，三藏
> 失聲而走。玄宗大笑。[75]

葉、羅與金剛三藏鬥法的文字，直承自《太平廣記》卷二十二，其中也包括燒缽一節：

---

75 〔明〕凌濛初：《初刻拍案驚奇》，頁132。

葉又取三藏鉢，燒之烘赤，手捧以合三藏頭，失聲而走。玄宗
大笑。[76]

《太平廣記》卷二十二的材料來自《神仙感遇傳》、《仙傳拾遺》、《逸
史》等，然同書卷二八五還引用了一段類似的敘述，出自《朝野僉
載》的〈葉法善〉條：

唐孝和帝令內道場僧與道士，各述所能，久而不決。玄都觀葉
法善，取胡桃二升，並殼食之並盡。僧仍不伏。法善燒一鐵鉢
赫赤，兩手欲合老僧頭上。僧唱賊，袈裟掩頭而走。孝和撫掌
大笑。[77]

孝和帝即中宗，乃明皇之伯父，而與葉法善比試的僧人則未必是金剛
三藏。手持熱鉢欲合老僧頭上，這段情節不僅顯示了道教的法術高
強，也將僧人的窘態描寫得很傳神。故此，《神仙感遇傳》、《仙傳拾
遺》、《逸史》等書的編者將這段情節納入了與金剛三藏鬥法的故事
中，又由凌濛初所沿襲修訂，成為現在的面貌。

再看增補方面。如第二‧四節「賜婚」：

一日，秘書監王迥質、太常少卿蕭華兩人同往集賢院拜訪，張
果迎著坐下，忽然笑對二人道：「人生娶婦，娶了個公主，好
不怕人！」兩人見他說得沒頭腦，兩兩相看，不解其意。正說
之間，只見外邊傳呼：「有詔書到！」張果命人忙排香案等

---

76 〔宋〕李昉：《太平廣記》，卷二十二，〈羅公遠傳〉，頁148。
77 〔唐〕張鷟：《朝野僉載》（北京市：中華書局，1979年），卷三，〈葉法善〉，頁66。

著。原來玄宗有個女兒，叫做玉真公主，從小好道，不曾下降
於人。蓋婚姻之事，民間謂之「嫁」，皇家謂之「降」；民間謂
之「娶」，皇家謂之「尚」。玄宗見張果是個真仙出世，又見女
兒好道，意思要把女兒下降張果，等張果尚了公主，結了仙姻
仙眷，又好等女兒學他道術，可以雙修成仙。計議已定，頒下
詔書。中使齎了到集賢院張果處，開讀已畢，張果只是哈哈大
笑，不肯謝恩。中使看見王、蕭二公在旁，因與他說天子要降
公主的意思，叫他兩個攛掇。二公方悟起初所說，便道：「仙
翁早已得知，在此說過了的。」中使與二公大家相勸一番，張
果只是笑不止，中使料道不成，只得去回復聖。[78]

這段情節源自《明皇雜錄》卷下：

> 一日，秘書監王迥質、太常少卿蕭華，嘗同造焉。時玄宗欲令
> 尚主，果未之知也，忽笑謂二人曰：「娶婦得公主，甚可畏
> 也。」迥質與華相視，未諭其言。俄頃有中使至，謂果曰：
> 「上以玉真公主早歲好道，欲降於先生。」果大笑，竟不承
> 詔，二人方悟向來之言。[79]

《舊唐書》卷一九一〈張果傳〉之文字大抵相同。[80]凌濛初在此基礎
上增補了不少細節，如增加對話的內容、介紹玉真公主的背景、解釋
宮廷用語、帶敘明皇賜婚動機等，令情節更為生動有趣。

對於前文本的一些情節，凌濛初在接受的過程中也有改寫。如第

78　〔明〕凌濛初：《初刻拍案驚奇》，頁125-126。
79　〔唐〕鄭處誨：《明皇雜錄》，卷下，〈道士張果〉，頁30。
80　〔後晉〕劉昫：《舊唐書》，卷一九一，〈方伎〉，頁5106。

四‧四節「隱身」，敘述明皇學隱身不遂，怒斬羅公遠之後：

> 隔得十來月，有個內官叫做輔仙玉，奉差自蜀道回京，路上撞遇公遠騎驢而來，笑對內官道：「官家非戲，忒沒道理！」袖中出書一封道：「可以此上聞！」又出藥一包寄上，說道：「官家問時，但道是『蜀當歸』。」語罷，忽然不見。仙玉還京奏聞，玄宗取書覽看，上面寫是姓維名厶退，一時不解。仙玉退出，公遠已至。玄宗方悟道：「先生為何改了名姓？」公遠道：「陛下曾去了臣頭，所以改了。」玄宗稽首謝罪，公遠道：「作戲何妨？」走出朝門，自此不知去向。直到天寶末祿山之難，玄宗幸蜀，又於劍門奉迎鑾駕。護送至成都，拂衣而去。後來肅宗即位靈武，玄宗自疑不能歸長安，肅宗以太上皇奉迎，然後自蜀還京。方悟「蜀當歸」之寄，其應在此。[81]

這段文字亦承自《太平廣記》卷二十二：

> 其後數歲，中使輔仙玉，奉使入蜀，見公遠於黑水道中，披雲霞衲帔，策杖徐行。仙玉策馬追之，常去十餘步，竟莫能及。仙玉呼曰：「天師雲水適意，豈不念內殿相識耶！」公遠方佇立顧之。仙玉下馬拜謁訖，從行數里。官道側俯臨長溪，旁有巨石，相與渡溪據石而坐。謂仙玉曰：「吾棲息林泉，以修真為務，自晉咸和年入蜀，訪師諸山，久晦名跡，聞天子好道崇玄，乃舍煙霞放曠之樂，冒塵世腥膻之路，混跡雞鶩之群，窺閲蜉蝣之境，不以為倦者，蓋欲以至道之貴，俯教於人主耳。

聖上廷我於別殿，遽以靈藥為索，我告以人間之腑臟，葷血充積，三田未虛，六氣未潔，請俟他日以授之，以十年為限。不能守此誠約，加我以丹頸之戮，一何遑遽哉！然得道之人，與道氣混合，豈可以世俗兵刃水火害於我哉！但念主上列丹華之籍，有玉京交契之舊，躬欲度之，眷眷之情，不能已已。」因袖中出書一緘，謂仙玉曰：「可以此上聞，云我姓維，名厶逯，靜真先生弟子也，上必寤焉。」言罷而去，仍以蜀當歸為寄，遂失所在。仙玉還京師，以事及所寄之緘奏焉。玄宗覽書，憫然不懌。仙玉出，公遠已至，因即引謁。玄宗曰：「先生何改名姓耶？」對曰：「陛下嘗去臣頭，固改之耳。羅字去頭，維字也；公字去頭，厶字也；遠字去頭，逯字也。」玄宗稽首陳過，願舍其尤。公遠欣然曰：「蓋戲之耳。夫得神仙之道者，劫運之災，陽九之數，天地淪毀，尚不能害；況兵刃之屬，那能為害也？」異日，玄宗復以長生為請。對曰：「經有之焉，我命在我，匪由於他。當先內求而外得也。刳心滅智，草衣木食，非至尊所能。」因以〈三峰歌〉八首以進焉，其大旨乃玄素黃赤之使，還嬰溯流之事。玄宗行之逾年，而神逸氣旺，春秋愈高，而精力不憊。歲餘，公遠去，不知所之。天寶末，玄宗幸蜀，又於劍門奉迎鑾輅，衛至成都，拂衣而去。乃玄宗自蜀還京，方悟蜀當歸之寄矣。[82]

比較兩段文字，可見二拍對作為前文本的《太平廣記》進行了幾處改動：

一、將「其後數歲」改成「隔得十來月」，縮短故事的時間跨度。

---

82 〔宋〕李昉：《太平廣記》，卷二十二，〈羅公遠傳〉，頁149。

二、將「仙玉策馬追之，常去十餘步，竟莫能及」改為「路上撞遇
　　公遠騎驢而來」，使羅公遠請內官傳信明皇的意圖更為明顯。

三、刪去大段自述、論道之語，以及進〈三峰歌〉的始末，僅將
　　「加我以丹頸之戮，一何遑遽哉」改為「官家非戲，忒沒道
　　理」，令故事情節的發展更為緊湊。

從這三處改動，略可知〈唐〉篇這篇話本的經營過程。進而言之，
「蜀當歸」的情節還有其他出處。如唐人鄭綮《開天傳信記》云：

> 一行將卒，留物一封，命弟子進於上。發而視之，乃蜀當歸
> 也。上初不諭，及幸蜀回，乃知微旨，深歎異之。[83]

這段故事的主角雖為高僧一行，文字敘述亦較簡略，然觀其細節，卻
與《太平廣記》有兩點相近之處：一行為將卒之時，羅公遠為處斬之
後；一行請弟子進當歸，羅氏請內官傳話。蓋兩種故事或有一個共同
的前文本，或有相互傳承的關係。

　　當然，凌濛初對於前文本的刪節亦時而可見。對白方面，如前文
羅公遠與輔仙玉的對話。又如同篇中羅氏對明皇的進諫：

> 陛下玉書金格，以簡於九清矣；真人降化，保國安人，誠宜習
> 唐、虞之無為，繼文、景之儉約，卻寶劍而不御，棄名馬而不
> 乘，豈可以萬乘之尊，四海之貴，宗廟之重，社稷之大，而輕
> 狗小術，為戲玩之事乎？若盡臣術，必懷璽入人家，困於魚服
> 矣。[84]

83　〔唐〕鄭綮：《開天傳信記》，頁6。

84　〔宋〕李昉：《太平廣記》，卷二十二，〈羅公遠傳〉，頁149。

這些文字不宜譯為白話，對話本的目標讀者而言而有嫌冗長，故爾刪
去。復如前文所論，《明皇雜錄》卷下的李遐周故事中，關於李林甫
的一段便因無關主題而刪去。又如同書〈道士張果〉條云：

> 唐太宗、高宗屢徵之不起，則天召之出山，佯死於妬女廟前。
> 時方盛熱，須臾臭爛生蟲。聞於則天，信其死矣。[85]

則天為后，害王皇后、蕭淑妃，故張果佯死於妬女廟前，詼諧中亦有
大義存焉。此處文字雖短，卻與凌氏小說主題無關，亦不錄。

七　語言的異同

黃霖、楊紅彬指出，《三國演義》和《水滸傳》、《西遊記》等相
比，文言成分多些。這種現象一是因為它演繹文言文寫成的《三國
志》，文字不能不受其影響，二是在它之前出現的《三國志平話》已
是半文半白，三是對於歷史題材的作品，使用在當時被視為語言正宗
的文言文，體現了一種典雅莊重的文學風格。[86]這種情況也可套用於
〈唐〉篇。與《三國演義》相比，其眾多的前文本幾乎全是文言寫
成，語言上受影響是很自然的。再者，此篇的內容雖多出自稗官野
史，但主題寄寓了凌濛初對歷史的反思，文言成分固能增添故事的厚
重感。此外，黃、楊又云，二拍對語言的加工相對三言更加體現了文
人的趣味與個性。凌濛初吸收了化本生動活潑的白話傳統，又出之以
文人語言的蘊藉優美，形成了典雅而又活潑的語言風格。[87]而王昌

---

85 〔唐〕鄭處誨：《明皇雜錄》，卷下，〈道士張果〉，頁30。
86 黃霖、楊紅彬：《明代小說》（合肥市：安徽教育出版社，2001年），頁136。
87 同前註，頁161。

龍、褚豔論互文性與翻譯道：

> 譯者有著特殊的身分，因為他（她）扮演了三種角色：讀者，
> 闡釋者和作者。首先，也是最重要的一點是他（她）是待譯作
> 品的讀者。其次，他（她）又是一個闡釋者，因為翻譯出來的
> 文字是基於他（她）的理解之上的。最後，他（她）又扮演了
> 作者的角色，因為譯文只有通過他（她）才能得到完成。在這
> 整個翻譯過程中，譯者需要完成三個步驟，即改寫、完成和闡
> 釋。[88]

作為〈唐〉篇的作者，凌氏對前文本的迻錄、語譯和改寫，無疑使作
品與前文本在語言上產生互文性。如前引李遐周一段，文字幾乎全同
於《明皇雜錄》，這是直接的迻錄。又如鬥法一段中有關袈裟的一
節，《太平廣記》云：

> 公遠曰：「請更問三藏法術何如？」三藏曰：「貧道請收固袈
> 裟，試令羅公取，取不得則羅公輸，取得則僧輸。」於是令就
> 道場院為之。三藏結壇焚香，自於壇上跏趺作法，取袈裟貯之
> 銀合；又安數重木函，皆有封鎖，置於壇上。玄宗與武妃、葉
> 公，皆見中有一重菩薩，外有一重金甲神人，外以一重金剛圍
> 之，賢聖比肩，環繞甚嚴，三藏觀守，目不暫舍。公遠坐繩
> 床，言笑自若。玄宗與葉公皆視之。數食頃，玄宗曰：「何太
> 遲遲，得無勞乎！」公遠曰：「臣鬥力，安敢自炫其能！但在
> 陛下使三藏啟觀耳。」令開函取袈裟，雖封鎖依然，中已空

矣。玄宗大笑。公遠奏曰：「請令人於臣院內，敕弟子開櫃取
來。」即令中使取之，須臾袈裟至。[89]

凌濛初的改寫則以活潑的白話為主，間有淺顯的文言：

> 公遠道：「請問三藏法師，要如何作法術？」三藏道：「貧僧請
> 收固袈裟，試令羅公取之。不得是羅公輸，取得是貧僧輸。」
> 玄宗大喜，一齊同到道場院，看他們做作。三藏結立法壇一
> 所，焚起香來。取袈裟貯在銀盒內，又安數重木函，木函加了
> 封鎖，置於壇上。三藏自在壇上打坐起來。玄宗、武妃、葉師
> 多看見壇中有一重菩薩，外有一重金甲神人，又外有一重金剛
> 圍著。賢聖比肩，環繞甚嚴，三藏觀守，目不暫捨。公遠坐繩
> 床上，言笑如常，不見他作甚行徑。眾人都注目看公遠，公遠
> 竟不在心上。有好多一會，玄宗道：「何太遲遲，莫非難
> 取？」公遠道：「臣不敢自誇其能，也不知取得取不得，只叫
> 三藏開來看看便是。」玄宗聞言，便叫三藏開函取袈裟。三藏
> 看見重重封鎖，一毫不動，心下喜歡。及開到銀盒，叫一聲
> 「苦」，已不知袈裟所向，只是個空盒。三藏嚇得面如土色，
> 半晌無言。玄宗拍手大笑。公遠奏道：「請令人在臣院內開櫃
> 取來。」中使領旨去取，須臾，袈裟取到了。[90]

相勘之下，除了語譯，凌氏還添入一些細節的描寫，如「言笑自若」
與「言笑如常，不見他作甚行徑」，「玄宗與葉公皆視之」與「眾人都

---

89 〔宋〕李昉：《太平廣記》，卷二十二，〈羅公遠傳〉，頁147。
90 〔明〕凌濛初：《初刻拍案驚奇》，頁133。

注目看公遠，公遠竟不在心上」，「令開函取袈裟，雖封鎖依然，中已空矣」與「三藏看見重重封鎖，一毫不動，心下喜歡。及開到銀盒，叫一聲「苦」，已不知袈裟所向，只是個空盒。三藏嚇得面如土色，半晌無言」，無一不令情節更富戲劇性。

再如賜婚一段，《明皇雜錄》中張果對王迥質、蕭華說：「娶婦得公主，甚可畏也。」而凌濛初則語譯為：「人生娶婦，娶了個公主，好不怕人！」比起原來的文言，更能體現出張果遊戲人間的個性。至於返老一段，《明皇雜錄》云：

> 玄宗因從容謂曰：「先生得道者，何齒髮之衰耶？」果曰：「衰朽之歲，無道術可憑，故使之然，良足恥也。今若盡除，不猶愈乎？」因於御前拔去鬢髮，擊落牙齒，流血溢口。玄宗甚驚，謂曰：「先生休舍，少選晤語。」俄頃召之，青鬢皓齒，愈於壯年。[91]

而凌濛初則改寫成：

> 玄宗見是個老者，便問道：「先生既已得道，何故齒髮衰朽如此？」張果道：「衰朽之年，學道未得，故見此形相，可羞可羞。今陛下見問，莫若把齒髮盡去了還好。」說罷，即就御前把鬢髮一頓撏拔乾淨，又捏了拳頭，把口裡亂敲，將幾個半殘不完的零星牙齒逐個敲落，滿口血出。玄宗大驚道：「先生何故如此？且出去歇息一會。」張果出來了，玄宗想道：「這老兒古怪。」即時傳命召來。只見張果搖搖擺擺走將來，面貌雖

---

91 〔唐〕鄭處誨：《明皇雜錄》，卷下，〈道士張果〉，頁30。

是先前的，卻是一頭純黑頭髮，鬚髯如漆，雪白一口好牙齒，
比少年的還好看些。玄宗大喜，留在內殿賜酒。[92]

除仍舊將張果之語改為白話外，更將「拔去鬚髮，擊落牙齒」改為
「把鬚髮一頓摀拔乾淨，又捏了拳頭，把口裡亂敲，將幾個半殘不完
的零星牙齒逐個敲落」，生動有趣。

八 結語

　　唐明皇故事流傳久遠，故晚明話本〈唐明皇好道集奇人〉的前文
本亦甚多；這些前文本在流傳的過程中，已有整合的趨勢。凌濛初在
撰構此篇時，更花了不少心思進行采擷和重寫，使各個故事更為連貫
一致。本章將這篇作品分為四段十四節，通過主題、結構、題材、情
節與語言的分析，探論其得失。主題方面，有關李遐周、張果、葉法
善、羅公遠故事的前文本多帶有宣傳道教教義的動機，然凌濛初將之
黏合成〈唐〉篇後，除滿足讀者的獵奇心態外，還諷刺了唐明皇的不
思修政，對歷史有所反思，也可能寄寓了自己懷才不遇的感慨。
〈唐〉篇在佈局上屬於連合式佈局。在前文本中，李遐周、張果、葉
法善、羅公遠的故事基本上雖是獨立的，但已有互見之處。如敦煌話
本〈葉淨能詩〉，已與張果的飲酒、葉法善的觀燈、登月、羅公遠的
隱身等故事產生互文。類似情況還出現在其他前文本中，其互文情況
間接為凌濛初的黏合工作提供了示範和方便。此外，凌濛初還順應各
前文本的情節及對主角的描繪，將李遐周的故事編派為篇首和入話，
以之與篇末羅公遠贈蜀當歸的故事相呼應，讓張果、葉法善和羅公遠

---

92 〔明〕凌濛初：《初刻拍案驚奇》，頁123-124。

按照「年齡」依次出場，更以葉法善道出張果身世、聯合羅公遠與金剛三藏鬥法等情節使前後文銜接無間。題材方面，〈唐〉篇對於前文本有簡單及複雜的「暗合—引用」。前者如李遐周的故事，幾乎全文轉錄。後者如觀燈、登月等題材，要以《太平廣記》卷二十二為基礎，極力渲染而成；而相對於其他前文本，故事角色則或有不同。情節方面，〈唐〉篇對前文本採取了移植、增刪等方法，茲不贅言。語言方面，此篇以活潑的白話為主，間有淺顯的文言。白話部分或自前文本的文言改寫而來，或為凌濛初自行增補，令故事更富戲劇性，生動有趣。當然，由於諸前文本的篇幅多短小，情節亦單一，綴合之後亦如韓南所論，「佈局只是一個連結故事幾個部分的鬆散架子，其中某些部分即被刪除，對故事整體亦不足以造成不可彌補的破壞」，未必能夠形成「草蛇灰線、伏筆千里」的脈絡，以及一個有機的整體。正因如此，在篇章以羅公遠故事為收結之際，張果、葉法善兩位主角倒成了一種障礙：不交代其歸宿則令故事結構不完成，交代則令文脈無法聚焦於「蜀當歸」所營造的結局。在凌濛初的苦心經營下，始終無法彌補該缺失，這是由諸前文本自身的內容和結構所造成的。

第四章

吸納與烘染

——〈史弘肇龍虎君臣會〉、〈臨安里錢婆留發跡〉及〈金海陵縱慾亡身〉新考

一　引言

　　「三言」中，至少有三篇以帝王為主角的作品被學者視作舊本或據舊本改編，即《明言》卷十五〈史弘肇龍虎君臣會〉、卷二十一〈臨安里錢婆留發跡〉及《恆言》卷二十三〈金海陵縱慾亡身〉。鄭振鐸論〈史〉篇云：「敘郭威及史弘肇君臣二人，微時乃為柴夫人及閻行首所識事。篇首以洪邁的一首〈龍笛詞〉引起。敘述殊為古拙有趣，且運用俗語，描狀人物，俱臻化境。當為宋人之作。」[1] 許政揚所見相同。[2] 嚴敦易以〈錢〉篇發跡變泰的主題與〈史〉篇相近，其中錢鏐賭博一段之描寫具有宋人風格，然文中「杭州府臨安縣」乃明代設置，語言之文白折衷則似《三國演義》流亞，當係明人編寫。[3] 至若〈金〉篇，其直接前文本為原錄於《京本通俗小說》的〈金主亮荒淫〉。繆荃孫重刊此書時刪去〈金主亮荒淫〉，此篇如今蓋已亡佚。譚正璧指〈金〉篇的內容悉源自《金史》，並「添枝加葉的加以烘

1　鄭振鐸：〈明清二代的平話集〉，載《中國文學研究》（北京市：作家出版社，1957年），上冊，頁385。

2　〔明〕馮夢龍編著、許政揚校注：《古今小說》（北京市：人民文學出版社，1958年），〈前言〉，頁3。

3　嚴敦易：〈《古今小說》四十篇的撰述時代〉，載〔明〕馮夢龍編著、嚴敦易校注：《古今小說》（北京市：文學古籍刊行社，1955年）。

染、描寫」而成。[4]而鄭振鐸相信〈金主亮荒淫〉與〈金〉篇在文字上無大出入。[5]據此而推之，《恆言》自《京本通俗小說》迻錄〈金主亮荒淫〉，僅改換標題與極少量文字耳。許政揚認為，〈史〉、〈錢〉等篇主要描寫統治階層中出身寒微的人物暴發的曲折過程，反映了當時的社會和政治生活，人物性格刻劃鮮明而富於色彩，卻只是頌揚個人的飛黃騰達，有時甚至不問其方式和手段，「即令錢鏐那樣以鎮壓農民軍起家」也一律推崇，這種立場「十分落後」。[6]故〈史〉、〈錢〉二篇多年來不受學界重視，可得而知。至若〈金〉篇之前文本問題於民初雖引起海內外學界的興趣，然其後多年間亦因文獻不足、內容猥褻而受到冷落。

與前章所論〈隋〉、〈宋〉、〈唐〉諸篇等相比，學者對於〈史〉、〈錢〉、〈金〉篇的前文本考察頗有捉襟見肘之憾。〈隋〉、〈宋〉、〈唐〉等篇各段的前文本幾乎可一一羅致，而〈史〉、〈錢〉、〈金〉三篇卻不然。如譚正璧比較〈金〉篇與《金史・后妃傳》而論道：「如把二篇的文字對讀之，則更可見史傳所有的只是『事實』，只是具骷髏架子，給她以充分的描寫，給她以肉與血，給她以靈魂，使之神采奕奕，乃是『敷演』之為話文的作者。」[7]嚴敦易所稱〈錢〉篇中具有宋人風格的錢鏐賭博一段也無前文本可考，情況也大體與〈金〉篇相近。至若〈史〉篇篇末云：

這話本是京師老郎流傳。若按歐陽文忠公所編的《五代史》正傳上載道：梁末調民，七戶出一兵。弘肇為兵，隸開道指揮，

4　譚正璧：《三言兩拍資料》（上海市：上海古籍出版社，1980年），頁489-490。

5　鄭振鐸：〈明清二代的平話集〉，載《中國文學研究》上冊，頁378。

6　〔明〕馮夢龍編著、許政揚校注：《古今小說・前言》，頁12。

7　譚正璧：《三言兩拍資料》，頁489。

選為禁軍，漢高祖典禁軍為軍校。其後漢高祖鎮太原，使將武
節左右指揮，領雷州刺史。以功拜忠武軍節度使，侍衛步軍都
指揮使。再遷侍衛親軍馬步軍都指揮使，領歸德軍節度使，同
中書門下乎章事。後拜中書令。周太祖郭威即位之日，弘肇已
死，追封鄭王。[8]

胡士瑩指出，「京師老郎」是南宋臨安說話人對汴京前輩藝人的稱
呼。老郎為職業藝人，名位高、年輩長、資歷深、見聞廣，並有精湛
的技藝和學問。其故事多為悠久而口口相傳者，並非寫成本子留交下
來。[9] 〈史〉篇此處拈出《新五代史》中的史弘肇傳讓讀者參照，若
非編撰者所增，亦應為馮夢龍刊印時的按語。蓋史弘肇卒於後漢，並
未入周，與郭威只有同僚關係而無君臣名分，且並未直接協助郭威登
基，故所謂「龍虎君臣會」純粹小說家言，考諸正史則名實不符矣。
正因〈史〉篇在民間經歷了長期的口傳文學型態，故書於竹帛後，一
來與文獻差異頗大，二來有不少段落難以考覈前文本，可想而知。在
文獻難徵的情況下，本章以〈史〉、〈錢〉、〈金〉三篇為考察對象，進
一步爬梳其前文本，探討三篇如何吸納前文本的素材、如何增入相當
的新創篇幅以作烘染，並析論其藝術得失。

二　〈史〉、〈錢〉、〈金〉三篇的文本築構

譚正璧《三言兩拍資料》所列舉〈史〉篇的前文本，有《新五代
史》、《玉壺清話》、《龍川別志》、《畫墁錄》、《東皋雜鈔》、《甕牖閒

8　〔明〕馮夢龍：《喻世明言》（香港：中華書局，1965年），頁234。
9　胡士瑩：《話本小說概論》（北京市：商務印書館，2012年），頁97-98。

評》、《遠山堂劇品》、《宋元戲文輯佚》、《寶文堂書目》等。[10]趙景深
則謂《五代周史平話》中有「柴長者招郭威為女婿」條，是本篇極好
的參考。[11]此外，《舊五代史》中也有值得參詳之處。茲先將〈史〉篇
分為五段，若干段落更細分節，而以早於《喻世明言》面世的相關前
文本列舉於右，製成表格如下：

表一　〈史弘肇龍虎君臣會〉的分段及前文本

段落	內容	頁碼	前文本
1	八難龍笛	212-215	
2.1	炳靈顯聖	215-217	
2.2	閻氏招親	217-221	《新五代史・史弘肇傳》、《遠山堂劇品・巧配閻越娘》
3.1	郭威投弟	221-222	《舊五代史》卷一百一十〈周書一・太祖紀一〉
3.2	柴氏選夫	222-225	《舊五代史・周書・列傳第一・太祖柴皇后傳》、《玉壺清話》卷六、《龍川別志》卷上、《東皋雜鈔》卷一、《甕牖閒評》卷二、《五代史平話・周史平話》卷上
4.1	棒打霸遇	225-229	《畫墁錄・郭雀兒》、《舊五代史・周書・列傳第一・太祖柴皇后傳》引《東都事略》
4.2	殺尚衙內	229-230	
4.3	符公相救	230-231	《舊五代史・周書・列傳第一・太祖柴皇后傳》
5	發跡變泰	232-234	《新五代史》卷十一〈周本紀第十一〉

10 譚正璧：《三言兩拍資料》，頁86-89。
11 趙景深：《中國小說叢考》（濟南市：齊魯書社，1980年），頁327。

〈史〉篇中，以郭威為主角的僅有三、四、五段，其中四・二節出處無考，三・二節雖關涉不少前文本，然書寫遠較其為細緻。此外，〈史〉篇謂柴夫人主動下嫁郭威，而《周史平話》則謂柴公嫁女，乃傳聞異詞。不過持二者與《舊五代史・柴皇后傳》相勘，則〈史〉篇所敘更近正史。四・三節可徵前文本為《舊五代史・柴皇后傳》：「太祖嘗寢，后見五色小蛇入顴鼻間，心異之，知其必貴，敬奉愈厚。」[12]而〈史〉篇此節的觀者則成了承吏王琇，而這段佚事僅占全節的極小篇幅。[13]

　　類似的情況也見於〈錢〉篇。譚正璧所錄〈錢〉篇的前文本，包括《湘山野錄》、《全唐詩話》、《唐詩紀事》、《七修類稿》、《稽神錄》、《太平廣記》、《楓窗小牘》、《西湖遊覽志餘》、《浙江通志》、《西湖夢尋》、《曲海總目提要》等，[14]日本學者小川陽一又補入《堅瓠四集》、《西湖二集・吳越王再世索江山》等。[15]此外，《新五代史》及《咸淳臨安志》中也有相關資料。茲將〈錢〉篇分為九段，附以相關前文本列舉於右，表列如下：

表二　〈臨安里錢婆留發跡〉的分段及前文本

段落	內容	頁碼	前文本
1	貫休入蜀	297	《續湘山野錄》、《全唐詩話》卷六〈僧貫休〉、《唐詩紀事》卷七十五、《七修類稿》卷三十四
2	錢鏐出世	297-299	《湘山野錄》卷中、《西湖遊覽志餘》卷二十一

12　〔宋〕薛居正：《舊五代史》（北京市：中華書局，1997年），頁835。
13　〔明〕馮夢龍：《喻世明言》，頁231。
14　譚正璧：《三言兩拍資料》，頁103-113。
15　〔日〕小川陽一：《三言二拍本事論考集成》（東京：新典社，1981年），頁56。

段落	內容	頁碼	前文本
3	石鏡照影	299-300	《咸淳臨安志》卷二十五、《西湖遊覽志餘》卷一
4.1	結識二鍾	300-302	《新五代史》卷六十七〈吳越世家第七〉
4.2	夜劫官船	302-304	
4.3	二鍾相救	305-307	《西湖遊覽志餘》卷二十一
5	廖生望氣	307-309	《新五代史》卷六十七〈吳越世家第七〉
6.1	智退巢兵	309-311	《新五代史》卷六十七〈吳越世家第七〉、《西湖遊覽志餘》卷一
6.2	討劉漢宏	311-316	《新五代史》卷六十七〈吳越世家第七〉
7	誅滅董昌	316-321	《新唐書》卷二二五下〈列傳第一百五十下・逆臣下・董昌〉、《吳越備史》卷二〈武肅王下〉、《輿地紀勝》卷二、《新五代史》卷六十七〈吳越世家第七〉、《稽神錄》卷一〈董昌〉、《太平廣記》卷二九〇〈董昌〉、《西湖遊覽志餘》卷一
8.1	強弩射潮	321-322	《吳越備史》卷二〈武肅王下〉、《施顧注蘇詩・八月十五日看潮五絕》引《北夢瑣言》詩、《浙江通志》卷二七九〈雜記〉、
8.2	吳歌宴舊	322-323	《湘山野錄》卷中、《新五代史》卷六十七〈吳越世家第七〉、《吳越備史》卷二〈武肅王下〉、《楓窗小牘》卷上、《西湖遊覽志餘》卷一
9	錢氏嗣王	323	《新五代史》卷六十七〈吳越世家第七〉、《吳越備史》卷三及四、《西湖遊覽志餘》卷一

此外,《曲海總目提要》著錄《金剛鳳》一劇,記錢鏐事,作者未知何人,寫作年代亦不詳。然提要謂其「與正史全不合,說甚荒唐」。唯誅殺劉漢宏、董昌、射潮幾事,則與〈錢〉篇互見。[16]相對而言,〈錢〉篇是在正史基礎上踵事增華,卻不似《金剛鳳》內容與正史有所扞格,蓋在編入《明言》時已經文人潤飾修整。再觀〈錢〉篇「夜劫官船」一節,目前並未尋得大體對應的前文本。而就其餘段落而言,相關前文本的內容也未必覆蓋全部篇幅。如「結識二鍾」一節所包含嚴敦易稱道的賭博情節,於書無徵。而《新五代史》卷六十七〈吳越世家第七〉僅云:「縣錄事鍾起有子數人,與鏐飲博,起嘗禁其諸子,諸子多竊從之遊。」[17]雖提到鍾起,卻並無鍾明、鍾亮之名。〈錢〉篇所言,或另有所本,或為杜撰,尚待新的文獻資料發現。補充一提的是,周楫《西湖二集》首篇即為〈吳越王再世索江山〉,內容主體由錢鏐發跡、錢氏子孫歸宋及錢鏐轉世為宋高宗三部分組成,而仍以第一部分的篇幅最巨。然相比之下,該部分似為〈錢〉篇的縮寫。如退黃巢、討劉氏、誅董昌等情節的文字都比較簡略。如二鍾兄弟,僅云「縣中有一個錄事鍾起,有兩個兒子與錢婆留相好,也是六顆骰子上結識的好朋友」,然連鍾明、鍾亮之名也未提及。至如有關其販賣私鹽的描寫曰:「話說錢公貧窮徹骨,鬻販私鹽,挑了數百斤鹽在肩上,只當一根燈草一般,數百人近他不得,以此撒潑做那不公不法之事。但生性慷慨,真有一擲百萬之意。」然錢氏如何與顧三郎等人夜劫官船、事後二鍾如何相救,皆不見著墨。[18]此固然由於主題不一、篇幅有限,也因周清源出於鄉邦情誼,隱惡揚

---

16 董康編:《曲海總目提要》(北京市:人民文學出版社,1959年),頁1268-1271。

17 〔宋〕歐陽修:《新五代史》(北京市:中華書局,1997年),頁835。

18 見〔明〕周清源:《西湖二集》,載《中國古代珍稀小說續》冊12(瀋陽市:春風文藝出版社,1997年),頁1-23。

善之意。由於該篇內文與〈錢〉篇相近，故本章不擬專論。

相形之下，〈金〉篇的前文本大部分出為《金史‧后妃傳》。譚正璧指出，此篇除了不敘及海陵後徒單氏外，殆無一節不和《金史‧后妃傳》裡「海陵諸嬖」的記載相表合，連次第亦相同，辭句也多抄襲，不過有的地方頗費些功夫去添枝加葉的加以烘染、描寫而已。譚氏甚至認為四‧一節貴哥說風情一段頗像脫胎自《金瓶梅詞話》王婆說風情的一段，而寫的卻尤為搖曳多姿。[19]此外，譚氏還指出王世貞《豔異編》卷十四、馮夢龍《情史》卷十七的文字均錄自《金史》，故字句全同。[20]復次，學者似未注意〈金〉篇中關於張仲軻、梁珫的文字分別出於二人在《金史》的本傳，茲補充於下表：

表三　〈金海陵縱慾亡身〉的分段及前文本

段落	內容	頁碼	前文本
1	海陵篡位	308-309	《金史‧海陵王本紀》
2.1	通阿里虎	309	《金史‧后妃傳》
2.2	穢亂重節	309-311	《金史‧后妃傳》
3	柔妃彌勒	311-313	《金史‧后妃傳》
4.1	幽會定哥	313-324	《金史‧后妃傳》
4.2	私閣乞兒	324-325	《金史‧后妃傳》
4.3	定哥之死	325-326	《金史‧后妃傳》
4.4	麗妃石哥	326-327	《金史‧后妃傳》
5.1	昭媛察八	327	《金史‧后妃傳》
5.2	廣納嬪妃	327	《金史‧后妃傳》

---

19 譚正璧：《三言兩拍資料》，頁489。

20 同前註，頁488。

段落	內容	頁碼	前文本
5.3	莎里古真	327-328	《金史·后妃傳》
5.4	真妹餘都	328	《金史·后妃傳》
5.5	昭妃什古	328	《金史·后妃傳》
5.6	召奈剌忽	328-329	《金史·后妃傳》
5.7	女使辟懶	329	《金史·后妃傳》
5.8	誅殺叉察	329	《金史·后妃傳》
5.9	逼蒲速碗	329-330	《金史·后妃傳》
6.1	寵張仲軻	330	《金史·張仲軻傳》
6.2	宋閽梁珫	330-331	《金史·梁珫傳》
7	海陵之死	332-332	《金史·海陵王本紀》

有關〈金〉篇已亡佚的直接前文本〈金主亮荒淫〉，前賢討論甚多。然為便本章論述的展開，謹扼要述議於此。民國初年，繆荃孫發現一種《京本通俗小說》，卷數、篇數均不詳。繆氏認為是元人寫本，將其中七篇話本於民國四年付梓。此外，繆氏謂「尚有〈定州三怪〉一回，破碎太甚；〈金主亮荒淫〉兩卷，過於穢褻，未敢傳摹」。[21]其後葉德輝將〈金主亮荒淫〉重刊，單行於世。鹽谷溫、長澤規矩也、鄭振鐸皆指出葉氏並未見到《京本通俗小說》，所刊只是根據《醒世恆言》中的〈金〉篇偽改數字而成。[22]其論甚辯，不贅。不過，鹽谷、長澤二氏懷疑未刊的〈金主亮荒淫〉與〈金〉篇未必是一物，鄭振鐸卻認為「過慮」。鄭氏推論，《京本通俗小說》所收的其他篇章皆見於「三言」，文字無大異同，故繆藏〈金主亮荒淫〉與《恆言》之

---

21 繆荃孫：〈跋〉，黎烈文標點：《京本通俗小說》（上海市：商務印書館，1926年），頁107。

22 鄭振鐸：〈明清二代的平話集〉，載《中國文學研究》上冊，頁374-378。

〈金〉篇也當無大出入。且《金史》之編纂當無參考話本之理，故
〈金主亮荒淫〉或〈金〉篇之出現，必在《金史》流行之後，故當為
明人所作。[23]譚正璧相信此篇非宋人所作，其中多有罵「撻子」之
語，想也不會是元人之作，乃推測作者為明代隆、萬間人。[24]孫楷第
更指出，「三言」所演故事往往見於馮夢龍《情史》。此書卷十七既有
〈金廢帝海陵〉條，兼以馮氏所增補《平妖傳》、《列國志》等均為青
出於藍，文思魄力獨步當時，則〈金〉篇「縱非馮氏所作，亦必大部
分經其潤色增益」。[25]筆者以為，馮夢龍所編纂的「三言」既是文人案
頭的讀物，就務必考慮讀者的文化水準。尤其這些以帝王敘事為主軸
的文人話本，若去歷史太遠，頗有可能引起讀者質疑。〈史〉篇於篇
末聲明這個故事係京師老郎所流傳，已有請讀者姑妄聽之的意思；又
撮寫《新五代史·史弘肇傳》，更是主動為讀者提供參考資料，以免
非議。能為此者，非諳熟歷史典籍的文人不可。復如〈梁武帝累修成
佛〉暗引《史記·孟嘗君列傳》，〈隋〉篇在〈隋遺錄〉、〈海山記〉等
傳奇的基礎上補入若干《隋書》材料等情況，當可引為旁證。下文
中，將分別從主題、題材、佈局與情節諸方面來討論〈史〉、〈錢〉、
〈金〉三篇作品與前文本的關係。

三　主題之異同

〈史〉、〈錢〉二篇以發跡變泰為主題，與現存前文本的素材所呈
現的主題意識相較，變化不大。如《舊五代史·周太祖本紀》描寫郭
威：

23　同前註。

24　譚正璧：《三言兩拍資料》，頁490。

25　孫楷第：〈三言二拍源流考〉，《滄州集》（北京市：中華書局，2009年），頁123。

形神魁壯，趨向奇崛，愛兵好勇，不事田產。天祐末，潞州節
度使李嗣昭常山戰歿，子繼韜自稱留後，南結梁朝，據城阻
命，乃散金以募豪傑。帝時年十八，避吏壺關，依故人常氏，
遂往應募。帝負氣用剛，好鬥多力，繼韜奇之，或逾法犯禁，
亦多假借焉。嘗遊上黨市，有市屠壯健，眾所畏憚，帝以氣凌
之，因醉命屠割肉，小不如意，叱之。屠者怒，坦腹謂帝曰：
「爾敢刺我否？」帝即刺其腹。[26]

〈史〉篇三・一節則云：

這個來尋史弘肇的人，姓郭，名威，表字仲文，邢州堯山縣
人。排行第一，喚做郭大郎。怎生模樣？抬左腳，龍盤淺水；
抬右腳，鳳舞丹墀。紅光罩頂，紫霧遮身。堯眉舜目，禹背湯
肩。除非天子可安排，以下諸侯壓不得。這郭大郎因在東京不
如意，曾撲了潘八娘子銀子，潘八娘子看見他異相，認做兄
弟；不教解去官司，倒養在家中，自好了。因去瓦裡看，殺了
構欄裡的弟子，連夜逃走。走到鄭州，來投奔他結拜兄弟史弘
肇。……郭大郎那裡住得幾日，□□史弘肇無禮上下。兄弟兩
人在孝義店上，日逐趁賭，偷雞盜狗，一味乾頹不美，蒿惱得
一村疃人過活不得，沒一個人不嫌，沒一個人不罵。[27]

兩段文字、內容差異甚大，但郭威非凡的器宇，以及早年作為市井遊
民，負氣鬧事、雞摸狗盜的形象卻是一致。若再持〈本紀〉刺市屠腹

---

26 〔宋〕薛居正：《舊五代史》，頁1448。
27 〔明〕馮夢龍：《喻世明言》，頁221-222。

與〈史〉篇四・二節「殺尚衙內」的內容相比，郭威富於正義感、好打抱不平的個性也如合符節。這自然為他以後的發跡作下了鋪墊。又如《新五代史・吳越世家》記載錢鏐早年遇豫章相士之事：

> 豫章人有善術者，望牛斗間有王氣。牛斗，錢塘分也，因遊錢塘。占之在臨安，乃之臨安，以相法隱市中，陰求其人。（鍾）起與術者善，術者私謂起曰：「占君縣有貴人，求之市中不可得，視君之相貴矣，然不足當之。」起乃為置酒，悉召賢豪為會，陰令術者遍視之，皆不足當。術者過起家，鏐適從外來，見起，反走，術者望見之，大驚曰：「此真貴人也！」起笑曰：「此吾旁舍錢生爾。」術者召鏐至，熟視之，顧起曰：「君之貴者，因此人也。」乃慰鏐曰：「子骨法非常，願自愛。」因與起訣曰：「吾求其人者，非有所欲也，直欲質吾術爾。」明日乃去。[28]

這段故事在〈錢〉篇第五段「廖生望氣」中有很精彩的鋪衍。為便比較，僅將與《新五代史》相應的文句節錄於下：

> 江西洪州有個術士，此人善識天文，精通相術。……這術士喚做廖生，預知唐季將亂，隱於松門山中。忽一日夜坐，望見斗牛之墟，隱隱有龍文五采，知是王氣。算來該是錢塘分野，特地收拾行囊來遊錢塘；再占雲氣，卻又在臨安地面。乃裝做相士，隱於臨安市上。每日市中人求相者甚多，都是等閒之輩，並無異人在內。……鍾起知是故人廖生到此，倒屣而迎。……

---

28 〔宋〕歐陽修：《新五代史》，頁835。

　　婆留望見了鍾起，唬得心頭亂跳，低著頭，望外只顧跑。鍾起
　問是甚人，喝教拿下。廖生急忙向鍾起說道：「奇哉，怪哉！
　所言異人，乃應在此人身上，不可慢之。」……乃向婆留說
　道：「你骨法非常，必當大貴，光前耀後，願好生自愛。」又
　向鍾起說道：「我所以訪求異人者，非貪圖日後挈帶富貴，正
　欲驗我術法之神耳。從此更十年，吾言必驗，足下識之。只今
　日相別，後會未可知也。」說罷，飄然而去。[29]

　　兩段文字顯然有前後文本的關係，這個預言無疑是錢鏐由「里中無
賴」而裂土封王之故事主題的一個重要組成部分。

　　其次，〈史弘肇龍虎君臣會〉的標題，筆者以為未必傳自京師老
郎，其因有二。一者，現存與「三言」某些篇目相應的直接前文本，
標題皆較為質樸，如《清平山堂話本》之〈簡帖和尚〉與《明言》之
〈簡帖僧巧騙皇甫妻〉、《京本通俗小說》之〈碾玉觀音〉與《通言》
之〈崔待詔生死冤家〉等。二者，〈史弘肇龍虎君臣會〉的標題與後
篇〈范巨卿雞黍生死交〉對偶工整，當出馮夢龍之手。郭威後來稱
帝、史弘肇乃白虎星轉世，篇中已有交代，故標題之龍、虎二字皆有
著落。然而誠如篇中所述：

　　劉知遠見史弘肇生得英雄，遂留在手下為牙將。史弘肇不則一
　日，隨太尉到太原府。後面鈞眷到，史弘肇見了郭牙將，撲翻
　身體便拜。兄弟兩人再廝見，又都遭際劉太尉，兩人為左右牙
　將。後因契丹滅了石晉，劉太尉起兵入汴，史、郭二人為先
　鋒，驅除契丹，代晉家做了皇帝，國號後漢。史弘肇自此直發

29　〔明〕馮夢龍：《喻世明言》，頁308-309。

跡，做到單、滑、宋、汴四鎮令公。富貴榮華，不可盡述。[30]

足見該小說作者亦知二人皆是後漢高祖劉知遠的僚屬。至於篇中敘述郭威，雖屢屢稱其為「貴人」，又不時有「紅光罩頂，紫霧遮身；堯眉舜目，禹背湯肩」一類描寫的套語，暗示其日後登極，但有關其「變泰」，最終的交代僅止於其擔任劉知遠的牙將而已。且歷史上史弘肇為後漢隱帝所殺，未逮周世，也並不曾直接協助郭威建周。故標題「君臣」二字可謂離則雙美、合則兩傷。復觀古人著錄及前賢徵引的相關戲曲資料如金院本《史弘肇傳》、宋元戲文《史弘肇故鄉宴》、明人葉憲祖《巧配閩越娘》等，大率皆以史氏為主角，史、郭二人在同一部作品中同時扮演主角的情況尚未得見。再看〈史〉篇中，史、郭的故事雖皆有女子慧眼識英雄的母題，但兩位主角交集處僅有第三段。史弘肇協助郭威娶柴夫人後，郭威便離家謀生，先後投靠符令公、劉知遠。兩人再次相遇時，史弘肇已是侍衛司差軍校史，新被劉知遠收為牙將。換句話說，郭、史乃各自變泰，在發跡的過程中幾無交集，也極少相互提攜、砥礪。唯如《殘唐五代史演義傳》第五十四回借曾傑之口向孫飛虎道：

> 我聽得劉知遠部下二將，一人史弘肇，一人郭威，皆有千軍之勇。[31]

將史、郭並提，其後又述及二人一起出征、劉知遠死後一起成為顧命大臣，卻始終未言二人有結義關係。至於柴夫人下嫁事，於新舊《五代史》、《周史平話》及《殘唐五代史演義傳》中並不見史弘肇出場。

---

30 同前註，頁233-234。
31 題〔元〕羅貫中：《殘唐五代史演義傳》（北京市：寶文堂書店，1983年），頁209。

可以推想二人之發跡變泰本為兩個獨立的故事，後為京師老郎或其傳承者以講史方式串合在一起。當然，〈史〉篇「柴氏選夫」一節，老郎不僅添入史弘肇的戲分，突顯了史、郭二人的交集，而且整段故事敘述得鬆緊得宜，頗為精彩，呼應了所謂「龍虎君臣會」的主題。但回到「各自變泰」的脈絡，這點交集卻無補於二人在仕進上的兩不相干。進而言之，作為市井故事固然饒有趣味，但編輯為文人讀物則難以繞開郭不君史、史不臣郭的史實。故「龍虎君臣會」的標題，所指不僅是兩段不同的故事，也會令讀者望文生義，被導向「風虎雲龍，興王只在談笑中」的模式化思維，而這相對於故事的主題就無疑有所偏離了。

　　〈金〉篇的情況更為不同。其篇尾詩固然道出了全文的主題：

　　世上誰人不愛色？惟有海陵無止極。未曾立馬向吳山，大定改
　　元空歎息。空歎息，空歎息。國破家亡回不得。孤身客死倩人
　　憐，萬古傳名為逆賊。[32]

《金史‧后妃傳上》中有〈海陵諸嬖〉一節，附於海陵后徒單氏傳後。傳序曰：

　　金代，后不娶庶族，甥舅之家有周姬、齊姜之義。國初諸妃皆
　　無位號，熙宗始有貴妃、賢妃、德妃之號。海陵淫嬖，後宮浸
　　多，元妃、姝妃、惠妃、貴妃、賢妃、宸妃、麗妃、淑妃、德
　　妃、昭妃、溫妃、柔妃凡十二位。[33]

32　〔明〕馮夢龍：《醒世恆言》（上海市：上海古籍出版社，1992年），頁332。
33　〔元〕脫脫：《金史》（北京市：中華書局，1997年），頁1498。

觀其體例與評論，顯然有貶斥海陵之意。邱靖嘉推測，《金史·后妃傳上》的內容主要依據諸帝實錄。[34]而《海陵實錄》的修纂者包括了鄭子聃、張景仁、耶律履、完顏守道等人。[35]然元好問《中州集》記金宣宗時賈益謙之言曰：「我聞海陵被弒而世宗皇帝立，大定三十年，禁近能暴海陵蟄惡者得美仕。史官脩實錄，誣其淫毒狠驁，遺臭無窮。自今觀之，百可一信耶？」[36]故李建勳推論云：

> 金世宗乘海陵南征、後方統治空虛之際起事東京遼陽，於義為篡奪從兄之天下，不有以德易暴之堂皇理由，便無從維繫人心而自立於國中，於是暴揚海陵過惡就成為「取而代之」的神聖理由。試看《北盟會編》及《建炎以來系年要錄》所載〈世宗即位大赦改元詔令〉列舉海陵罪狀至十七款之多，便可推知世宗之用心。世宗朝，史官纂修《海陵實錄》，採訪海陵近侍，餌以實惠，故宮中穢事於是獨多。元人修《金史》，纂《海陵本紀》，史料的依據即為金朝編成的《海陵實錄》，史官對史料的真實性也表示了懷疑。[37]

如此自可解釋《金史》繪聲繪色描述海陵房闈的突兀現象。然而，《金史》這段文字卻為〈金主亮荒淫〉及〈金〉篇的出現創造了可能性。這兩篇話本不但未能達到善善惡惡、賢賢賤不肖的教化功能，反而一直因其淫穢內容而遭詬病。且如舊刊本眉批曰：「可見諸人還是

---

34 邱靖嘉：《《金史》纂修考》（北京市：中華書局，2017年），頁185。

35 同前註，頁37-38。

36 〔金〕元好問編：《中州集》（臺北市：臺灣商務印書館影印文淵閣四庫全書，1983年）卷九，頁29b。

37 李建勳：〈金海陵王婚姻之分析〉，《農墾師專學報》1994年第4期，頁8。

自家心肯，未可全咎海陵也。」[38]所言雖不無片面之嫌，但亦可見已
有論者提出不宜將「荒淫」的罪責由海陵一人承擔。劉紅梅認為，
〈金〉篇存在著主題與具體描寫的背反現象，而究其原因可歸納為四
點：一是晚明社會縱慾放蕩的社會風氣與作者匡時世、濟民心的責任
感的衝突；二是作者的文化心理結構本身就是矛盾的綜合體；三是作
者婚姻倫理化與情感自然化愛情觀本身的不可調和；四是作者作為男
性，其性心理中有著矛盾衝突的一面。[39]即便如鄭振鐸所言，〈金主亮
荒淫〉及〈金〉篇的文字無大差異，讀者從二者的標題仍可窺見著重
點的不同。〈金主亮荒淫〉之標題較為古拙，「荒淫」二字雖含貶義，
但整個標題似仍有敘述、獵奇的意味。而〈金海陵縱慾亡身〉的標題
與後篇〈隋煬帝逸遊遭譴〉成對偶，點明亡身、遭譴就是縱慾、逸遊
的直接後果，價值判斷不可謂不鮮明。換言之，若〈金主亮荒淫〉的
作者果如譚正璧推測為隆、萬間人，則此篇創作動機要為迎合世俗趣
味而勸百諷一；而馮夢龍改換標題，倒有尋繹《金史》大義之意。不
過從小說的內容來看，海陵亡身的直接緣由並非縱慾，而是窮兵黷
武。〈金〉篇第七段曰：

> 卻說海陵大舉南侵，造戰船於江上，毀民廬舍以為材，煮死人
> 膏以為油，費財用如泥沙，視人命如草菅。既發兵南下，群臣
> 因萬民之嗟怨，立曹國公烏祿為帝，即位遼陽，改名雍，改元
> 大定，遙降海陵為王。[40]

---

38 韓欣主編：《名家評點馮夢龍三言》（天津市：天津古籍出版社，2010年），頁833。
39 劉紅梅：〈〈金海陵縱慾亡身〉主題與共體描寫的背反現象〉，《婁底師專學報》1999
　　年第1期，頁53-57。
40 〔明〕馮夢龍：《醒世恆言》，頁331。

儘管此段也涵納了世宗妻烏林答氏受辱的情節，但在作者筆下，海陵淫人妻女、破壞傳統禮法和社會價值觀、開罪眾多宗室朝臣而引發政變兵變，頂多只是解釋其身敗名裂的一條隱性而間接的理據。且相對二萬三千多字的全文，第七段占七百餘字，僅全篇的百分之三強。換言之，「勸百諷一」的格局在〈金〉篇中並無顯著的變動。因此，〈金〉篇在編纂、傳播及接受的過程中與善善惡惡、賢賢賤不肖的預設主題產生落差和背反，自然不足為奇。

四　題材之異同

〈史〉、〈錢〉、〈金〉三篇所含的題材往往與前文本產生互文關係，如柴氏選夫、蜥蜴投胎等皆是，然在細節運用上又有所損益變化。有直接運用前文本題材而大幅增益者，如〈錢〉篇六・一節「智退巢兵」，《新五代史》卷六十七〈吳越世家第七〉已有記載：

> 唐乾符二年，浙西裨將王郢作亂，石鑑鎮將董昌募鄉兵討賊，表鏐偏將，擊郢破之。是時，黃巢眾已數千，攻掠浙東，至臨安，鏐曰：「今鎮兵少而賊兵多，難以力禦，宜出奇兵邀之。」乃與勁卒二十人伏山谷中，巢先鋒度險皆單騎，鏐伏弩射殺其將，巢兵亂，鏐引勁卒躁之，斬首數百級。鏐曰：「此可一用爾，大眾至何可敵邪！」乃引兵趨八百里，八百里，地名也，告道旁嫗曰：「後有問者，告曰：『臨安兵屯八百里矣。』」巢眾至，聞嫗語，不知其地名，曰：「嚮十餘卒不可敵，況八百里乎！」遂急引兵過。[41]

---

41 〔宋〕歐陽修：《新五代史》，頁836。

所謂攻心為上，錢鏐在突出奇兵後再運用語言上的歧義，成功嚇退了
黃巢的侵略軍。這段資料也見於《西湖遊覽志餘》卷一，文字幾乎完
全相同。[42] 〈錢〉篇則頗有烘染：

> 分撥已定，黃巢兵早到。原來石鑒鎮山路險隘，止容一人一
> 騎。賊先鋒率前隊兵度險，皆單騎魚貫而過。忽聽得一聲炮
> 響，二十張勁弩齊發，賊人大驚，正不知多少人馬。賊先鋒身
> 穿紅錦袍，手執方天畫戟，領插令字旗，跨一匹瓜黃戰馬，正
> 揚威耀武而來，卻被弩箭中了頸項，倒身顛下馬來，賊兵大
> 亂。鍾明、鍾亮引著二百人，呼風喝勢，兩頭殺出。賊兵著
> 忙，又聽得四圍吶喊不絕，正不知多少軍馬，自相蹂踏。斬首
> 五百餘級，餘賊潰散。錢鏐全勝了一陣，想道：「此乃僥倖之
> 計，可一用不可再也。若賊兵大至，三百人皆為齏粉矣。」此
> 去三十里外，有一村，名八百里，引兵屯於彼處，乃對道旁一
> 老嫗說道：「若有人問你臨安兵的消息，但言屯八百里就
> 是。」卻說黃巢聽得前隊在石鑒鎮失利，統領大軍，彌山蔽野
> 而來。到得鎮上，不見一個官軍，遣人四下搜尋居民問信。少
> 停，拿得老嫗到來，問道：「臨安軍在那裡？」老嫗答道：「屯
> 八百里。」再三問時，只是說「屯八百里」。黃巢不知「八百
> 里」是地名，只道官軍四集，屯了八百里路之遠，乃歎道：
> 「向者二十弓弩手，尚然敵他不過，況八百里屯兵乎？杭州不
> 可得也！」於是賊兵不敢停石鑒鎮上，徑望越州一路而去，臨
> 安賴以保全。[43]

42　〔明〕田汝成：《西湖遊覽志餘》，頁4。
43　〔明〕馮夢龍：《喻世明言》，頁310-311。

將正史「擊郢破之」敷衍出二百餘字來描寫戰爭場面，又在後文增添了不少獨白、對白，使文字更富於戲劇性，但「八百里」的鬥智題材卻並未更易。類似的例子又如〈金〉篇二・二節「穢亂重節」。《金史》原文云：

> 昭妃（阿里虎）初嫁阿虎迭，生女重節。海陵與重節亂，阿里虎怒重節，批其頰，頗有詆訾之言。[44]

而〈金〉篇增飾成五百餘字曰：

> （海陵）置阿里虎於不理者將及旬矣。阿里虎欲火高燒，情煙陡發，終日焦思，竟忘重節之未出宮也。命諸侍嬪偵察海陵之所之。一侍嬪曰：「帝得新人，撇卻舊人矣。」阿里虎驚問道：「新人為誰？幾時取入宮中？」侍嬪答道：「帝幸阿虎重節於昭華宮，娘娘因何不知？」阿里虎面皮紫，怒發如火，捶胸跌腳，詬罵重節。侍嬪道：「娘娘與之爭鋒，恐惹笑恥。且帝性躁急，禍且不測。」阿里虎道：「彼父已死，我身再醮，恩義久絕，我怕誰笑話！我誓不與此淫種俱生，帝亦奈我何哉！」侍嬪道：「重節少艾，帝得之勝百斛明珠。娘娘齒長矣！自當甘拜下風，何必發怒！」阿里虎聞誚，愈怒道：「帝初得我，誓不相捨。詎意來此淫種，奪我口食！」乃促步至昭華宮。見重節方理妝，一嬪捧鳳釵於側。遂向前批其頰，罵道：「老漢不仁，不顧情分，貪圖淫樂，固為可恨！汝小小年紀，又是我親生兒女，也不顧廉恥，便與老漢苟合，豈是有人

心的！」重節亦怒罵道：「老賤不知禮義，不識羞恥，明燭張

燈，與諸嬪裸逞奪漢，求快於心。我因來朝，踏此淫網，求生

不得生，求死不得死，正怨你這老賤，只圖利己，不怕害人，

造下無邊惡孽，如何反來打我！」兩下言語不讓一句，扭做一

團，結做一塊。[45]

〈金〉篇作者在不變易題材的情況下，將情節、對白踵飾增華，尤其

突出了重節不甘受海陵汙辱卻又無可奈何的心情，還藉重節口控訴其

母阿里虎「只圖利己，不怕害人，造下無邊惡孽」，使角色的形象更

為豐滿，有血有肉。

　　其次，又有題材不變，而情節有所變化者。如同篇第七段「誅滅

董昌」：

　　（羅平）行了二日，路上忽逢一簇人，攢擁著一個十二三歲的

　　孩兒。那孩子手中提著一個竹籠，籠外覆著布幕，內中養著一

　　隻小小翠鳥。羅平挨身上前……只見那小鳥兒，將頭顛兩顛，

　　連聲道：「皇帝董！皇帝董！」……羅平道：「我與你兩貫足

　　錢，賣與我罷。」孩子得了兩貫錢，歡歡喜喜的去了。羅平捉

　　了鳥籠，急急趕路。不一日，來到越州，口稱有機密事要見察

　　使。董昌喚進，屏開從人，正要問時，那小鳥兒又在籠中叫

　　道：「皇帝董！皇帝董！」董昌大驚，問道：「此何鳥也？」羅

　　平道：「此鳥不知名色，天生會話，宜呼曰『靈鳥』。」……原

　　來董昌見天下紛亂，久有圖霸之意，聽了這一席話，大喜道：

　　「足下遠來，殆天賜我立功也。事成之日，即以本州觀察相

45　〔明〕馮夢龍：《醒世恆言》，頁310。

酬。」於是拜羅平為軍師，招集兵馬，又於民間科斂，以充糧
餉。命巧匠制就金絲籠子，安放「靈鳥」，外用蜀錦為衣罩
之。[46]

《西湖遊覽志餘》中，這段文字非常簡短：「頃之，董昌以羅平鳥
讖，反越州，鏐擊取之。」[47]所謂「羅平鳥讖」，明初林弼已有詩云：
「羅平妖鳥啼未歇。」[48]考諸《新唐書》卷二二五下〈列傳第一百五
十下‧逆臣下‧董昌〉：

> 客倪德儒曰：「咸通末，越中祕記言：『有羅平鳥，主越禍
> 福。』中和時，鳥見吳、越，四目而三足，其鳴曰『羅平天
> 冊』，民祀以攘難。今大王署名，文與鳥類。」即圖以示昌，
> 昌大喜。[49]

由此可見，〈錢〉篇這段文字全由《新唐書》發展而來。然不同者有
三處：一、《新唐書》中向董昌進言者原為倪德儒，而〈錢〉篇附會
為羅平。正如舊刊本眉批所云：「羅平疑是地名，今作人名，或小說
家流傳之誤。」[50]二、《新唐書》中，此鳥出現於唐僖宗中和年間，倪
德儒、董昌並未及見，而〈錢〉篇則變成羅平獻鳥。三、《新唐書》
中，此鳥四目而三足，其鳴曰「羅平天冊」，受到人民的拜祀。〈錢〉
篇中，此鳥僅為一小小翠鳥，其鳴曰「皇帝董」，為一小兒所得，而

---

46 同前註，頁317。
47 〔明〕田汝成：《西湖遊覽志餘》，頁4。
48 〔明〕林弼：《林登州集》（臺北市：臺灣商務印書館影印文淵閣四庫全書，1983
　　年），卷二，頁13b。
49 〔宋〕歐陽修：《新唐書》（北京市：中華書局，1997年），頁6468-6469。
50 韓欣主編：《名家評點馮夢龍三言》，頁147。

人們只想買回去玩耍，並無虔敬之心。〈錢〉篇作者如此改寫，自是
要令情節更為吸引，同時又貶低董昌的地位，但鳥讖的題材在互文的
過程中卻並未改變。又如〈金〉篇四・一節中海陵與定哥婢女貴哥的
關係。《金史》云：

> 貴妃定哥，姓唐括氏。有容色。崇義節度使烏帶之妻。海陵舊
> 嘗有私，侍婢貴哥與知之。[51]

其後海陵召定哥入宮中，不久又疏遠之，定哥遂與舊僕閣乞兒私通：

> 定哥乃使人以篋盛乞兒載入宮中，閣者果不敢復索。乞兒入宮
> 十餘日，使衣婦人衣，雜諸宮婢，抵暮遣出。貴哥以告海陵。
> 定哥縊死，乞兒及比丘尼三人皆伏誅。封貴哥莘國夫人。[52]

而〈金〉篇作者就在「與知之」三字做文章，鋪衍出貴哥以紅娘的身
分為海陵和定哥穿針引線的情節：

> 一夕晚，月明如晝，玉宇無塵。定哥獨自一個坐在那軒廊下，
> 倚著欄杆看月。貴哥也上前去站在那裡，細細地瞧他的面龐。
> 果是生得有沉魚落雁之容，閉月羞花之貌。只是眉目之間，覺
> 道有些不快活的意思。便猜破他的心事八九分。[53]

眉批曰：「清夜蕭瑟，風月逗人，此夫人觸景傷懷，小妮子乘機鼓舌

---

51 〔元〕脫脫：《金史》，頁1510。
52 同前註，頁1510-1511。
53 〔明〕馮夢龍：《醒世恆言》，頁321。

也。」[54]深中肯綮。而海陵與定哥相好後，亦同時與貴哥發展出私情：

> 海陵笑道：「原蒙姐姐錯愛，才敢唐突。若論小生這般人物，
> 豈不辱莫了姐姐？」女待詔道：「老爺不必過謙，姐姐不要害
> 怕。你兩個何不先吃個合巹杯兒？」海陵道：「婆婆說得極
> 是。只是酒在那裡？杯兒在那裡？」女待詔掰著他兩個的頭
> 道：「好個不聰明的老爺，杯兒就在嘴上，好酒就在嘴裡。你
> 兩個香噴噴美甜甜親一個嘴，就是合巹杯了。」海陵道：「果
> 是小生呆蠢，見不到此。」便摟著貴哥，要與他做嘴。那貴哥
> 扭頭捏頸，不肯順從。被海陵攔腰抱住，左湊右湊。貴哥拘不
> 過，只得做了個肥嘴。[55]

貴哥願意促成定哥的好事，兩人關係定然密切。故〈金〉篇借探事人
交代道：「止有一個貴哥是他得意丫鬟，常時使用的。」又透過貴哥
之口道：「夫人平日沒一句話不對小妮子說的。」可見主僕二人之知
心。然而，《金史》所記貴哥告發定哥與閤乞兒私通之事，〈金〉篇卻
無進一步的烘染。是因為二人爭寵失和？抑或貴哥懾於海陵淫威而忍
痛背叛主人？作者其實可以仔細陳述。然而草草帶過，與前文大篇幅
的描寫相比，不僅讓人感到定哥之死有虎頭蛇尾之感，也使貴哥形象
的統一與完整性產生瑕疵。

此外，也有前後文本之題材略為扞格者。如前論《舊五代史·太
祖聖穆皇后柴氏傳》引南宋王稱《東都事略·張永德傳》一條，柴氏
欲嫁郭威，遭到父母的反對，[56]這個題材在北宋釋文瑩《玉壺清話》

---

54 韓欣主編：《名家評點馮夢龍三言》，頁823。
55 〔明〕馮夢龍：《醒世恆言》，頁322。
56 案：元明之際產生的《殘唐五代史演義傳》第五十九回所言與《東都事略·張永德

卷六中已有記載，且內容更為豐富：

> 魏人柴公以經義教授里中，有女子備後唐莊宗掖庭。明宗入
> 洛，遣出宮，父母往迎之。至洛，遇雨，踰旬不能進。其女悉
> 以奩具計直十萬，分其半與父母，令歸大名，曰：「兒見溝旁
> 郵舍隊長，黝色花項為雀形者，極貴人也，願事之。」父母大
> 愧之，知不可奪，問之，即郭某，乃周祖也。因事之，執箕帚
> 之禮。一日，謂其夫曰：「君極貴不可言，然時不可失，妾有
> 五萬，願奉君以發其身。」周祖因其貲得為軍司。其父柴公，
> 平生為獨寢之人，傳司冥間事。一日晨起，忽大笑，妻問之，
> 不對，但笑不已。公惟喜飲，妻逼極醉，因漏泄其事，曰：
> 「花項漢將為天子。」後果然。[57]

雖然同樣講述了柴公夫婦對女兒的婚事表示保留，但還記載了柴公後
來態度的轉變：柴公本為冥判，在陰間得知郭威將作天子，於是大笑
不已。蘇轍《龍川別志》卷上也有類似的記載，唯其文作：

> 后父柴三禮既老，夜寐輒不覺，晝起常寡言笑。其家問之，不
> 答。其妻醉之以酒，乃曰：「昨見郭雀兒已作天子。」[58]

蓋蘇轍以為冥判乃怪力亂神之事，遂略作改寫爾。而同樣出現於宋

傳》大體接近：「唐莊宗有宮人柴氏歸其家擇姻。一日窺於門，見有疾走而過者，
柴氏大驚，問：『此人為誰？』有識者告曰：『從軍馬使郭雀兒也！』柴氏欲嫁之，
父母曰：『汝乃皇帝左右之人，歸當嫁節度使，奈何欲嫁此等之人？』柴氏堅不他
適，竟歸於威。」見頁225。

57 〔宋〕釋文瑩：《玉壺清話》（北京市：中華書局，1984年），頁60-61。

58 〔宋〕蘇轍：《龍川別志》（上海市：商務印書館，1937年），頁1。

代的《五代史平話‧周史平話》中，柴公則成了主動促成這段姻緣的人物：

> 一日行從柴仁翁門道過，那柴家是個世代豪富，好佈施，濟貧寒，積陰德的人。他門下常有諸色百工技藝的人，在彼仰給衣飯。他門下一個相士見了郭威，向柴仁翁道：「適來行過的後生，是何處人氏？這廝將來貴不可言。頸上一顆肉珠，乃是禾實。頰上一個雀兒，將來雀兒口啄著禾粟時分，這人做天子也！」柴長者見那相士恁地說了，急忙使人喚郭威進來，問他來歷。郭威逐一說與柴長者聽了一遍。長者問郭威曰：「您而今在這裡做個甚的生活？」郭威道：「咱待去為人雇傭，挑擔東西，胡亂糊口度日。」柴長者道：「不消恁地。咱有個親生女兒喚做柴一娘，招您做贅居女婿，不知您意下如何？」郭威見說：「謝長者看覷！但是小人身畔沒個邋丁，怎生敢說婚姻的話？」柴長者道：「大丈夫富貴貧賤，各有時命。且忍耐在家裡，俟時通運泰，必有發跡的分也。」柴長者便喚鄰舍范文二做媒，與郭威的叔父郭科說知，擇取良辰吉日，招郭威入舍，與柴一娘結百年夫婦之好。奈郭威既入贅柴家後，柴長者是個豪富的人，他貪圖相士道郭威他日做天子，別作一眼覷他。[59]

《玉壺清話》及《龍川別志》中，柴公只將郭威稱為「花項漢」或「郭雀兒」；而《周史平話》中，柴公嫁女的直接動機，就是「將來

---

[59] 丁錫根點校：《五代史平話》，載《宋元平話集》（上海市：上海古籍出版社，1990年），頁192。

雀兒口啄著禾粟時分，這人做天子」的預言。且《平話》並未道及柴
夫人曾為後唐宮中的嬪御。而〈史〉篇選擇了柴夫人慧眼識英雄的題
材，柴公並未出場，遑論有反對女兒下嫁郭威之事。郭柴聯姻，全賴
柴夫人主動：

> 掌印柴夫人，理會得些個風雲氣候，看見旺氣在鄭州界上，遂
> 將帶房奩，望旺氣而來。來到孝義店王婆家安歇了，要尋個貴
> 人。柴夫人住了幾日，看街上往來之人，皆不入眼。看著王婆
> 道：「街上如何直恁地冷靜？」王婆道：「覆夫人，要熱鬧容
> 易。夫人放買市，這經紀人都來趕趁，街上便熱鬧。」夫人
> 道：「婆婆也說得是。」便教王婆四下說教人知：「來日柴夫人
> 買市。」

郭柴夫妻首次打照面，是因為柴夫人出宮中準備改嫁，看到「看見旺
氣在鄭州界上」，於是前來以買市為藉口而招親。於是史弘肇、郭威
兄弟圍了賺點酒錢，連夜偷得一隻狗，「撏剝乾淨了，煮得稀爛」，次
日史弘肇頂盤，郭大郎駝架，走來柴夫人幕次前賣肉，郭威因此被柴
夫人一眼相中：

> 少間，買市罷。柴夫人看著王婆道：「問婆婆，央你一件
> 事。」王婆道：「甚的事？」夫人道：「先時賣狗的兩個漢子，
> 姓甚的？在那裡住？」王婆道：「這兩個最不近道理。切肉的
> 姓郭，頂盤子姓史，都在孝義坊鋪屋下睡臥。不知夫人問他兩
> 個，做甚麼？」夫人說：「奴要嫁這一個切肉姓郭的人，就央
> 婆婆做媒，說這頭親則個。」王婆道：「夫人偌大個貴人，怕
> 沒好親得說，如何要嫁這般人？」夫人道：「婆婆莫管，自看

見他是個發跡變泰的貴人，婆婆便去說則個。」[60]

柴夫人願意下嫁，僅因望氣及一眼相中郭威能發跡變泰，並雀兒紋身
也未交代，固可見傳聞之異同。進而言之，郭威覓得賢妻，也有史弘
肇的幫襯，這樣就能勉強呼應「龍虎英雄會」的主題了。

至若紋身，前引《畫墁錄》謂乃一道士為郭威「項右作雀，左作
穀粟」。〈史〉篇則言道士在郭威「右項上刺著幾個雀兒，左項上刺幾
根稻穀」，說道：「若要富貴足，直持雀銜穀。」大抵相近。而《周史
平話》於此紋身題材內容的書寫則略有差異。其謂郭母常氏：

> 懷孕一十二個月，生下一個男孩，誕時滿屋祥光燦爛，香氣氤
> 氳，郭和抱那孩兒一覷，見左邊頸上生一個肉珠，大如錢樣，
> 珠上有禾穗紋，十分明朗。[61]

又謂郭威十一歲時：

> 武安令郭威去看守曬穀，怕有飛禽來吃穀粟時，驅逐使去。無
> 奈那雀兒成群結隊偕來偷吃穀粟，才趕得東邊的去，又向西邊
> 來吃。無計奈何，郭威做成竹彈弓一張，拾取小石塊子做彈
> 子，待那飛禽來偷穀時分，便彎起這弓，放取彈子，打這禽
> 雀。卻不曾彈得雀兒，不當不對把那鄰家顧瑞的孩兒顧驢兒太
> 陽穴上打了一彈。彈到處，只見顧驢兒斃倒在地氣絕。……那
> 法司檢擬郭威彈雀誤中顧驢兒額上，係是誤傷殺人，情理可

---

60 〔明〕馮夢龍：《喻世明言》，頁222-223。
61 丁錫根點校：《五代史平話》，載《宋元平話集》，頁189。

> 恕；況兼年未成丁，難以加刑。擬將郭威量情決臀杖二十，配
> 五百里，貸死。呈奉刺史台判，准擬照斷，免配外州，將頰上
> 刺個雀兒，教記取所犯事頭也。[62]

可見穀穗並非紋身，而是郭威頸上肉珠的紋路；而雀兒也非道士所
刺，而是郭威犯事後官府的肉刑。至於雀兒銜穗，則是郭威當了劉知
遠部將後：

> 會郭威頸上患疽，且駐軍封丘治療，三日而愈，頸邊所刺雀
> 兒，果與珠上禾黍相及。柴夫人令郭威覽鏡道：「您曾記得咱
> 爺爺見相士說，您雀兒啄著菽時分，必為天子？今雀兒廝近
> 了，富貴來迫，公千萬自愛，毋辜咱父親的期望也！」[63]

《周史平話》雖為小說家言，其敘述卻遠較《畫墁錄》及〈史〉篇為
樸直平實，殆亦更接近歷史真相。不過，〈史〉篇仍採用道人紋身之
說，則平添了故事的神奇色彩，體現郭威天命所歸的身分。

五　佈局之異同

　　本章所論三篇作品大抵屬於線狀佈局，即就是各情節單元按時間
的自然順序、事件的因果關係順序連接起來，呈線狀延展，由始而
終，一步步向前發展，雖不無倒敘、插敘和補敘，但並不改變整體的
線狀格局。三篇中，以錢鏐為單一主角的〈錢〉篇尤能體現出線狀特

62　同前註，頁190-191。

63　同前註，頁203。

徵。而〈金〉篇的佈局雖亦「由始而終」，但諸嬖為數甚多，其出場、退場未必有一定的邏輯關聯，與海陵邂逅的時間亦各有不同。若勉強以時間先後為敘述基礎，難免割裂零碎。故此，此篇則基本上跟從了《金史・后妃傳》的次序，首尾分別增敘海陵之興、敗，如是則諸嬖的情節更似「紀事本末」體了。至若〈史〉篇乃由史弘肇、郭威兩個發跡變泰的故事黏合起來。前半以史為主角，後半以郭為主角，兩人顯隱互見，故事平行並進，至篇末統收，二人重遇於劉知遠麾下。此可稱為複線或圓形結構。掌握三篇的宏觀情節結構後，本目主要透過與前文本的比勘，討論其作者如何在細部上組織原本未必相關的情節單元，使之稱為有機整體，以推動故事的發展。

　　〈史〉、〈錢〉二篇與正史及其他文獻資料互文之處多為一些比較瑣細的片斷，而這些片斷在話本中的結構功能未必與前文本完全相同。如《舊五代史・太祖聖穆皇后柴氏傳》引《東都事略・張永德傳》云：

> 周太祖柴后，本唐莊宗之嬪御也，莊宗沒，明宗遣歸其家，行至河上，父母迓之，會大風雨，止於逆旅數日。有一丈夫走過其門，衣弊不能自庇，后見之，驚曰：「此何人邪？」逆旅主人曰：「此馬步軍使郭雀兒者也。」后異其人，欲嫁之，請於父母。父母恚曰：「汝帝左右人，歸當嫁節度使，奈何欲嫁此人？」后曰：「此貴人也，不可失也。囊中裝分半與父母，我取其半。」父母知不可奪，遂成婚於逆旅中。所謂郭雀兒，即周太祖也。此事薛史不載，蓋當時為之諱言。[64]

---

64 〔宋〕薛居正：《舊五代史》，頁1599。

大概仍因忌諱之故，《東都事略》並未言及「郭雀兒」之名的由來。
而宋人張舜民《畫墁錄》則解釋道：

> 郭祖微時與馮暉同里閈，相善也。椎埋無賴靡所不至，既而各
> 竄赤籍。一日，有道士見之，問其能。曰：「吾業彫刺。」二
> 人因令刺之，郭於項右作雀，左作穀粟。馮以臍作甕，中作雁
> 數隻。戒曰：「爾曹各於項臍自愛，爾之雀銜穀，爾之雁出
> 甕，乃亨顯之時也。」寒食，馮之婦得麻鞋數雙，密藏之，將
> 以作節。馮搜得之，蒱博，醉，歸臥門外。其婦勃然曰：「節
> 到也，如何辦得？」馮徐捫腹曰：「休說辦不辦，且看甕裡飛
> 出雁。」郭祖秉旄之後，雀穀稍近，登位之後，雀遂銜穀。馮
> 秉旄，雁自甕中累累而出。世號郭威為郭雀兒。[65]

這段文字短小精悍，自成起承轉合的格局，已有小說的意味。而
〈史〉篇中由於先敘史弘肇之事，然後才帶出郭威，因此並未在郭威
出場時講述紋身情節，而是直到四‧一節才補述。此節中，郭威投
靠符令公，因未賄賂部署李霸遇而受到冷落，不忿之下因故和李霸遇
廝打：

> 郭大郎先脫膊，眾人喊一聲。原來貴人幼時曾遇一道士，那道
> 士是個異人，督他右項上刺著幾個雀兒，左項上刺幾根稻穀，
> 說道：「若要富貴足，直持雀銜穀。」從此人都喚他是郭雀
> 兒。到登極之日，雀與穀果然湊在一處。此是後話。這日郭大

---

65 〔宋〕張舜民：《畫墁錄》（臺北市：臺灣商務印書館影印文淵閣四庫全書，1983
年），頁1b-2a。

郎脫膊，露出花項，眾人喝采。[66]

見縫插針地補述，且加強了這段打鬥精彩熱鬧的氣氛，可謂巧妙無跡。同篇還出現一次類似情況。四・三節中，郭威因打殺尚衙內而下獄，承吏王琇雖接到符令公「寬容郭威」的手書，卻仍以「律有明條」而推諉。當晚王琇回到司房後：

> 伏案而睡，見一條小赤蛇兒，戲於案上。王琇道：「作怪！」遂趕這蛇。急趕急走，慢趕慢走；趕到東乙牢，這蛇入牢眼去，走上貴人枷上，入鼻內從七竅中穿過。王琇看這個貴人時，紅光罩定，紫霧遮身。理會未下，就司房裡颯然睡覺。……王琇得了這一夢，肚裡道：「可知符令公教我寬容他，果然好人識好人。」[67]

小蛇的故事出自《舊五代史》卷一一〇〈周書一・太祖紀一〉：

> 帝嘗晝寢，有小虺五色，出入顴鼻之間，（柴）后遽見愕然。[68]

這段資料也見於《冊府元龜》卷二十一，且多出數言：

> 柴后遽見愕然，始奇特之，傾資無惜。后恐人騰口貽患，每寢

---

66 〔明〕馮夢龍：《喻世明言》，頁228-229。

67 同前註，頁230。

68 〔宋〕薛居正主編、陳尚君纂輯：《舊五代史新輯會證》（上海市：復旦大學出版社，2005年），頁4045。

戒左右，俾於屏蔽之所。[69]

嫁接之餘，更透過採用「暗含—引用」的方式，將配角由柴后換為王
琇，將現實環境改為夢境，強調了王琇幫助郭威的因由。

　　類似的情形也出現在〈錢〉篇中。《西湖遊覽志餘》卷二十一云：

> 錢武肅王居宮中，輪差諸院敏利老嫗監更。一夕，有大蜥蜴沿
> 銀缸嚙油，既竭而倏然不見。監更嫗異之，不敢語人也。明
> 日，王曰：「吾昨夜夢飲麻膏而飽。」監更嫗以所見對，王微
> 哂而已。[70]

這條資料同樣通過「暗含—引用」，兩次出現並融於〈錢〉篇中。如
第二段道及錢鏐誕生的情形云：

> 其母懷孕之時家中時常火發，及至救之，又復不見，舉家怪
> 異。忽一日，黃昏時候，錢公自外而來，遙見一條大蜥蜴，在
> 自家屋上蜿蜒而下，頭垂及地，約長丈餘，兩目熠熠有光。錢
> 公大驚，正欲聲張，忽然不見。只見前後火光互天，錢公以為
> 失火，急呼鄰里求救。眾人也有已睡的，未睡的，聽說錢家火
> 起，都爬起來，收拾撓鉤水桶來救火時，那裡有什麼火！但聞
> 房中呱呱之聲，錢媽媽已產下一個孩兒。錢公因自己錯呼救
> 火，蒿惱了鄰里，十分慚愧，正不過意，又見了這條大蜥蜴，
> 都是怪事，想所產孩兒，必然是妖物，留之無益，不如溺死，

69　〔宋〕王欽若、楊億：《冊府元龜》（臺北市：臺灣商務印書館影印文淵閣四庫全
　　書，1983年），卷二十一，頁29b-30a。

70　〔明〕田汝成：《西湖遊覽志餘》（上海市：上海古籍出版社，1980年），頁378。

以絕後患。也是這小孩兒命不該絕，本鄰有個王婆，平生念佛好善，與錢媽媽往來最厚。……錢公被王婆苦勸不過，只得留了，取個小名，就喚做婆留。[71]

比對《西湖遊覽志餘》卷一的記載：

開平元年，梁太祖即位，封吳越王。……一鄰媼，九十餘歲矣，攜壺漿角黍迎鏐，呼曰：「錢婆留，寧馨長進！」鏐下車拜之。蓋鏐生時，光怪滿室，其父欲不舉，是媼強留之，故名錢婆留也。[72]

可知蜥蜴事並不見《志餘》卷一，乃〈錢〉篇作者據《志餘》卷二十一而改寫補入者。又〈錢〉篇四‧三節云：

卻說鍾明、鍾亮在衙中早飯過了，袖了幾錠銀子，再到戚漢老家來。漢老正在門首買東買西，見了二鍾，便道：「錢大郎今日做東道相請，在此專候久了，在小閣中打盹。二位先請進去，小人就來陪奉。」鍾明、鍾亮兩個私下稱讚道：「難得這般有信義之人。」走進堂中，只聽得打鼾之聲，如霹靂一般的響。二鍾吃一驚，尋到小閣中，猛見個丈餘長一條大蜥蜴，據於床上，頭生兩角，五色雲霧罩定。鍾明、鍾亮一齊叫道：「作怪！」只這聲「作怪」，便把雲霧沖散，不見了蜥蜴，定睛看時，乃是錢大郎直挺挺的睡著。弟兄兩個心下想道：「常聞說

---

71 〔明〕馮夢龍：《喻世明言》，頁298。
72 〔明〕田汝成：《西湖遊覽志餘》，頁5-6。

> 異人多有變相，明明是個蜥蜴，如何卻是錢大郎？此人後來必
> 然有些好處，我們趁此未遇之先，與他結交，有何不美？」[73]

與《志餘》卷二十一相比，角色一為監更嫗，一為鍾氏兄弟，然錢鏐
於睡夢中顯現蜥蜴元神的情節卻相同。〈錢〉篇作者將這個元神的母題
轉化運用在小說的不同部分，前者體現其出生之不凡，後者強調二鍾
死心塌地協助錢鏐的原由，對於全篇的敘事結構起了很重要的作用。

　　至於〈金〉篇與《金史・后妃傳》的結構異同，譚正璧已有注
意。譚氏比較二者的敘述次第後道：「其間次第雖略有不同，然實無
多大的出入。話本的作者，為了行文的方便，故將彌勒及察八二人事
略略的提前。」[74]《金史》於徒單后以下先敘阿里虎，其言曰：「（阿
里虎）在南京，海陵亦從梁王宗弼在南京，欲取阿里虎，突葛速不
從，遂止。及簒位方三日，詔遣阿里虎歸父母家。閱兩月，以婚禮納
之。」[75]次敘定哥曰：「海陵舊嘗有私。」[76]二人皆為海陵在潛邸時所
屬意，其餘大抵為即位後所幸者。〈金〉篇遵循了這種敘述方式，其
將彌勒事提前，正因新增的彌勒與哈密都盧之事在時間上延伸至海陵
即位之前。其文云：

> （彌勒）年十歲，色益麗，人益奇。彌勒亦自謂異於眾人，每
> 每沽嬌誇詡。其母與鄰母善，時時迭為賓主。鄰母之子哈密都
> 盧年十二歲，丰姿頗美，閒嘗與彌勒兒戲於房中，互相嘲謔，
> 遂及於亂。……倏經天德二年，彌勒年已逾笄。海陵聞其美

73　〔明〕馮夢龍：《喻世明言》，頁305。

74　譚正璧：《三言兩拍資料》，頁490。

75　〔元〕脫脫：《金史》，頁1509。

76　同前註。

也，使禮部侍郎迪輦阿不取之於汴京。[77]

海陵即位，改元天德，而彌勒與哈密都盧之事顯然在天德改元以前，故〈金〉篇遂將彌勒之事前置於阿里虎與定哥之間。此外，阿里虎與勝哥之同性戀、彌勒與姊夫迪輦阿不之私情、定哥與閤乞兒暗通、察八遺金鸂鶒袋子與故夫蕭堂古帶、叉察與完顏守誠有奸，在海陵視之皆為「不忠」，故諸人除彌勒外皆無善終。不過，叉察入宮後除「日夜咒詛，語涉不道」外，並無與完顏守誠私通的實據，與前數人不同，故〈金〉篇將察八之事前置於定哥之後，於叉察則並無挪動，其因蓋此。〈金〉篇將諸人次序依照事件內容重新調整，某些小故事更增添了對白與文字烘染。如莎里古真之妹餘都一節，《金史》僅云：

> 餘都，牌印松古剌妻也。海陵嘗曰：「餘都貌雖不揚，而肌膚潔白可愛。」[78]

而〈金〉篇鋪衍道：

> 餘都，牌印松古剌妻也。海陵嘗私之，謂之曰：「汝貌雖不揚，而肌膚潔白可愛，勝莎里古真多矣。」餘都恚曰：「古真既有貌，陛下何不易其肌膚，作一全人？」海陵道：「我又不是閻羅天子，安能取彼易此？」餘都道：「從今以後，妾不敢復承幸御矣。」海陵慰之曰：「前言戲之耳。汝毋以我言為實，而生怨恚也。」[79]

77 〔明〕馮夢龍：《醒世恆言》，頁311。
78 〔元〕脫脫：《金史》，頁1514。
79 〔明〕馮夢龍：《醒世恆言》，頁328。

意雖鄙陋，然伊其相謔，亦自生姿動人。不過，〈金〉篇最精彩處，仍
在阿里虎、彌勒、定哥三節，蓋其頗費烘染之力，故筆墨隨而佳勝。
如定哥一節，由《金史》原本的九百多字發展至一萬三千餘字，酣暢
恣肆，幾可獨立成一話本；卻與他人故事並列，予人比例失衡、著墨
不均之感，而他人故事亦如叢殘小語，難免驥尾蛇足之譏矣。

六　情節之異同

　　回觀〈史〉、〈錢〉、〈金〉三篇中，有不少前賢找不到直接對應的
段落，正是因為作者採用了「複雜暗含」的引用方式。這些段落中的
情節類型往往會出現在其他文本中，是說話人或古典小說的一種套
路，甚至可說是超越文本而存在。如戴宏森所言，歷代說書藝人必須
掌握足夠多的故事、事件、語言的「部件」、「零件」，以便對書情作
隨機處置，遇路轉彎，改頭換面，借樹開花。[80]前論譚正璧認為
〈金〉篇四‧一節的貴哥說風情頗似脫胎自《金瓶梅詞話》王婆說風
情的一段，乃至懷疑二作同出一手。然劉勇強指出，王婆說風情的情
節由《水滸傳》創造、又經《金瓶梅》發揮，然在《喻世明言》的
〈蔣興哥重會珍珠衫〉中有一個如出一轍的薛婆說風情，[81]如是可
知，〈蔣〉篇的作者相對《金瓶梅》即採用了「複雜的暗含─引用」
之手法，卻不必懷疑二者皆為一人所作。
　　〈錢〉篇中也有「複雜的暗含─引用」的情況。如錢鏐友人顧全
武販賣私鹽、落草為寇，最後成為大將。然考歷史記載，顧全武早年
曾出家，後投身行伍，逐漸成為名將，然並無販鹽、落草之事，此即

---

80 姜昆、戴宏森：《中國曲藝概論》（北京市：人民文學出版社，2005年），頁176。
81 劉勇強：〈古代小說情節類型的研究意義〉，頁134。

〈錢〉篇作者為配合錢鏐早年販賣私鹽事蹟的「借樹開花」。進而言之，六‧二節「討劉漢宏」講述了顧全武假意投靠劉漢宏，最後臨陣倒戈，將劉擊斃：

> 不一日，來到杭州城下。……只見城門開處，一軍飛奔出來，來將正是錢鏐，左有鍾明，右有鍾亮，徑沖入敵陣，要拿劉漢宏。漢宏著了忙，急叫：「先鋒何在？」旁邊一將應聲道：「先鋒在此！」手起刀落，斬漢宏於馬下。把刀一招，錢鏐直殺入陣來，大呼：「降者免死！」五千人不戰而降，陸萃自刎而亡。斬漢宏者，乃顧全武也。[82]

這段文字與《三國演義》第九回呂布斬董卓的情節非常相似：

> 次日侵晨，董卓擺列儀從入朝……遙見王允等各執寶劍立於殿門，驚問肅曰：「持劍是何意？」肅不應，推車直入。王允大呼曰：「反賊至此，武士何在？」兩旁轉出百餘人，持戟挺槊刺之。卓衷甲不入，傷臂墜車，大呼曰：「吾兒奉先何在？」呂布從車後屬聲出曰：「有詔討賊！」一戟直刺咽喉，李肅早割頭在手。呂布左手持戟，右手懷中取詔，大呼曰：「奉詔討賊臣董卓，其餘不問！」將吏皆呼萬歲。[83]

不僅情節雷同，連對白也如出一轍。如「先鋒何在」、「吾兒奉先何在」，「降者免死」、「奉詔討賊臣董卓，其餘不問」，兩兩相應。即使〈錢〉篇作者並未參考《三國演義》，但毋庸置疑的是，臨陣倒戈是

---

82 〔明〕馮夢龍：《喻世明言》，頁228-229。
83 〔元〕羅貫中：《三國演義》（北京市：人民文學出版社，1973年），頁73-74。

傳統小說中重要的情節類型之一。其次，〈錢〉篇四‧二節中劫船的
情節，也是古典小說常見的類型。如《西遊記》中玄奘的父親即因船
家謀財害命。而話本對劫船的描寫也屢見不鮮。如《警世通言》的
〈蘇知縣羅衫再合〉講述蘇知縣赴任時因船家謀財而被扔到江中。
《醒世恆言》的〈蔡瑞虹忍辱報仇〉講述蔡瑞虹隨同父親上任，父親
被船家殺害，自己則遭強暴。《初刻拍案驚奇》的〈李公佐巧解夢中
言，謝小娥智擒船上盜〉也講述謝小娥家船在鄱陽湖遇劫，父、夫被
害。然而，〈錢〉篇因行劫者錢鏐本人，敘述方式故有所不同：

> 顧三郎道：「不瞞你說，兩日不曾做得生意，手頭艱難。聞知
> 有個王節使的家小船，今夜泊在天目山下，明早要進香。此人
> 巨富，船中必然廣有金帛，弟兄們欲待借他些使用。只是他手
> 下有兩個蒼頭，叫做張龍、趙虎，大有本事，沒人對付得他。
> 正思想大郎了得，天幸适才相遇，此乃天使其便，大膽相邀至
> 此。」婆留道：「做官的貪贓枉法得來的錢鈔，此乃不義之
> 財，取之無礙！」……眾好漢都來與婆留相見。船中已備得有
> 酒肉，各人大碗酒大塊肉吃了一頓，分撥了器械，兩隻船，十
> 三籌好漢，一齊上前進發。遙見大船上燈光未滅，眾人搖船攏
> 去，發聲喊，都跳上船頭。婆留手執鐵棱棒打頭，正遇著張
> 龍，早被婆留一棒打落水去。趙虎望後躲便跑，滿船人都嚇得
> 魂飛魄散，那個再敢挺敵。一個個跪倒船艙，連聲饒命。婆留
> 道：「眾兄弟聽我分付：只許收拾金帛，休殺害他性命。」眾
> 人依言，將舟中輜重恣意搬取。呼哨一聲，眾人仍分作兩隊，
> 下了小船，飛也是搖去了。[84]

---

84 〔明〕馮夢龍：《喻世明言》，頁303-304。

如此敘述，既說明錢鏐厭惡貪官污吏（不義之財，取之無礙），又體現他有好生之德（休殺害他性命），倒如《水滸傳》中替天行道的李俊、二張、三阮等人相似。參照晁蓋等人智取生辰綱前起誓道：「梁中書在北京害民，詐得錢物，卻把去東京與蔡太師慶生辰。此一等正是不義之財。我等六人中，但有私意者，天誅地滅。神明鑒察。」[85]與錢鏐、顧全武劫王節使的情節頗為相近。

至於〈史〉篇，由於是京師老郎口述，故不少段落中情節素材更加化用無痕，不易鉤索出其前文本。姑勉而論之，如三・二節中史弘肇與郭威偷狗的文字略似《水滸傳》第四十五回時遷盜雞，四・一節「棒打霸遇」、四・二節「殺尚衙內」則差近《水滸傳》第八回林沖棒打洪教頭、第六回高衙內調戲林夫人之文。當然，二者間的差異也頗為顯著。如時遷盜店小二的雞是為了替楊雄、石秀解饞，而史弘肇、郭威偷狗則是為了參加柴夫人號召的市集。林沖與洪教頭比武是為了在柴進面前展示手段，郭威與李霸遇打鬥是因為霸遇奪魚兼閉塞賢路。高衙內調戲林夫人後讓父親高俅設計陷害林沖，而尚衙內則因強搶民女而遭郭威打抱不平殺死。然而，偷雞摸狗、比武除霸及調戲婦女的情節類型，卻是一致的。茲細觀二作比武除霸的情節類型，林沖與洪教頭的比試只因柴進「正要看二位教頭的本事」。當時林沖正在充軍途中，這場打鬥也可抒發其內心懷才不遇、生涯偃蹇的抑鬱。郭威到西京投靠符令公卻被閒置兩個多月，店小二點明是由於未賄賂部署李霸遇，令郭威大怒，故其與李霸遇的比試自是必然。但是，這場打鬥卻肇因於撲魚的偶發事件：

---

85 〔元〕施耐庵、羅貫中著：《水滸全傳》（成都市：四川文藝出版社，1986年），頁223。

當日不去衙前俟候，悶悶不已，在客店前閑坐，只見一個撲魚
的在門前叫撲魚，郭大郎遂叫住撲。只一撲，撲過了魚。撲魚
的告那貴人道：「昨夜迫劃得幾文錢，買這魚來撲，指望贏幾
個錢去養老娘。今日出來，不曾撲得一文；被官人一撲撲過
了，如今沒這錢歸去養老娘。官人可以借這魚去前面撲，贏得
幾個錢時，便把來還官人。」貴人見地說得孝順，便借與他魚
去撲。分付他道：「如有人撲過，卻來說與我知。」[86]

誰知李霸遇正在吃酒，遂把撲魚的叫入酒店，撲輸幾文錢卻硬拿了
魚，引起郭威的不平。至符令公前來解圍，問郭威因何打人，回答是
「李霸遇要郭威錢，不令郭威參見令公鈞顏，擔閣在旅店兩月有餘。
今日撞見，因此行打」，卻並不道及撲魚。撲魚之事雖曲在李霸遇，
但過於瑣屑，故郭威不言，足見其應對頗有分寸，非一介莽夫可比。
而另一方面，郭威見撲魚的設賭是為奉養老娘，有感於其孝心才把贏
得的魚借他去前面撲，足見郭威仁厚，也暗示了其成為帝王的原因所
在。其後郭威因路見不平，不惜丟官也要殺死尚衙內，亦體現出他的
英雄氣質。這些刻畫，可見優秀的說話人如何善用情節類型而整合、
變化、發展、增飾，以配合主題來達成不同的藝術效果。

　　復次，亦有前文本即已採用「複雜暗含」的引用方式者。如
〈錢〉篇八・一節「強弩射潮」：

其年大水，江潮漲溢，城垣都被衝擊。乃大起人夫，築捍海
塘，累月不就。錢鏐親往督工，見江濤洶湧，難以施功。錢鏐
大怒，喝道：「何物江神，敢逆吾意！」命強弩數百，一齊對

86　〔明〕馮夢龍：《喻世明言》，頁226-227。

潮頭射去，波浪頓然斂息。不勻數日，捍海塘築完，命其門曰
「候潮門」。[87]

考《舊五代史・錢鏐傳》，並無射潮之事。今人陳尚君《舊五代史新
輯會證》卷一三二〈承襲列傳第一・錢鏐〉引《冊府元龜》卷四五
四云：

錢塘江舊日海潮逼州城，鏐大庀工徒，鑿石填江，又平江中羅
剎石，悉起臺榭，廣郡郭周三十里。[88]

此記錢鏐治水之事，至為平實。然射潮之傳說亦出現得甚早。南宋施
元之注蘇軾詩〈八月十五日看潮五絕〉引五代孫光憲《北夢瑣言》云：

杭州連歲潮頭直打羅剎石，吳越錢尚父（錢鏐）俾張弓弩，候
潮至，逆而射之，由是漸退。羅剎石化而為陸地遂列廩庾焉。[89]

北宋初年錢儼《吳越備史》卷二則曰：

（後梁太祖開平四年）八月，始築捍海塘。王因江濤衝激，命
強弩以射濤頭，遂定其基，復建候潮、通江等城門。初定其
基，而江濤晝夜衝激，沙岸板築不能就。王命強弩五百，以射
濤頭，又親築胥山祠，仍為詩一章，函鑰置於海門。其略曰：

---

87 同前註，頁322。
88 〔宋〕薛居正主編、陳尚君纂輯：《舊五代史新輯會證》，頁4045。
89 〔宋〕蘇軾著、施元之註：《施註蘇詩》（臺北市：臺灣商務印書館影印文淵閣四庫
全書，1983年），卷七，頁12a。

「為報龍神並水府，錢塘借取築錢城。」既而潮頭遂趨西陵。
王乃命運巨石，盛以竹籠，植巨材捍之，城基始定。其重濠累
塹，通衢廣陌，亦由是而成焉。[90]

南宋王象之《輿地紀勝》卷二引《皇朝郡縣志》，所言與錢書略同。[91]
元人劉一清《錢塘遺事》所載亦近似。[92]錢儼為錢鏐之孫，則射潮之
傳說，周宋之際業已流傳。然與孫光憲書相比，錢儼筆下的錢鏐並非
一味驍勇傲慢，也建築了胥山祠以祭祀水神伍子胥。蘇軾〈表忠觀
碑〉有「強弩射潮，江漢為東」等句，[93]明初詩人林弼有〈題錢氏鐵
券卷〉詩，題下小註曰「唐錢璆〔鏐〕武肅王強弩射潮事」，即以射
潮故事為詩歌主題，[94]可見該傳說自宋至明皆頗為流行。這段掌故很
容易使人聯想起《史記・秦始皇本紀》中的一段：

> 方士徐市等入海求神藥，數歲不得，費多，恐譴，乃詐曰：
> 「蓬萊藥可得，然常為大鮫魚所苦，故不得至，願請善射與
> 俱，見則以連弩射之。」始皇夢與海神戰，如人狀。問占夢，
> 博士曰：「水神不可見，以大魚蛟龍為候。今上禱祠備謹，而
> 有此惡神，當除去，而善神可致。」乃令入海者齎捕巨魚具，
> 而自以連弩候大魚出射之。自琅邪北至榮成山，弗見。至之

90　〔宋〕錢儼：《吳越備史》卷二，頁10a-b。
91　〔宋〕王象之：《輿地紀勝》卷二，頁11a。
92　〔元〕劉一清著、王瑞來校釋考原：《錢塘遺事校釋考原》（北京市：中華書局，
　　2016年），頁23。
93　〔宋〕蘇軾著、孔凡禮點校：《蘇軾文集》（北京市：中華書局，1986年），頁499。
94　〔明〕林弼：《林登州集》（臺北市：臺灣商務印書館影印文淵閣四庫全書，1983
　　年），卷二，頁13b。

罘，見巨魚，射殺一魚。遂並海西。[95]

二者情節何其相似。考其因由，蓋有兩種可能。一為古代巫術習俗的孑遺，如商王武乙、戰國宋康王革囊以「射天」，始皇、錢鏐以連弩候水神（化身為巨魚或潮頭）而射之，其揆一也。二為錢鏐為其幕僚、子孫所神化，遂參考〈始皇本紀〉而編造出射潮的故事，先是口耳相傳，後來書以翰墨。詳情何如，已淄澠莫辨。然如眉批所云：「即此一事，天生帝王，豈偶然哉！」[96]可見射潮之舉無論真偽，都是為了營造錢鏐的王者形象而出現的。

又如話本小說中包含大量的詩歌、謠諺甚至讖語，這些作品或為引用，或為作者自作，或預示情節、或歸納前文、或營造氣氛，不一而足。如〈錢〉篇第七段云：

> 卻說臨安縣有個農民，在天目山下鋤田，鋤起一片小小石碑，鐫得有字幾行。農民不識，把與村中學究羅平看之。羅學究拭土辨認，乃是四句讖語。道是：「天目山垂兩乳長。龍飛鳳舞到錢塘。海門一點巽峰起，五百年間出帝王。」後面又鐫「晉郭璞記」四字。羅學究以為奇貨，留在家中。次日懷了石碑，走到杭州府，獻與錢鏐刺史，密陳天命。錢鏐看了大怒道：「匹夫，造言欺我，合當斬首！」羅學究再三苦求方免，喝教亂棒打出，其碑就庭中毀碎。原來錢鏐已知此是吉讖，合應在自己身上，只恐聲揚於外，故意不信，乃見他心機周密處。[97]

95 〔漢〕司馬遷：《史記》（北京市：中華書局，1997年），頁263。
96 韓欣主編：《名家評點馮夢龍三言》，頁149。
97 〔明〕馮夢龍：《喻世明言》，頁316。

文中讖語最早見於北宋錢儼《吳越備史》卷一引郭璞《臨安地志》：

> 天目山前兩乳長。龍飛鳳舞到錢塘。海門山起橫為案，五百年
> 生異姓王。[98]

文字略有不同。此外，南宋岳珂《桯史》卷二〈行都南北內〉云：

> 舊傳讖記曰：「天目山垂兩乳長。龍騫鳳舞到錢塘。山明水秀
> 無人會，五百年間出帝王。」錢氏有國，世臣事中朝，不欲其
> 語之聞，因更其末章三字曰「異姓王」以遷就之。[99]

　　謂錢氏更改讖語文字之記載，始見於此。此讖尾聯出句，《錢塘
遺事》作「海門一點巽山小」，[100]至若「巽峰起」字樣最早見於元末
陶宗儀《說郛》。[101]而《西湖遊覽志餘》卷一則承之曰：

> 舊傳讖記有云：「天目山垂兩乳長。龍飛鳳舞到錢塘。海門一
> 點巽峰起，五百年間出帝王。」或云晉郭璞作。錢氏有國時，
> 不欲其語聞之中國，更其末句云「異姓王」。[102]

98 〔宋〕錢儼：《吳越備史》（臺北市：臺灣商務印書館影印文淵閣四庫全書，1983
　　年），卷一，頁19b。

99 〔宋〕岳珂：《桯史》（臺北市：臺灣商務印書館影印文淵閣四庫全書，1983年），
　　卷二，頁1a-b。

100 〔元〕劉一清著、王瑞來校釋考原：《錢塘遺事校釋考原》，頁1。

101 〔元〕陶宗儀：《說郛》（臺北市：臺灣商務印書館影印文淵閣四庫全書，1983
　　年），卷三十三，頁45b。

102 〔明〕田汝成：《西湖遊覽志餘》，頁10。

考《輿地紀勝》卷二〈鳳凰山〉小註引此詩前二句，又引《寰宇記》
云：「山上兩湖若左右目，故名。」同卷前有「龍山」，小註云：「郭
璞所謂龍盤鳳舞。」[103]可見所謂「雙乳」是指龍鳳二山，「前」較
「垂」為佳。[104]〈錢〉篇蓋以《西湖遊覽志餘》為直接前文本，將
「不欲其語聞之中國」敷衍成學究羅平獻碑而遭錢鏐亂棒打出的故事。
人物角色雖有增益或改換，然這段讖語預言的情節卻依然保留。讖語
之外，山歌亦復如是。如《恆言》之〈賣油郎獨占花魁〉中便有一首
〈掛枝兒〉，以花魁美娘的口氣道出對賣油郎秦重的悅慕。[105]〈金〉
篇也不例外，其第三段記敘迪輦阿不護送妻妹彌勒赴京的途中：

> 一晚，維舟傍岸，大雨傾盆，兩下正欲安眠，忽聞歌聲聒耳。
> 迪輦阿不慮有穿窬，坐而聽之，乃岸上更夫倡和山歌，歌云：
> 「雨落沉沉不見天。八哥兒飛到畫堂前。燕子無窠樑上宿，阿
> 姨相伴姐夫眠。」迪輦阿不聽見此歌，歎道：「作此歌者，明
> 是譏誚下官。豈知下官並沒這樣事情。諺云『羊肉不吃得，空
> 惹一身臊』也！」歎息未畢，又聞得窣窣似有人行。定睛一
> 看，只見彌勒踽踽涼涼，緩步至床前矣。迪輦阿不驚問：「貴
> 人何所見而來？」彌勒道：「聞歌聲而來，官人豈年高耳聾
> 乎？」迪輦阿不道：「歌聲聒耳，下官正無以自明，貴人何不

---

103 〔宋〕王象之：《輿地紀勝》（上海市：上海古籍出版社據清景宋抄本影印，1995
　　年），卷二，頁19a、11a。

104 按：晚明高濂《遵生八牋》謂「武林萬山皆自天目分發，故地鈐有『天目生來兩
　　乳長』」，以萬山皆孳乳自天目，更係附會。見〔明〕高濂：《遵生八牋》（臺北
　　市：臺灣商務印書館影印文淵閣四庫全書，1983年），卷六，頁36b。

105 按：其言曰：「俏冤家，須不是串花家的子弟，你是個做經濟本分人兒，那匣你會
　　溫存，能軟款，知心知意。料你不是個使性的，料你不是個薄情的，幾番待放下
　　思量也，又不覺思量起。」見〔明〕馮夢龍：《醒世恆言》，頁37。

安寢？」彌勒道：「我不解歌，欲求官人解一個明白。」迪輦
阿不遂將歌詞四句逐一分析講解。彌勒不覺面赤耳熱，偎著迪
輦阿不道：「山歌原來如此，官人豈無意乎？」[106]

這首山歌既觸動二人心事，也成為彌勒主動接近迪輦阿不的藉口。故
眉批曰：「歌合人心，以當媒妁。」[107]此歌不見於他書記載，當係作
者自撰，然民歌比興色彩濃郁。觀馮夢龍曾編輯《山歌》十卷，備記
男女百態，其卷四即有幾首關於姐夫與小姨私情者：

> ○阿姨天上烏雲載白雲。女婿搖船載丈人。你搭囡兒算命個說
> 道青草裡得病枯草裡死，千萬小阿姨莫許子外頭人。
> ○又　一條濱，兩條濱。第三條濱裡斷船行。揪起子竹竿拔起
> 子櫓，捉個小阿姨推倒在後船倉。　阿姨道姐夫呀，你弗要慌
> 來弗要忙。放奴奴起來脫衣裳。小阿奴奴好像寄做在人家一缸
> 頭白酒，主人未吃你先嚐。[108]

此兩首雖為吳歌，然與〈金〉篇之山歌一樣有船的意象。且第一首為
四句，第二首八句蓋為兩段四句，與〈金〉篇山歌的體式也接近。若
謂馮氏配合〈金〉篇情節，參考吳歌內容及形式而創作這首山歌，殆
其然乎！

---

106 同前註，頁311-312。

107 韓欣主編：《名家評點馮夢龍三言》，頁821。

108 〔明〕馮夢龍：《山歌》（南京市：江蘇古籍出版社，2000年），頁45。

七 結語

　　〈史〉、〈錢〉、〈金〉三篇話本的產生年代不一。〈史〉篇可追溯
至宋代京師老郎，年代最為久遠。該篇將周太祖郭威、史弘肇兩個關
係不大的故事因發跡變泰的主題而並置一篇，兩人變成「日逐趁賭，
偷雞盜狗，一味乾顙不美，蒿惱得一村疃人過活不得，沒一個人不
嫌，沒一個人不罵」的結拜兄弟，全篇文字樸茂、敘述流暢，唯黏合
痕跡仍甚明顯。篇末除了聲明其為京師老郎流傳、有請讀者姑妄聽之
之意，又提供《新五代史・史弘肇傳》的撮寫資料，以免非議。
〈錢〉篇主人翁錢鏐的年代雖略早於郭威，相關傳說亦多。但除了作
者年代不明的戲曲《金剛鳳》外，目前不見其他與篇幅較長、故事完
整的〈錢〉篇前文本。且《金剛鳳》「與正史全不合，說甚荒唐」，而
〈錢〉篇則主要在正史基礎上吸納情節、烘染內容，與正史無大扞
格，顯然是文人吸納正史素材後烘染潤飾而成。〈金〉篇的直接前文
本〈金主亮荒淫〉現已不存，然這部前文本以依據《金史》為依據，
則毫無疑問。與《金史・后妃傳》相比，〈金〉篇的內容有大篇幅的
渲染，被譚正璧許為在史傳的骷髏架子上充分描寫，賦予血肉靈魂，
使之神采奕奕。正如前文所引戴宏森之言，歷代說書藝人必須掌握足
夠多的故事、事件、語言的「部件」、「零件」，以便對書情作隨機處
置，遇路轉彎，改頭換面，借樹開花。而〈史〉、〈錢〉、〈金〉三篇所
採用的「部件」、「零件」為數尤多。縱然文獻散佚嚴重，本章仍盡量
蒐集相關前文本，從主題、題材、佈局與情節諸方面來討論三篇作品
與前文本的互文關係。
　　主題方面，史弘肇、郭威二人的故事固然都屬於發跡變泰類型，
但現存早於〈史〉篇的著作中，並不見將史、郭二人故事合寫者。歷
史上的史弘肇在郭威建周前已經去世，也並未有直接協助郭氏登位。

因此，〈史〉篇無疑是由兩個故事勉力綰合而成，史自虎、郭自龍，但篇題所謂「風雲會」只是在劉知遠手下共事而已，不無牽強之處，相對於故事原本的主題就無疑有所偏離。〈金〉篇的前文本〈金主亮荒淫〉，標題較為古拙，雖含貶義，卻仍有敘述及獵奇的意味。而〈金〉篇篇題「縱慾亡身」四字則具有鮮明的價值判斷意涵：儘管從小說內容中，海陵亡身的直接緣由並非縱慾，而是窮兵黷武。至於〈錢〉篇主題，則無大爭議。

題材方面，三篇所含的題材在與前文本互文之餘，細節運用上又有所損益變化。有直接運用前文本題材而大幅增益者，如〈錢〉篇「屯八百里」、〈金〉篇「穢亂重節」，於題材並無變動，只是在情節上作了大幅增益，令內容活靈活現。有題材不變，而情節有所變化者，如〈錢〉篇「羅平鳥讖」將「靈鳥」的形貌有所更易，以表達對董昌的貶斥。又〈金〉篇描寫海陵與定哥婢女貴哥的關係時，將《金史》中貴哥「與知之」這較為被動的形象提升至主動的「紅娘」角色。此外，還有前後文本之題材略為扞格者。如〈史〉篇柴夫人與郭威的結合，諸前文本或謂是柴夫人慧眼，或謂其父柴公識英雄，而〈史〉篇採用前一說，乃是為了配合「龍虎英雄會」的主題。郭威的雀兒紋身，本蓋少年時誤殺罪的黥記，到〈史〉篇卻變作神異道士所刺，成為其發跡變泰的預言。

佈局方面，三篇作品大抵屬於線狀佈局，而以〈錢〉篇最為明顯。〈金〉篇所錄諸嬖甚多，出場先後未必有一定的關係，故此篇基本跟從《金史‧后妃傳》的次序之餘，首尾分別增敘海陵之興、敗，依然營造成線狀佈局。〈史〉篇前半以史弘肇為主角，後半以郭威為主角，兩人顯隱互見，故事平行並進，至篇末統收，二人重遇於劉知遠麾下，可謂複線或圓形結構。至於前文本中的各種小故事，三篇亦頗費心思，將之融入全盤佈局，匠心獨運。

　　情節方面，三篇中的作者往往採用了「複雜暗合」的引用方式。一篇之中某些段落中的情節類型往往會出現在其他文本中，是說話人或古典小說的一種套路，甚至可說是超越文本而存在。如譚正璧認為〈金〉篇四・一節的貴哥說風情頗似脫胎自《金瓶梅詞話》王婆說風情的一段，乃至懷疑二作同出一手。〈錢〉篇六・二節「討劉漢宏」中顧全武臨陣倒戈擊斃劉漢宏，與《三國演義》呂布斬董卓的橋段相似，四・二節中劫船的情節，也是古典小說常見的類型。〈史〉篇長期以口述形式流傳，不少情節素材更加化用無痕，不易鉤索前文本。如三・二節中史弘肇與郭威偷狗的文字略似《水滸傳》第四十五回時遷盜雞，四・一節「棒打霸遇」、四・二節「殺尚衙內」則差近《水滸傳》第八回林沖棒打洪教頭、第六回高衙內調戲林夫人之文，不一而足。

　　本章所論〈史〉、〈錢〉、〈金〉三篇有不少段落到目前都似乎難以找到直接對應的前文本，即使考索到的前文本也在主題、題材、佈局、情節上三篇之間的差異較大，這種情況與前章所論〈隋〉、〈宋〉、〈唐〉諸篇相比尤為明顯。實際上，譚正璧等前賢鉤沉這些歷史性較強的晚明話本之本事時，有可能忽略了「暗引」，亦即戴宏森所謂「隨機處置，遇路轉彎，改頭換面，借樹開花」的處理手法。正因為民間藝術不囿於史事的真偽，更不會受史書的掣肘，可以更進一步作天馬行空的想像、淋漓酣暢的潤飾描寫。正因如此，〈史〉、〈錢〉、〈金〉三篇在藝術成就上無疑視〈隋〉、〈宋〉、〈唐〉諸篇為高。進而言之，這三篇的築構又因前文本的性質各有異同，並直接影響到其藝術特徵。〈史〉篇五段九節，與郭威有關者只有三段。篇中郭威的故事雖然精彩，但原本大概並不長，故編者不得不與將之史弘肇合寫，以求拓展篇幅。雖然話本之「戲說」有很大的自由空間，但編者仍不得不屈從於史弘肇並未協助郭威建周的歷史事實，只能將二

人的「風雲會」聚焦在早年的布衣結義和中年在劉知遠麾下共事而
已,「龍虎」中的「龍」字卻無法落實了。〈錢〉篇九段十三節,幾乎
全有對應的前文本,正史、稗官的記錄多可互補,加上全篇以錢鏐一
人為主角,編纂者吸納其他素材而加以烘染,洵非難事。換言之,
〈錢〉篇的內容既不悖於正史,又富於傳奇趣味,自能雅俗共賞。
〈金〉篇與〈錢〉篇略有不同,除了以海陵王為主角外,全篇七段二
十節中又穿插了大量與之發生關係的女性,而這些女性幾乎全部記載
於《金史・后妃傳》中,〈金〉篇編者將這些女性全部吸納為小說人
物。如譚正璧指出,話本作者大抵依照正史次第之餘,又為了行文的
方便,將彌勒及察八二人事略略的提前。不過所幸房幃大抵少關軍國
要務,這些韻事的敘述先後自然無須全然步趨正史。編者對於這些素
材進行刻意烘染,除了前文所論與貴哥有關的部分內容外,大率都被
刻劃得血肉豐盈,非一般艷情小說中女角之平面化可比,由此足見其
文筆造詣。然而,因為本篇內容有淫藝之嫌,編者不得不在篇題中打
出「縱慾亡身」的主旨。但這樣一來,主題與內容之間,卻出現一些
落差:海陵之死還有濫殺無辜、窮兵黷武等因素,但僅坐實在荒淫無
度之上,誠然不無偏頗。

第五章
借用與對峙
──〈梁武帝累修成佛〉新考

一　引言

　　收錄於《喻世明言》卷三十七的〈梁武帝累修成佛〉,[1]以梁武帝為主角,累修成佛為主題,但題材與情節冗贅乏趣,故一向不太為學者及讀者所注意,歷來論者寥寥。史上梁武帝的傳說故事經歷了漫長的演變過程,而〈梁武帝累修成佛〉正是「引文馬賽克」,係在參考多種既有典籍後聯綴改編而成。換言之,〈梁〉篇與眾多的前文本有著顯著的互文情況。如緒論所言,此篇文本的築構情況介於「采擷與重寫」及「吸納與烘染」兩類之間,所依據的前文本數量多,又嘗試透過吸納與烘染的方式使內容更為豐盈,但效果卻不佳。職是之故,本章嘗試以〈梁〉篇為個案,著眼於其借用之手法與對峙之缺憾,首先論述其文本的築構過程,然後通過主題、題材、情節與角色的分析,探論這篇話本的得失。

1　按:此篇篇名,一作〈梁武帝累修歸極樂〉。觀「三言」篇名率為對偶,而該篇之後為〈任孝子烈性為神〉。「成佛」方可與「為神」相對,故本書提及該篇,悉作〈梁武帝累修成佛〉。又:《喻世明言》原名《古今小說》四十卷本,今存有日本內閣文庫所藏天許齋《古今小說》原刻本與復刻本,然皆有殘缺。王古魯比對兩版本,互相補充,拼成較完整的版本,1947年由商務印書館涵芬樓排印,1955年文學古籍刊行社重印。1958年許政揚以重印本為底本,參考《清平山堂話本》和《今古奇觀》加以修訂,並刪節了其所謂「庸俗」和「低級趣味」的內容,由人民文學出版社出版新本。1992年,上海古籍出版社在前人研究整理的基礎上重印此書,內容較許政揚本為完整,故本書據之。

二 〈梁武帝累修成佛〉的文本築構

〈梁〉篇這「引文馬賽克」的築構過程至今眾說紛紜。該篇乃採擇史傳、筆記、佛教故事聯綴而成，小說作者究竟為馮夢龍，還是另有其人，依然未有定論。如孫楷第認為「三言」中的宋元作品有四十五種，[2] 所列篇目並未包括此篇。據聶付生考證，「三言」中馮夢龍的作品共有二十四篇，[3] 也未包括此篇。鄭振鐸云：「其以武帝前世之妻童氏，轉身為支道林，殊附會得可笑。觀其風格，當為明人作。」[4] 吳海勇、陳道貴提出，民間流傳的梁武故事確乎有其吸引力，何妨姑妄聽之，於是馮夢龍在編撰「三言」時，便將擬話本小說〈梁〉篇採入他的《喻世明言》。[5] 似乎認為此篇乃明人的創作（故以擬話本稱之），但創作者並非馮氏。徐士年以為，此篇的寫作時代難以斷定，風格與明末之擬話本近似，當為明人之作。嚴敦易則以為此篇乃明代中葉以前的擬話本。[6] 目前，學者似乎既難以肯定馮夢龍的著作權，也不易確鑿證明小說作者另有其人。

除《梁書》、《南史》等歷史典籍外，有關梁武帝的故事傳說雖多，但長期以來都比較零碎。凌翼雲認為，直到明代以後產生的《梁皇寶卷》，才具備比較完整的梁武帝故事。〈梁〉篇全文約一萬三千字，其中敘郗氏化蟒、託夢求拯拔、梁武帝造《梁皇懺》不過五五〇字，僅占篇幅的二十四分之一。故事框架是《慈悲道場懺法傳》中

2　孫楷第：《滄州集》（北京市：中華書局，1965年），頁180。

3　聶付生：《馮夢龍研究》（北京市：學林出版社，2002年），頁213-226。

4　鄭振鐸：《西諦書話》（北京市：生活・讀書・新知三聯書店，1983年），頁156。

5　吳海勇、陳道貴：〈梁武帝神異故事的佛經來源〉，載於陳允吉主編：《佛經文學研究論集》（上海市：復旦大學出版社，2004年），頁366。

6　見〔日〕小川陽一：《三言二拍本事論考集成》（東京：新典社，1981年），頁93。

的，情節沒有新發展。[7]《梁皇寶卷》的主要內容除都后化蟒外，還有臺城之亂等；但與〈梁〉篇相比，「完整性」依然相差甚遠。此殆可從旁證明，作為話本形式的〈梁〉篇不可能出現於宋元。其次，〈梁〉篇的內容冗蕪，並不引人入勝，未必能夠吸引聽眾，不類宋元以來相傳已久的舊話本。復次，不少《梁書》的材料都採入了〈梁〉篇，斧鑿痕跡明顯。而《梁皇寶卷》的對象讀者並非文人，其內容更接近民間文學面貌。舉例而言，「餓死臺城」一節，寶卷是如此敘述的：

> 那侯景道：「老臣有一本啟奏萬歲：如此虔誠修煉，必有昇天之日。臣想東林寺，不是幽靜之所，那眾僧不能盡心修煉。臣保萬歲前往臺城，那城中有一昇天寺，寺中有四時不謝之花，八節有長生之景，況且此城十分幽靜，山青水秀，萬歲前去靜坐，誦經禮拜，朝夕焚香，朝中大事託於太子可管，糧草待老臣解來……」[8]

寶卷作者竟謂臺城乃「十分幽靜，山青水秀」的禪修之所，不知其在六朝一直是朝廷臺省和皇宮所在地；又謂侯景本為朝中重臣，為達到篡位目的，哄騙梁武帝前往臺城，似乎侯景之亂純是宮廷政變，與兵燹毫無關聯。無論與《梁書》或〈梁〉篇參看，《梁皇寶卷》都存在顯著的互文對峙。這種與歷史真實相去甚遠的情形是《梁皇寶卷》中的故事在民間長期流傳而造成的。如此似可進一步支持鄭振鐸「明人作」之說。此外，〈梁〉篇的藝術技巧未見高超，在「三言」眾多作

7　凌翼雲：〈《梁傳》初探〉，載於文憶萱主編：《目連戲研究論文集》（長沙市：《藝海》雜誌編輯部，1993年），頁166。

8　不題撰人：《梁皇寶卷》，載於濮文起主編：《民間寶卷》第2冊（合肥市：黃山書社，2005年），頁327。

品中質量蓋只居中下。以馮夢龍之才情手筆，當不至如斯。固然，從作品表現出來的文化背景和習俗等考察是否宋元舊篇，是比較有說服力的內證。但〈梁〉篇係歷史故事、宗教故事，其呈現的文化背景、習俗和語言不太能反映出時代的特色。因此，筆者傾向以鄭振鐸及吳海勇、陳道貴的說法為基礎，相信該篇是一位不知名的明代文人所編寫的話本，後由馮夢龍收入《喻世明言》。雖然不排除馮氏在編纂過程中加工的可能，但最多只是略有潤色而已。

　　〈梁〉篇撰寫，到底以哪些材料為前文本，情況不盡清楚。譚正璧窮數十年之功，查閱數百種參考書，輯成《三言兩拍資料》，以探究故事的來源出處、影響關聯，然與〈梁〉篇相關的只有《朝野僉載》、《六朝事蹟編類》、《二老堂雜志》、《戲瑕》及《遣愁集》中的七條資料。[9]胡士瑩《話本小說概論》的〈明代擬話本故事的來源與影響〉一章中，亦列有〈梁〉篇之目，其言云：「本篇敘梁武帝的前身及餓死臺城事。前身說，見《朝野僉載》卷二。餓死說，見《六朝事蹟編類》卷下〈同泰寺〉。」[10]胡氏自言對譚正璧之書多有取材。譚書〈梁〉篇名下的七條資料中，《六朝事蹟編類》卷上〈總敘門第一・六朝興廢・梁武皇帝〉一條為概述梁武帝生平，持其餘六條的內容與小說對應，不出「梁武帝的前身」、「殺榿頭和尚」、「遊冥府造《梁皇寶懺》」及「餓死臺城」四段情節。[11]葉德均〈三言二拍來源考小補〉則並無隻字談及此篇。[12]據日本學者小川陽一考證，郗后化蟒的故事亦見於晚明朱國禎《湧幢小品》及清初周清源《西湖二集》，榿頭和

9　譚正璧：《三言兩拍資料》（上海市：上海古籍出版社，1980年），頁213-216。

10　胡士瑩：《話本小說概論》（北京市：中華書局，1980年），頁550。

11　〔宋〕張敦頤：《六朝事蹟編類》（臺北市：廣文書局影印，1970年），頁31-32。

12　葉德均：〈三言二拍來源考小補〉，《戲曲小說叢考》（北京市：中華書局，1979年），頁566-576。

尚的故事亦見於晚明鄭瑄《昨非菴日纂》。[13]而據筆者統計，〈梁〉篇
的情節大抵可分為十五段（詳下文）。相勘之下，譚氏及小川諸書所
錄的本事資料甚至不及〈梁〉篇取材範圍的一半。這些資料無法對應
的情節，自應另有來源，也有可能出自小說作者的仿作。

　　由於年代湮遠，典籍零落，有關梁武帝的資料，大致以《梁書》
及《南史》為主。〈梁〉篇與這兩種正史有明顯的互文性。此外，因
為梁武帝好佛，其行跡亦見於《法苑珠林》、《佛祖統紀》、《釋氏稽古
略》、《佛祖歷代通載》、《梁皇寶卷》、《梁武帝問誌公禪師因果經》等
書，〈梁〉篇向這些佛教典籍的互文借用，也時可見之。此篇的內容
情節豐富，為方便起見，謹將之分為十五段，諸段可能有單一情節，
也可能是由幾個不同的情節所貫串。現將分段及前文本的情況表列
如下：

〈梁武帝累修成佛〉的分段及前文本

段落	內容	頁碼	前文本
1	梁武前身：曲蟮	356	《朝野僉載》
2	梁武前身：范普能	356-357	待考
3	梁武前身：黃復仁	357-360	待考
4	辯「五月兒刑剋父母」	360	《史記》〈孟嘗君列傳〉
5	李賁謀反	360	《梁書》〈武帝本紀下〉
6	諫齊明帝起兵滅魏	360-361	《梁書》〈武帝本紀上〉
7	受禪稱帝	361-362	《梁書》〈武帝本紀上〉
8	宗廟以粉麵代犧牲	362	《梁書》〈武帝本紀中〉、《佛祖統紀》、《佛祖歷代通載》

---

13 〔日〕小川陽一：《三言二拍本事論考集成》，頁93。

段落	內容	頁碼	前文本
9	遊冥府造梁皇懺（包括郗后化蟒）	362-363	《慈悲道場懺法》、《南史》〈后妃下〉、《佛祖歷代通載》、《六朝事蹟編類》、《戲瑕》、《二老堂雜志》、《梁武帝問誌公禪師因果經》、《梁皇寶卷》、《湧幢小品》、《西湖二集》
10	殺榼頭和尚	363-364	《賢愚經》、《法苑珠林》、《朝野僉載》、《古今譚概》、《昨非菴日纂》
11	造同泰寺供養支道林（包括沈約之死）	364-365	《梁書》〈沈約傳〉
12	捨身同泰寺	365-366	《梁書》〈武帝本紀下〉
13	修塔退條枝國兵	366-367	待考
14	餓死臺城	367-368	《梁書》〈武帝本紀下〉、《梁書》〈侯景傳〉、《南史》〈梁本紀〉、《南史》〈侯景傳〉、《隋書》〈后妃下〉、《遣愁集》、《梁皇寶卷》
15	湘東王討逆	368	《梁書》〈元帝本紀〉

由此表可見，〈梁〉篇之取材以《梁書》為主，次為佛教典籍，次為其他正史及筆記雜著。在撰構〈梁〉篇的過程中，小說作者對這些固有的前文本進行了加工，如為統一體例、迎合讀者的口味，將之以白話來改寫；為配合情節發展，將之更改、增飾等。這些文本的互文性，頗值得研究。

三　主題的互文借用

主題乃文藝作品中通過具體的藝術形象表現出來的基本思想，是

文藝作品內容的核心。顧名思義,〈梁〉篇為一篇果報小說,其主題在於宣揚因果報應。[14]據前表所列,全文第一、二、三、八、九、十、十一、十二、十三段都與累修之「因」有直接的關係,除第二、三段可能為小說作者自創外,其餘各段皆出自佛教典籍、或以佛教思想為主體;而第十四、十五段則敘述了成佛之「果」。梁武帝成佛的傳說,可以追溯至正史。如《魏書》云:

> 衍崇信佛道……每禮佛,捨其法服,著乾陀袈裟。令其王侯子弟皆受佛誡,有事佛精苦者,輒加以菩薩之號。其臣下奏表上書亦稱衍為皇帝菩薩。[15]

稱梁武帝為「皇帝菩薩」,只是表明其受菩薩戒的事實而已。隨著時間的推移,梁武帝成佛的傳說漸漸形成。如《梁皇寶卷》云:

> 人有善愿,天必從之。今有玉旨下來,即跪聽讀。詔曰:「現有功曹太歲,所奏梁武帝,道德孝義,工程浩大,敕封為第四十八尊羅漢,即大勢至善菩薩,去到西天雷音寺拜見世尊。」[16]

---

14 傅承洲提出,因果報應思想在中國源遠流長,先秦時期便有簡單的因果報應觀念。東漢時期,印度佛教傳入中國,作為佛教的重要思想「業報輪迴說」也隨之流行開來。明代馮夢龍編纂「三言」,受因果報應思想影響很大,在小說史上非常典型。「三言」中的因果報應思想主要體現在兩個方面,一是連篇累牘的議論說教,二是善惡報應的故事情節。果報小說一定有報應,即使小說中的人物相距數千里,時隔好幾代,作者也會用各種方法將他們組合在一起,達到報應的目的。在構思報應情節時,還常用超現實的手法,以佛教的靈魂不死、輪迴轉世思想作基礎,用鬼魂或來世的形式來施報或受報。(見氏著《馮夢龍與通俗文學》鄭州市:大象出版社,2000年,頁113-126。)

15 〔北齊〕魏收:《魏書》(北京市:中華書局,1997年),卷九十八,〈蕭衍傳〉,頁2187。

16 不題撰人:《梁皇寶卷》,載於濮文起主編:《民間寶卷》第2冊(合肥市:黃山書社,2005年),頁329。

此外，明代朱星祚《二十四尊得道羅漢傳》中，第十三尊「施笠羅漢」即是梁武帝。[17]張火慶指出，或因梁武帝在歷史上以帝王的權力所推動的建寺、度僧、說法、捨身、及誓斷酒肉、編製《寶懺》等，對中國佛教影響頗大；又據聞他曾與達摩相見問答，因此傳說他最後修行成道，且納入民間流行的十八羅漢群中。[18]故〈梁〉篇之末，梁將趙伯超在湘州偶遇武帝與支道林，跪奏道：「陛下與長老因甚到此？今要往何處去？」武帝回答道：

> 朕功行已滿，與長老往西天竺極樂國去。有封書寄與湘東王，正沒人可寄，卿可仔細收好，與朕寄去。[19]

薩莫瓦約論述「暗示」（allusion）這種互文手法，是指文本中一些模糊的跡象表明互文存在。[20]〈梁〉篇在借用《梁皇寶卷》及《二十四尊得道羅漢傳》等前文本的「成菩薩」、「成羅漢」主題，進而改換為「成佛」，但又礙於諸種前文本（包括民間信仰）的內容，了解無論「皇帝菩薩」、「大勢至善菩薩」還是「施笠羅漢」皆未到達「佛」的級別，故只在內文中籠統地敘述為「往西天竺極樂國去」，僅將標題改換為「成佛」。這正體現出〈梁〉篇與《梁皇寶卷》等著作在主題上的互文借用。

---

17 見〔明〕朱星祚：《二十四尊得道羅漢傳》，（《古本小說集成》，上海市：上海古籍出版社據萬曆乙巳（1605）書林聚奎齋刊印楊氏清白堂原板影印，1990年）。

18 張火慶：《達摩與梁武帝：相關小說研究》（臺北市：秀威資訊科技，2006年），頁288。

19 〔明〕馮夢龍：《喻世明言》，頁369。

20 〔法〕薩莫瓦約（Tiphaine Samoyault）著，邵煒譯：《互文性研究》（天津市：天津人民出版社，2005年），頁50。

四　題材的互文借用

　　題材是指文學作品中具體描寫的事件和現象，亦即作者表達主題、塑造形象所用的材料。據前表顯示，與〈梁〉篇有互文性的前文本可分為佛教典籍及偏向於儒家思想的正史及筆記雜著兩大類。而小說作者處理這些題材的方法則各各不同，歸納而言，即薩莫瓦約所說的「暗含─引用」（impli-citation），也就是指引用完全隱含並融於受文（texte d'accueil），絕對深藏不露。「暗含──引用」又可區分為兩種：簡單的和複雜的。[21]本節從上述兩大類前文本中各舉一例，以見此篇在題材上互文借用的情況。

（一）簡單的暗含─引用：殺榼頭和尚

　　對於一些固有的梁武帝故事題材，〈梁〉篇會直接吸納，此即「簡單的暗含─引用」──只是省略了變換陳述的信號（引號、另起一行、註釋），陳述者直面讀者而掠人之美。[22]如第十段「殺榼頭和尚」：

> 有個榼頭和尚，精通釋典，遣內侍降敕，召來相見。榼頭和尚隨著使命而來，武帝在便殿正與侍中沈約弈棋。內侍稟道：「奉敕喚榼頭師已在午門外聽旨。」適值武帝用心在圍棋上，算計要殺一段棋子，這裡連稟三次，武帝全不聽得，手持一個棋子下去，口裡說道：「殺了他罷。」武帝是說殺那棋子，內侍只道要殺榼頭和尚。應道：「得旨。」便傳旨出午門外，將

21　同前註，頁51。

22　同前註。

榼頭和尚斬訖。武帝完了這局圍棋，沈約奏道：「榼頭師已喚
至，聽宣久矣。」武帝忙呼內侍教請和尚進殿相見。內侍奏
道：「已奉旨殺了。」武帝大驚，方悟殺棋時誤聽之故，乃問
內侍道：「和尚臨刑有何言語？」內侍奏道：「和尚說前劫為小
沙彌時，將鋤去草，誤傷一曲蟮之命。帝那時正做曲蟮，今生
合償他命，乃理之當然也。」武帝嘆惜良久，益信輪回報應之
理，乃傳旨厚葬榼頭和尚。一連數日，心中怏怏不樂。[23]

譚正璧指出，這段故事出自《朝野僉載》卷二：[24]

梁有磕頭師者，極精進。梁武帝甚敬信之。後勅喚磕頭師，帝
方與人棊，欲殺一段，應聲曰：「殺卻。」使遽出而斬之。帝
棊罷，曰：「喚師。」使答曰：「向者陛下令人殺卻，臣已殺
訖。」帝歎曰：「師臨死之時有何言？」使曰：「師云：『貧道
無罪。前劫為沙彌時，以鍫剗地，誤斷一曲蟮。帝時為蟮，今
此報也。』」帝流淚悔恨，亦無及焉。[25]

此外，這則掌故也往往見於後世傳述，如《古今譚概》卷三十三〈梁
武帝前身是蟮〉條與《朝野僉載》同，[26]譚正璧指出只是字句稍有改
易。[27]小川陽一謂晚明鄭瑄《昨非菴日纂》亦有收錄此事。[28]比對之

---

23 〔明〕馮夢龍：《喻世明言》，頁363-364。
24 譚正璧：《三言兩拍資料》，頁213-214。
25 〔唐〕張鷟：《朝野僉載》（北京市：中華書局，1979年），頁41。
26 〔明〕馮夢龍：《古今譚概》（臺北市：新文豐出版公司據明刊本影印，1979年），
   頁1463-1464。
27 譚正璧：《三言兩拍資料》，頁214。
28 〔日〕小川陽一：《三言二拍本事論考集成》，頁93。按：《昨非菴日纂》一書，今

下，〈梁〉篇中「殺枷頭和尚」段除了配合故事內容，將對弈之人改為沈約外，大抵可謂《朝野僉載》的白話語譯。復次，為了配合〈梁〉篇的敘述模式，小說作者又在開篇處增寫了第一段「梁武帝的前身：曲蟮」，以達前後呼應之效。

　　進而言之，類似的故事在佛教典籍中也有記載。如北魏慧覺等譯《賢愚經》卷四〈出家功德尸利苾提品〉云：

> 昔過去時，此閻浮提，有一國王，名曰曇摩苾提，好喜佈施，持戒聞法，有慈悲心，性不暴惡，不傷物命，王相具足。正法治國，滿二十年，事簡閒暇，共人博戲。時有一人，犯法殺人，諸臣白王：「外有一人，犯於王法，云何治罪？」時王慕戲，脫答之言：「隨國法治，即案限律，殺人應死。」尋殺此人。王博戲已，問諸臣言：「向者罪人，今何所在？」臣白王言：「隨國法治，今已殺竟。」王聞是語，悶絕躃地，冷水灑面，良久乃穌。[29]

唐代釋道世所編《法苑珠林》卷三十〈俗男部・勸導〉亦采入了這個故事，文字與《賢愚經》大致相近。[30]《賢愚經》的故事與《朝野僉載》有幾個顯著差異：一、曇摩苾提並非中國君主，二、曇摩苾提處決之人乃罪犯而非僧人，三、曇摩苾提在博戲時有回答到大臣之問，

　　日易見之版本為《四庫全書存目叢書》影印中國科學院圖書館藏明崇禎刻本。然查此書卷二十〈冥果〉，並無「殺枷頭和尚」故事。據編者云，此本原缺第24頁，蓋故事在該頁中爾。

29　〔北魏〕慧覺等譯：《賢愚經》；《大正新修大藏經》（臺北市：新文豐出版有限公司，1992年），頁379。

30　〔唐〕釋道世：《法苑珠林》（上海市：商務印書館，1935年），頁344。

其言並非就博戲而發，大臣實際上也並未誤解其言。不過，曇摩苾提篤好佛法，在博戲時因無心之言導致他人死亡，其後又悔恨無已，這樣的情節設計與《朝野僉載》中的梁武帝故事卻非常近似。

吳海勇、陳道貴詳細比對了《朝野僉載》與《賢愚經》的故事內容，認為〈出家功德尸利苾提品〉成為梁武帝故事影響源的可能性是很大的。較之釋典譬喻，衍生於漢地的梁武帝故事在情節湊合方面似更勝一籌。它巧妙地運用象棋遊戲「殺」語與刑殺的詞意偶合，製造了一場原本不該發生的人間悲劇。如此結構，不僅情節趨近天衣無縫，而且使該故事更富有本土氣息。[31]從以上論述，我們可以理出這個故事題材的發展脈絡：

《賢愚經》《法苑珠林》➜《朝野僉載》《古今譚概》➜〈梁武帝累修成佛〉

《賢愚經》是《朝野僉載》的前文本，《朝野僉載》又是〈梁〉篇的前文本；《朝野僉載》將《賢愚經》的主角改寫為中土的梁武帝，又有待於〈梁〉篇的小說作者將之全盤語譯為白話。其互文關係，不言而喻。

（二）複雜的暗含—引用：辯「五月兒刑剋父母」

所謂「複雜的暗含—引用」，其陳述變換是有標識的，但表面所謂陳述者非事實上的話出此言者：這裡並不掩蓋引用的行為，但是一個虛構的陳述者將一個真正的、未被提及的陳述者的話語據為己有。[32]如小說第二段「辯『五月兒刑剋父母』」，小說作者移花接木地

---

31 吳海勇、陳道貴：〈梁武帝神異故事的佛經來源〉，載於陳允吉主編：《佛經文學研究論集》，頁368。

32 〔法〕薩莫瓦約（T. Samoyault）著，邵煒譯：《互文性研究》，頁51。

從其他正史中截取片段，轉嫁在梁武帝身上：

> 衍以五月五日生，齊時俗忌傷剋父母，多不肯舉。其母密養
> 之，不令其父知之。至是，始令見父。父親說道：「五月兒刑
> 剋父母，養之何為？」衍對父親說道：「若五月兒有損父母，
> 則蕭衍已生九歲；九年之間，曾有害于父母麼？九歲之間，不
> 曾傷剋父母，則九歲之後，豈能刑剋父母哉？請父親勿疑。」
> 其父異其說，其惑稍解。[33]

考此段故事的內容，蓋源自《史記》〈孟嘗君列傳〉：

> 初，田嬰有子四十餘人。其賤妾有子名文，文以五月五日生。
> 嬰告其母曰：「勿舉也。」其母竊舉生之。及長，其母因兄弟
> 而見其子文於田嬰。田嬰怒其母曰：「吾令若去此子，而敢生
> 之，何也？」文頓首，因曰：「君所以不舉五月子者，何
> 故？」嬰曰：「五月子者，長與戶齊，將不利其父母。」文
> 曰：「人生受命於天乎？將受命於戶邪？」嬰默然。文曰：「必
> 受命於天，君何憂焉。必受命於戶，則可高其戶耳，誰能至
> 者！」嬰曰：「子休矣。」[34]

《梁書》謂梁武帝於「宋孝武大明八年甲辰歲（西元464年）生」，[35]
《南史》所載相同。[36]至其九歲時，乃宋明帝泰豫元年（西元472

33　〔明〕馮夢龍：《喻世明言》，頁360。

34　〔漢〕司馬遷：《史記》（北京市：中華書局，1997年），〈孟嘗君列傳〉，頁2352。

35　〔唐〕姚思廉：《梁書》，卷1，〈武帝本紀〉，頁1。

36　〔唐〕李延壽：《南史》，卷6，〈梁本紀上〉，頁168。

年），尚未入齊。且《梁書》與《南史》不記梁武帝生辰，亦未言其九歲前由母「密養」。蓋兒童「長與戶齊」，約在八、九之齡，故小說將此故事設於九歲。《史記》所記載孟嘗君的辯解，是從「戶」字展開；而小說省去「長與戶齊」之語，故僅云「九歲之間，不曾傷剋父母，則九歲之後，豈能刑剋父母哉」。儘管二者辯解的內容有所不同，目的卻是一樣：都強調自己在「密養」的過程中沒有刑剋父母，因此以後也不會。

不過，小說謂「五月兒刑剋父母」乃「齊時俗」，有一定的依據。《宋書・王鎮惡傳》：「鎮惡以五月五日生，家人以俗忌，欲令出繼疏宗。」[37]可見以「五月兒刑剋父母」，而須寄養在外的習俗，自先秦至六朝皆然。抑有進者，《警世通言》中〈陳可常端陽仙化〉一篇，講述陳可常生於五月五日，被算命先生論定為：「命有華蓋，卻無官星，只好出家。」於是陳可常作詩嗟嘆云：「齊國曾生一孟嘗，晉朝鎮惡又高強。五行偏我遭時蹇，欲向星家問短長。」然而，陳可常歷經磨難，最後仍修成正果。[38]

由是而觀之，「辯『五月兒刑剋父母』」一段以《史記・孟嘗君列傳》為主要的前文本，而以《宋書・王鎮惡傳》為輔。在小說中，梁武帝就是一個虛構的陳述者，他將真正的、未被提及的陳述者——孟嘗君的話語據為己有，因而予讀者以早慧的印象。此外，陳可常最終能夠仙化，無疑意味著即使命格不佳，依然可以靠修煉而成佛。〈梁〉篇的作者將梁武帝的生日定於五月五日，大概可與陳可常的故事互文見意。

---

37 〔梁〕沈約：〈王鎮惡傳〉，《宋書》（北京市：中華書局，1997年），頁1365。

38 〔明〕馮夢龍編：《警世通言》（臺北市：三民書局，1992年），頁59。

五　情節的互文借用

情節是指敘事作品中表現人物之間相互關係的一系列生活事件的發展過程。它是由一系列展示人物性格、表現人物與人物、人物與環境之間相互關係的具體事件構成。為了加強故事性，小說作者往往在前文本的故事基礎上增加一些情節。這些情節多引用、模擬自與梁武帝故事無涉或關係甚小的其他文本。現舉二例，以見該小說前文本之夥。

（一）情節的黏合：沈約之死與支公預言

在〈梁〉篇中，支公（道林）是一個重要角色。如第十一段「造同泰寺供養支道林」敘及沈約之死：

> 沈約懇求禪旨指迷，支公與沈約口號云：「粟事護前，斷舌何緣？欲解陰事，赤章奏天。」紙後又寫十來個「隱」字。一日，豫州獻二寸五分大粟子，梁主與沈約各默書粟子故事。沈約故意少書三事，乃云：「不及陛下。」出朝語人曰：「此公護前。」蓋言梁主護短也。後梁主知道，以此憾約。斷舌之事，約與范雲勸武帝受禪，約病中夢齊和帝以劍割其舌。約恐懼，命道士密為赤章奏天，以禳其孽。都是沈約的心事，無人知得，被支公說著了。沈約驚得一身冷汗，魂不附體，木呆了一會，又再三拜問「隱」字之義。支公為何連寫這十來個「隱」字？日後沈約身死，朝議欲諡沈約為文侯。梁主恨約，不肯諡為文侯，說道：「情懷不盡為『隱』。」改其諡為隱侯。[39]

39　〔明〕馮夢龍：《喻世明言》，頁364。

本段中的主要情節——「栗事」、「赤章」、「追諡」等事，皆來自《梁書・沈約傳》。如栗子事：

> 約嘗侍讌，值豫州獻栗，徑寸半。帝奇之，問曰：「栗事多少？」與約各疏所憶，少帝三事。出謂人曰：「此公護前，不讓即羞死。」帝以其言不遜，欲抵其罪，徐勉固諫乃止。[40]

相較之下，可知小說作者只是將栗子從「寸半」改為「二寸五分」，以誇張其大，復將「帝以其言不遜，欲抵其罪」簡單敘述為「後梁主知道，以此憾約」。整體而言，並未作大幅度的修改。赤章之事，《梁書》云：

> 初，高祖有憾於張稷，及稷卒，因與約言之。約曰：「尚書左僕射出作邊州刺史，已往之事，何足復論。」帝以為婚家相為，大怒曰：「卿言如此，是忠臣邪！」乃輦歸內殿。約懼，不覺高祖起，猶坐如初。及還，未至床而憑空頓於戶下。因病，夢齊和帝以劍割其舌。召巫視之，巫言如夢。乃呼道士奏赤章於天，稱禪代之事，不由己出。高祖遣上省醫徐奘視約疾，還具以狀聞。[41]

據《梁書》之言，「夢齊和帝以劍割其舌」雖然是沈約赤章奏天的直接原因，但導火線則係梁武帝與沈約君臣間有關沈之親家張稷的爭論。小說作者為免節外生枝，略去了君臣爭論部分，直接表述為沈約

「與范雲勸武帝受禪」，因此令道士赤章奏天「以禳其孽」。至於諡號為「隱」，《梁書》云：

> （梁武帝）及聞赤章事，大怒，中使譴責者數焉，約懼遂卒。有司諡曰文。帝曰：「情懷不盡曰隱。」故改為隱云。[42]

比較之下，不見於《梁書》的情節，主要就是支道林對沈約所說的口號，以及「寫十來個『隱』字」。這個與預言有關的情節，雖是小說作者所增補，卻非純然虛構。小說中的支道林乃是以梁僧寶誌為原型，而歷史上的寶誌又以預言著稱，《高僧傳》謂其與人言語，始若難曉，後皆效驗；時或賦詩，言如讖記。世稱「誌公符」。[43]小說中支公關於沈約的預言，大抵是小說作者杜撰；但歷史上真正的所謂「誌公符」，仍有載於史籍者。如《南史》云：

> 始天監中，沙門釋寶誌為詩曰：「昔年三十八，今年八十三，四中復有四，城北火酣酣。」帝使周捨封記之。及中大同元年，同泰寺災，帝啟封見捨手跡，為之流涕。帝生於甲辰，三十八，克建鄴之年也。遇災歲實丙寅，八十三矣。四月十四日而火，火起之始，自浮屠第三層。三者，帝之昆季次也。[44]

浮屠第三層失火，象徵著崇佛的梁武帝走到了末日。梁武帝的命運，似乎一早就為誌公所預示。如此看來，小說中的支公預言沈約命運的

---

42 同前註。

43 見〔梁〕釋慧皎撰、湯用彤校註：《高僧傳》（北京市：中華書局，1992年），頁394-397。

44 〔唐〕李延壽：《南史‧梁本紀中》，頁224。

這一情節，是以《高僧傳》及《南史》為前文本，加以仿作而成。回觀前引《梁書》，梁武帝聞赤章事而大怒的情形，並未在小說中敘及，以致讀者未必能了解此事對沈約的影響。實際上，小說作者正是要刻意淡化兩件事之間的關係，從而渲染支道林之神異。

（二）情節的改寫：第十四段的「侯景納溧陽公主」

其次，小說作者也會採用一些與梁武帝關係不大、甚至無關的故事，改寫其中的情節，並納入小說文本。如第十四段「餓死臺城」，提到了侯景納溧陽公主之事：

> （侯景）聞溧陽公主音律超眾，容色傾國，欲納為妃。遂使小黃門田香兒，以紫玉軟絲同心結兒一奩，並合歡水果，盛以金泥小盒，密封遺公主。公主啟看，左右皆怒，勸主碎其盒，拒而不納。公主曰：「不然，非爾輩所知。侯王天下豪傑，父王昔曾夢獼猴升御榻，正應今日。我不束身歸侯王，則蕭氏無遺類矣。」遂以雙鳳名錦被，珊瑚嵌金交蓮枕，遺侯景。景見田香兒回奏，大悅，遣親近左右數十人迎公主。定情之夕，景雖狎毒萬端，主亦曲為忍受。日親不移，致景寵結，得以顛倒是非，妨於朝務，保全公族，主之力也。後王偉勸景廢立，盡除衍族，主與偉忤，愛弛。[45]

這段文字，主要以《南史・梁本紀下・簡文帝》為前文本：

> 初，景納帝女溧陽公主，公主有美色，景惑之，妨於政事，王

　　偉每以為言，景以告主，主出惡言。偉知之，懼見讒，乃謀廢
帝而後間主。苦勸行殺，以絕眾心。[46]

　　正史中的溧陽公主乃簡文帝之女，亦即梁武帝的孫女；而侯景納溧陽
公主之事，在簡文帝繼位之後，與梁武帝並無直接關係。由於小說情
節並未涉及簡文帝，故小說作者將之改為梁武帝之女。《南史》僅云
「公主有美色」，而小說作者則謂其「音律超眾，容色傾國」。《南
史》只簡單講到侯景因美色而「妨於政事」、公主與王偉交惡，小說
則敷衍成：公主為了保全皇族，暗中破壞侯景的施政，才不得已委身
下嫁。

　　不過，僅以《南史》為前文本，故事性大概尚不算強。為了令這
段故事更為豐盈，以及迎合世俗對桃色故事的興趣，小說作者還採用
了其他正史中的情節。如侯景「使小黃門田香兒，以紫玉軟絲同心結
兒一盒，並合歡水果，盛以金泥小盒，密封遺公主。公主啟看，左右
皆怒，勸主碎其盒，拒而不納」。這段文字，很可能參考了《隋書》
〈后妃傳〉的記載：

　　俄聞上（隋文帝）崩，而未發喪也。夫人與諸後宮相顧曰：
　　「事變矣！」皆色動股慄。晡後，太子（煬帝）遣使者齎金
　　合，帖紙於際，親署封字，以賜夫人。夫人見，惶懼，以為鴆
　　毒，不敢發。使者促之，乃發，見合中有同心結數枚。諸宮人
　　相謂曰：「得免死矣！」陳氏恚而卻坐，不肯致謝。諸宮人共
　　逼之，乃拜使者。其夜，太子烝焉。[47]

46　〔唐〕李延壽：《南史·梁本紀下》，頁233。
47　〔唐〕魏徵：《隋書》（北京市：中華書局，1997年），〈后妃傳〉，頁534。

當然，宣華夫人與小說中的溧陽公主的態度甚不相同，二人左右的想法也剛好相反。但是，隋煬帝送同心結與宣華夫人的情節，與小說中侯景的行徑卻頗為類似。且宣華夫人接受隋煬帝的饋贈，便可保全左右的宮人，這與小說中溧陽公主委身侯景以保全皇族的情況也有相近之處。再如小說中，溧陽公主謂「父王昔曾夢獼猴升御榻」等語，出自《南史・侯景傳》：

> （侯景）既南奔，魏相高澄悉命先剝景妻子面皮，以大鐵鑊盛油煎殺之。女以入宮為婢，男三歲者並下蠶室。後齊文宣夢獼猴坐御床，乃並煮景子於鑊，其子之在北者殲焉。[48]

比較可知，歷史上「夢獼猴坐御床」是北齊文宣帝高洋。作者在小說中借溧陽公主之口，謂梁武帝有此夢，不過是為了強調公主委身侯景的動機。隋煬帝烝宣華夫人及北齊文宣夢獼猴兩個故事，本與梁武帝並無關係。但是，小說作者卻改寫了其中的情節，納入梁武帝故事，使之更為引人入勝。

六　角色的互文借用

作為小說主角的梁武帝，本身就是從眾多前文本中借用而來的。至於其他角色，有借用自與梁武帝相關的典籍而略作加工者，如郗后、沈約、昭明太子、侯景等；有借用自這些典籍而進行改換者，如李賁、蕭懿等；有借用自其他典籍而作黏合者，如支道林；也有在既有前文本角色的基礎上發揮（amplifier）者，如黃復仁、童小姐等。

---

48 〔唐〕李延壽：《南史・侯景傳》，頁2015。

本節試舉支公及李賣二者為例，論析小說作者如何將時空及身分作出改置，以見〈梁〉篇在角色上互文借用的情形。

（一）從東晉支公到梁代支公

為了進一步呈現「累修成佛」的主題，令故事情節更加連貫，小說作者安排了一個顯眼的角色：支道林。歷史上的高僧支道林名遁（西元314-366年），一生幾乎都在東晉度過，其逝世去梁武帝出生之年（西元464年）達一世紀之久，二人行年絕不相接。但在〈梁〉篇中，支道林卻成了關鍵角色：他的前身是童家小姐，即梁武帝前身黃復仁的妻子；今生又深受梁武帝敬重，被供養在同泰寺；昭明太子成為「屍蹶」，支道林讓他起死回生；條枝國入侵，梁武帝親自去同泰寺「與道林長老求個善處道理」；梁武帝餓死臺城後，「往西天竺極樂國去」，也是與支道林同行。足見其在小說中舉足輕重的地位。即使在前文本與支道林無涉的題材中，也每每添入了這個角色。如第五節所論沈約的故事，在《梁書》中與支道林可謂毫無關係，而〈梁〉篇則將栗子、赤章及諡號三事以支公的一段口號貫串起來，以收烘雲托月之效。再如梁武帝首次捨身同泰寺，其前文本《梁書》的記載非常簡單：

> 大通元年三月辛未，輿駕幸同泰寺舍身。甲戌，還宮，赦天下，改元。[49]

而在小說作者筆下，梁武帝此次捨身是因為昭明太子成為了「屍蹶」。他起誓道，假如支道林讓太子起死回生，「朕情願與太子一同捨

49　〔唐〕姚思廉：《梁書・武帝本紀下》，頁71。

身在寺出家」。於是，當支道林救回太子後：「梁主致齋三日，先著天
廚官來寺裡辦下大齋，普濟群生，報答天地。梁主與太子就捨身在寺
裡。」[50]梁武帝捨身遂成為了對支道林的報答之舉。梁武帝此次捨
身，前後只有三日。如何還宮，《梁書》未有確切記載。但觀同書記
載他第二次捨身的經過：

> （中大通元年秋九月）癸巳，輿駕幸同泰寺，設四部無遮大
> 會，因舍身，公卿以下，以錢一億萬奉贖。冬十月己酉，輿駕
> 還宮，大赦，改元。[51]

以此推之，大通元年第一次捨身還宮，大概也是百官籌措鉅款贖身的
結果。而〈梁〉篇云：

> 梁主、太子在寺裡一住二十餘日，文武臣僚、耆老百姓都到寺
> 裡請梁主回朝。梁主不允。太后又使宦官來請回朝，梁主也不
> 肯回去。支公夜裡與梁主說道：「愛欲一念，轉展相侵，與陛
> 下還有數年魔債未完，如何便能解脫得去？陛下必須還朝，了
> 這孽緣，待時日到來，自無掛礙。」梁主見說依允。[52]

如此一來，梁武帝此次的還朝，也成了支道林的勸諫之功。

小說中支道林的原型，是南朝的寶誌和尚。據《高僧傳》記載，
寶誌（西元418-514年），一作保誌，世稱寶公、誌公，金城（江蘇句
容）人，俗姓朱。凌翼雲指出：「和梁武帝相交的誌公有時又被說成

---

50 〔明〕馮夢龍：《喻世明言》，頁365。
51 〔唐〕姚思廉：《梁書·武帝本紀下》，頁243。
52 〔明〕馮夢龍：《喻世明言》，頁365-366。

支公——佛教界歷史名人支道林。」[53]而早於〈梁〉篇產生的《梁皇寶卷》中，寶誌已占了很大的戲分，如替梁武帝解夢而被拜國師，解說武帝及郗后的前世等。《高僧傳》又謂誌公善為預言，世稱「誌公符」。梁武帝建國，頗為優禮，寶誌得以出入禁內。梁武帝常與之談論佛經義理，且詢及國家大事。[54]傳世《梁武帝問誌公禪師因果經》，便是二人談論的記錄。而〈梁〉篇中的支道林，與寶誌相似之處有五：一、小說往往稱支道林為支公，支公、誌公，一調之轉。二、小說中的梁武帝夢遊冥府後「與眾僧議設盂蘭盆大齋，又造《梁皇寶懺》」，雖僅云「眾僧」而已，然尋繹文理，「眾僧」自當以支道林為首。而傳世《慈悲道場懺法》，正題為寶誌所作。三、小說中，支道林對沈約誦一口號，說中其心事，這口號正與「誌公符」相類。四、小說謂梁武帝將「支公供養在同泰寺，一年有餘」。現南京雞鳴寺（前身即同泰寺）大門側有誌公臺，即為紀念寶誌而名。五、小說中，梁武帝有不少國家大事都諮詢支公的意見，這與《高僧傳》中梁武帝詢問寶誌相合。從《高僧傳》到《梁武帝問誌公禪師因果經》、《梁皇寶卷》，寶誌的高僧形象已經日漸突出。不過，大概小說作者認為支道林聲名較寶誌為顯，加上支、誌音近，故將其所處的時空由東晉改置於蕭梁，且把寶誌的傳說互文借用於支公身上，如此似可加強梁武帝成佛的說服力。

（二）從梁末土民李賁到齊末刺史李賁

　　對於《梁書》的某些內容，小說作者作了大刀闊斧的改造。如第五段「李賁謀反」，〈梁〉篇言及梁武帝孩提之際發生的李賁謀反事

---

53 凌翼雲：〈《梁傳》初探〉，載於文憶萱主編：《目連戲研究論文集》，頁163。
54 見〔梁〕釋慧皎撰、湯用彤校註：《高僧傳》，頁394-397。

件。故事略謂齊明帝時有刺史李賁謀反，僭稱越帝，置立官屬，朝命將軍楊瞟討賁。楊瞟每問計於蕭懿，蕭懿推薦姪兒蕭衍。瞟見衍舉止不常，遂虛心請問。蕭衍知無不言，使瞟歎異驚伏，依計而行，果然大破李賁。而蕭衍也「名譽益彰，遠近羨慕，人樂歸向」。[55]這段近四百字的敘述，幾乎泰半屬於虛構改造。現謹將《梁書》有關李賁的記載臚列於下：

> 是歲（大同七年），交州土民李賁攻刺史蕭諮，諮輸略，得還越州。[56]
>
> （八年）遣越州刺史陳侯、羅州刺史寧巨、安州刺史李智、愛州刺史阮漢，同征李賁于交州。[57]
>
> （九年）夏四月，林邑王破德州，攻李賁，賁將范修又破林邑王于九德，林邑王敗走。[58]
>
> 十年春正月，李賁于交趾竊位號，署置百官。[59]
>
> （中大同元年春正月）癸丑，交州刺史楊瞟克交趾嘉寧城，李賁竄入獠洞，交州平。[60]
>
> （太清二年春正月）己未，以鎮東將軍、南徐州刺史邵陵王綸為平南將軍、湘州刺史、同三司之儀，中衛將軍、開府儀同三司蕭淵藻為征東將軍、南徐州刺史。是日，屈獠洞斬李賁，傳首京師。[61]

55 〔明〕馮夢龍：《喻世明言》，頁360。
56 〔唐〕姚思廉：《梁書·武帝本紀下》，頁87。
57 同前註。
58 同前註。
59 同前註，頁88。
60 同前註，頁90。
61 同前註，頁93。

比較《梁書》與〈梁〉篇，可知以下幾點：一、李賁乃交州土民，並非刺史；二、討伐李賁的楊㠌乃交州刺史而非將軍；三、李賁之亂發生於在大同七年（西元541年）至太清二年（西元546年），前後擾攘六年之久，當時梁武帝已值晚年，絕非登基前的少年；四、少年蕭衍向提供的「破賁之策」的內容大率屬於創作，李賁之亂的平定也與梁武帝沒有直接關係。此外，觀〈梁〉篇所言，李賁之亂大約在齊明帝之時。然《梁書》謂梁武帝於「宋孝武大明八年甲辰歲（西元464年）生」，至齊明帝即位的建武元年（西元494年）已屆弱冠，不可謂「幼小」。

　　那麼，小說作者為什麼把李賁之亂的發生時間由梁末前挪至齊末，將李賁由交州土民「升格」為刺史，且謂楊㠌平定李賁是用了少年蕭衍的計策呢？筆者認為，這是小說作者的藝術誇張。李賁之亂相對於整篇小說的主線來說，關係比較疏遠，不必敘及，也難以敘及。因此，小說作者將這段歷史材料作出了較大膽的改寫。將時間挪至梁武帝即位前，且謂楊㠌採用了少年蕭衍的計策，是為了體現突出其早慧；將李賁「升格」為有權有勢的刺史，則是要誇大這場動亂的規模及平定它的難度。與支公／寶誌故事的互文借用相比，李賁之亂在時空改置上的跨度也許不及，但角色身分的改置卻更為大膽。只有「僭稱越帝，置立官屬」的簡約敘述尚能令讀者回憶起《梁書》中「竊位號，署置百官」之史實的影子。

七　〈梁武帝累修成佛〉的互文對峙

　　張火慶以為：「從儒或從佛的觀點，史學界對梁武帝不同的評價，或永無定論；卻說明了這個人物的精彩，而留下許多討論與想像

的空間。」[62]梁武帝精彩而猶待評說的經歷，一直引起著後世的注意。吳海勇、陳道貴指出：從南朝梁末到有唐，關涉梁武帝的神異傳說已逗露出以神話虛構代替史實的話語傾向。從有唐至明清，這種非理性趨勢更日益增強。[63]這就是小說〈梁〉篇出現的緣由。然而，即使小說作者主觀上被梁武帝的事蹟吸引，客觀而言，〈梁〉篇與「三言」其他的故事相比，實在不算上乘。前文分別從主題、題材、情節、角色四方面討論了這篇小說互文借用的情況。難以諱言的是，因為小說作者在書寫的過程中採用了大量的前文本，而這些前文本之間互文對峙的情況，並未在彙整、吸收、改寫、仿作時得到有效的改善，因此，小說文本無可避免地產生了缺失和紕漏。本節仍從主題、題材、情節、角色四方面分目探討之。

（一）主題的互文對峙

顏尚文指出，梁武帝既要維護、擴展其現實的政治權力，又要追求人生究極的理想，這是難以兼顧也很難統合的大矛盾。梁武帝在這種大矛盾中創造出「皇帝菩薩」的新理念與新政教結合政策，結合中國與印度的文化，使儒家「聖王思想」與佛教「轉輪聖王」思想合一。這是順應魏晉南北朝長期分裂，以及思想未定於一尊而衍生出的「合一」之時代需求的產物。如果把這看作是時代價值與潮流的體現，則梁武帝不愧為「時代之子」、「時代之父」、「六朝士大夫的典型」。[64]梁武帝政教合一的實驗失敗了，他本身就是一個充滿矛盾的人物，不僅在儒佛之間徘徊，即使佛家對梁武帝的評價也並不一致。因

---

62 張火慶：《達摩與梁武帝：相關小說研究》，頁235。

63 吳海勇、陳道貴：〈梁武帝神異故事的佛經來源〉，載於陳允吉主編：《佛經文學研究論集》，頁367。

64 顏尚文：《梁武帝》，頁318-319。

此，儘管本小說的主題是「累修成佛」，但正如張火慶所說，從敦煌本《壇經》、《歷代法寶記》開始，達摩的事蹟中就有了梁武帝，且視為相對性的角色，讓世人了解「武帝著邪道，不識正法」。禪門對於梁武帝的偏見，其實也是唐宋之佛教僧侶在「反佛」論戰中，主動與梁武帝「劃清界線」的共識——因為梁武帝晚景餓死國亡，給了歷代反佛者一個論證的實例。但無論如何，因為梁武帝的扶助與崇信，促成南朝佛教的盛況，故此梁武帝一直存有兩種形象。[65]誠然，佛教典籍中關於梁武帝與達摩問答的內容，絲毫不見小說採用。如《佛祖歷代通載》云：

> 師入朝，帝問：「朕即位以來，造寺、寫經、度僧，不可勝數。有何功德？」師曰：「並無功德。」帝曰：「何以並無？」師曰：「人天小果，有漏之因。雖有，非實。」帝曰：「何謂真功德？」師曰：「淨智妙明，體自空寂，如是功德，不於世求。」[66]

從兩人的對話中，可以看出梁武帝慧根未夠，還欲以造寺、寫經、度僧等事來向達摩炫示自己的功德，結果達摩並不表示讚嘆，反而忠言逆耳，令梁武帝不太高興，達摩也一葦渡江前往北魏。這相對小說「累修成佛」的主題，產生了強烈的互文對峙，負面影響甚大。亦有進者，梁武帝會見達摩的故事歷來流傳甚廣，即使小說作者視而不見，不以其為前文本，卻無法阻止讀者在閱讀小說時聯想起這個故事。如此一來，小說作者對這個故事避而不言，反而欲蓋彌彰，進一步削弱了「累修成佛」的可信度。

65　張火慶：《達摩與梁武帝：相關小說研究》，頁233-235。
66　〔元〕釋念常：《佛祖歷代通載》，頁13b-14a。

（二）題材的互文對峙

〈梁〉篇的前文本可分為兩類。一類為與佛教相關的典籍，一類為正史、筆記、雜著等。佛教典籍的題材，如「宗廟以粉麵代犧牲」、「遊冥府造梁皇懺」、「殺檯頭和尚」等，皆有濃厚的果報思想。另一方面，由於梁武帝佞佛，加上晚節不保，儒家的史官對他貶多於褒。正史、筆記、雜著的題材，多少繼承了史官傳統，難以對梁武帝作全面的肯定。這些歷史性的前文本是以「內聖外王」的思想為方針，本身未必具有佛教的果報思想。即使如前文所引《南史》中誌公預言梁武帝命運的故事，雖然有涉怪力亂神之嫌，但史官之所以採用，並非刻意為因果報應思想作宣傳，大概只是要帶出：即使佛教中人也不認為梁武帝的佞佛會有好的結局。故此，為了把這兩種思想有所扞格的題材融合在一起，不得不作一些加工。

可是，小說作者的加工卻不很成功。如小說第七段謂沈約乃黃復仁的女侍轉世，與梁武帝然義氣相合。[67] 然而第十一段抄撮《梁書》，謂護短的梁武帝勒令賜沈約以惡諡。可見諸種前文本題材之間的扞格，直接導致了文本的前後文牴觸。復如第七段敘述梁武帝受禪稱帝，謂齊主蕭寶卷「惟喜遊嬉，荒淫無度，不接朝士，親信宦官」，於是蕭衍「密修武備，招聚驍勇數萬」，以致齊主也知道蕭衍「有異志」。[68] 從儒家的角度來看，即使君主無道，忠臣也不應蓄謀篡逆。佛教雖不強調忠君，但弒君之事終係罪業，與「成佛」修行背道而馳。再如第十四段「餓死臺城」，梁武帝「夢中原牧守皆以地來降」，遂輕信見朱异「宇內混一之兆」的逢迎之說，率爾收納侯景。侯景知道臨賀王蕭正德「屢以貪暴得罪于梁主，正德陰養死士，只顧國家有

---

67 〔明〕馮夢龍：《喻世明言》，頁362。

68 同前註，頁361。

變」，因此與蕭正德密約，遂詐稱出獵起兵。然而，梁武帝既不曉得侯景是「反復凶人」，也不了解蕭正德與景暗通，「反令正德督軍屯丹陽」。[69]這與其解釋為梁武帝坦蕩樂善，毋寧說是其晚年昏瞶的表現。因此，縱然前人眉批云「荷荷之厄，是齊寶卷花報，不礙超生」，[70]但就話本自身的結構來看，情節推動力依然不強。

第七、十一、十四段的內容，大率以《梁書》、《南史》等為前文本，而這些正史的記載則不無微言大義，對梁武帝的行徑有所貶抑。觀《梁書》〈武帝本紀贊〉可知：「及乎耄年，委事群倖。然朱异之徒，作威作福，挾朋樹黨，政以賄成，服冕乘軒，由其掌握，是以朝經混亂，賞罰無章。『小人道長』，抑此之謂也。」[71]綜而論之，這些儒家故事的題材與佛家故事本來就有不可調和的矛盾。小說作者將這些對峙的文本共冶一爐，勢必導致文本的主題搖擺不定，甚至影響情節發展的脈絡。

（三）情節的互文對峙

「三言」是以「奇情」招徠讀者的，如〈蔣興哥重會珍珠衫〉、〈沈小官一鳥害七命〉等作品的內容皆是。其次，隨著話本由口傳文學演進為書面形式，成為案頭的消遣品，其讀者群的知識水準自然也大大提高。然而，〈梁〉篇的大部分情節都是從正史、筆記、佛典中抄撮改寫而來，不僅以文人為主體的讀者對於梁武帝的這些故事大概原本就瞭然於胸，即使對市井小民來說，這些故事也大都予人似曾相識之感，並不新鮮，因此吸引力也不夠。進而言之，小說作者從《梁書》中選取的材料太富、人物太多、時間跨度太長。洵如張火慶所

---

69 同前註，頁368。

70 韓欣主編：《名家評點馮夢龍三言》（天津市：天津古籍出版社，2010年），頁263。

71 〔唐〕姚思廉：《梁書・武帝本紀下》，頁97-98。

論：梁武帝是一位值得關注敘寫的歷史人物，只是他的一生太豐富、精彩，很難找到適當的切入點。[72]小說作者似乎也察覺了這些問題，故嘗試儘量縮短故事的時間跨度，以便於情節的順利推進。[73]但是，小說在時間的交代上依然導致情節的扞格。如開篇說梁武帝的前身范普能是「齊明帝朝盱眙縣光化寺一個修行的」，到了第五段「李賁之亂」，仍在齊明帝朝。據《南齊書》的記載，齊明帝在位前後只有五年，這在晚明大概是一般文人的常識。但小說中的齊明帝在位期間，不僅經歷了范普能、黃復仁兩世，大約齊明帝去世後，蕭衍方才成人，建立梁朝。小說中與正史中齊明帝的在位時間，無疑產生了互文對峙。

其次在結構上，作為果報小說的〈梁〉篇在情節上可說是「前因後果式」與「一報還一報式」的結合：就「累修成佛」的主題而言，前文的若干小故事就是因，是累修的內容，後文「朕功行已滿，與長老往西天竺極樂國去」就是果，亦即成佛。但是，這些小故事之間的因果關係卻未必很強。如前文所論，第一段「梁武帝的前身：曲蟮」當是小說作者在第十段「殺榼頭和尚」的基礎上增補的，故兩段之間有因果關係。然而，這樣的例子在小說中並不多。退一步講，故事情節失去前後照應的情況更時而有之，如小說第七段云：

黃復仁化生之時，卻原來養娘轉世為范雲，二女侍一轉世為沈

72 張火慶：《達摩與梁武帝：相關小說研究》，頁323。

73 按：如歷史上的梁武帝生於劉宋之世，小說第六段則謂其在齊明帝時尚是小兒。據歷史記載，梁武帝於大通元年捨身同泰寺時，昭明太子已經二十七歲。而小說卻言昭明太子此時年僅六歲。小說第十二段中，梁武帝在捨身後，「太后又使宦官來請回朝」。實際上，此時的梁武帝已經六十四歲，母親早已故世，宮中並無太后。溧陽公主本為梁武帝孫女、簡文帝之女，小說第十四段則以其為武帝之女。這些更動，大抵都是有心為之，改寫之後的故事效果確也更強。

約，一轉世為任昉，與梁公同在竟陵王西府為官，也是緣會，自然義氣相合。[74]

沈約、范雲乃梁武帝的開國功臣，《梁書》記載斑斑可考。小說作者在此補上一筆，自是為了加強轉世故事與沈約、范雲二者的聯繫。但在同段中，沈、范二人如何「義氣相合」為梁武帝鞠躬盡瘁，敘述鮮覯，只是在後文「沈約之死」中補敘性地帶出沈氏「與范雲勸武帝受禪」而已。沈約、范雲對整篇小說情節發展的影響也可說微乎其微，乏善足陳。此外，第十一段抄撮《梁書》，講到沈約死後，梁武帝未能不念舊惡，必將其改諡為「隱」而後快，這無疑更突出了梁武帝「護短」的性格，梁武帝與沈約並非如前文所講那般「義氣相合」。採自《梁書》的沈約故事非但未能如作者之願，為果報思想服務，反揭露了梁武帝的性格缺陷，削弱了其「成佛」的說服力，還導致情節在推進的過程中產生背逆。從這些互文對峙，可知小說作者對情節的駕馭能力並不高強。

（四）角色的互文對峙

傅承洲說得好：「我們讀這類果報小說，總感到美中不足，人物性格鐵板一塊，很少發展變化，與複雜的人性有較大距離，這固然有短篇小說的篇幅限制，更重要的原因是作者必須將筆下的人物分個善惡，並給予相應的報應，達到勸善懲惡的目的。」[75]在〈梁〉篇的某些段落中，我們看得到小說作者在描摹角色個性方面的努力。如第十二段「捨身同泰寺」，當昭明太子「口眼緊閉，不知人事」時，梁武

---

74 〔明〕馮夢龍：《喻世明言》，頁362。
75 傅承洲：《馮夢龍與通俗文學》，頁122。

帝舐犢之情溢於言表。[76]然而在更多與因果報應有關的段落中，對角色個性的描摹依然不足，難以感染讀者。如黃復仁與童氏的夫妻之情、梁武帝與郗皇后的夫妻之情、梁武帝與溧陽公主的父女之情等，都是可以大力著墨之處，但小說的敘述卻予人以欲振乏力之感。

試觀這篇小說的主角梁武帝。歷史上的梁武帝本身就是一個充滿矛盾的人物。他不僅是傑出的政治家、軍事家，也是位學者、文學家，在南齊時已名列竟陵王蕭子良「八友」之一，且知識淵博，好學不倦，著述豐富，提倡文化不遺餘力，使南朝出現空前的文化盛況。而另一方面，他既然要成佛，卻仍以殺伐立國，與達摩話不投機，晚年昏瞶，對沈約的態度更見其胸襟之狹窄。如此的矛盾，正是梁武帝悲劇產生，以及後世對他褒貶難定的直接原因。而小說竭力將梁武帝塑造成一個正面人物以宣揚報應之說，未免過於簡單化，以致梁武帝身上那種充滿深刻矛盾的悲劇感也就無從呈現。與此同時，大約因為前文本情節有限，小說作者又不得不挪用正史以及佛教典籍中某些呈現為負面形象的梁武帝材料，試圖加強作品的故事性。但如此一來，小說作者根本難以如願。這些材料自然會與累修成佛的主題產生牴觸，就一個修行者來說，好殺、護短、昏瞶等性格實在未足與議。

再看次要人物。作者嘗試盡量減少人物的出場，如齊和帝、范雲、任昉、昭明太子、梁簡文帝等人，與梁武帝關係皆頗為密切，在小說中則簡單帶過，甚或略而不提。然如前文所言，與梁武帝「義氣相合」的沈約、范雲在小說中的戲分甚少。此外又如重要角色昭明太子在第十二段「捨身同泰寺」之後便無端消失，這無疑令前後文失去了照應。再如小說明言梁武帝「憂憤成疾，口苦索蜜不得，荷荷而殂，年八十六歲」。[77]而第五段「李賁謀反」，梁武帝向楊瞟獻計曰：

---

76 〔明〕馮夢龍：《喻世明言》，頁365。
77 〔明〕馮夢龍：《喻世明言》，頁368。

「足下引大軍屯於淮南，以一軍與陳霸先抄賣之後。」[78]至第十五段「湘東王討逆」，又謂「王僧辯、陳霸先攻破侯景」。[79]梁武帝為小兒時，陳霸先已經領兵；至其八十六歲餓死臺城後，陳霸先尚能攻破侯景，則陳氏之壽高力強，洵無與倫比。此實乃小說作者虛構李賁之亂的故事角色時因不審而導致的文本對峙。

六　結語

　　「三言」「兩拍」是宋元兩代說書人的話本及明代文人創作的話本，其題材極大部分取自前代史傳、唐宋小說、稗官雜記，或者是民間流傳的神話故事等。[80]而梁武帝故事流傳久遠，作為「引文馬賽克」的〈梁〉篇存在著高度互文性，擁有眾多前文本。筆者以為，〈梁〉篇是一位不知名的明代文人所編寫的話本。馮夢龍在編纂「三言」時，去取態度頗為嚴謹，但他又特別強調通過文學作品來向世人說教，因此這篇小說便登列於《喻世明言》之中——換句話說，這篇小說的傳教目的遠多於娛樂目的，宗教意義也超越了文學意義。為便論述，本章將這篇小說分為十五段，以借用與對峙的觀照點，通過主題、題材、情節與角色的分析，從互文性的視域探論其得失。主題方面，小說作者借用史書中梁武帝受菩薩戒的記載，以及寶卷、小說中成羅漢、成菩薩的傳說，將小說主題設定為「累修成佛」。題材方面，從第十段「殺橛頭和尚」及第二段「辯『五月兒刑剋父母』」的分析，可見小說作者借用《賢愚經》、《朝野僉載》、《史記》、《晉書》等前文本，以「暗含—引用」的方法，或挪用固有的題材，或將本不

78　同前註，頁360。
79　同前註，頁368。
80　〈出版說明〉，譚正璧：《三言兩拍資料》，頁1。

屬於梁武帝的題材嫁接其身。情節方面，有如第十一段將沈約之死與支公預言兩個在前文本中毫不相干的情節黏合一處者，有如第十四段借用《隋書》「隋煬帝烝宣華夫人」、《南史》「高洋夢獼猴坐御床」等情節，改寫後置於「侯景納溧陽公主」故事之中者。角色方面，有借用自其他典籍而作黏合如支道林者，有在前文本基礎上發揮如李賁者。儘管如此，由於前文本眾多，而融匯不足，〈梁〉篇一作存在著嚴重的互文對峙。如小說中梁武帝成佛的述說，與佛典有關其與達摩話不投機的記載，有主題的互文對峙。小說所採納史傳記錄對梁武帝的貶抑，與佛典故事對果報思想的渲染，有題材的互文對峙。既點出梁武帝與沈約義氣投合，又敘述梁武帝護短導致沈約之死，有情節的互文對峙。梁武帝形象不一致、昭明太子驟然消失等，有角色的互文對峙。這些互文對峙嚴重影響到作品的素質，也減少了讀者的興趣。

梁武帝生前與佛教有著密切的關係，這在後世形成了深刻的記憶。故此，梁武帝對佛教的優禮，佛教徒一直津津樂道，他與達摩的話不投機，也不斷被傳述；另一方面，其佞佛的行徑長期受到儒家的批判。據《莊子‧天地》篇記載，華封人祝帝堯「多福、多壽、多男子」，[81]「三多」正是傳統中國人寤寐所求之事。歷史上的帝王如唐玄宗、清高宗等，福、壽、男子皆多，且頗有個人魅力，故即使中道荒怠，依然為國人所樂道。若非晚年餓死臺城，梁武帝的「三多」及個人魅力大概與唐玄宗、清高宗不相伯仲，後世評價或許更為正面，其形象在民間也更受歡迎，甚至可以成為佛教徒的模範，其「三多」的生活也可解釋為信佛的福報。凶死的事實雖不能迴避，卻尚可從佛理上來詮解：梁武帝的前三世——曲蟮、范普能、黃復仁都累修積善，故今生的凶死也就只是「花報」，微不足道了。在佛教觀念中，凶

81 清‧郭慶藩：《莊子集釋》（北京市：中華書局，1961年），頁416。

死、犯戒各有前因，同樣屬於修行生涯的環節。如東漢高僧安清則死於他人刀下；[82]晉代高僧鳩摩羅什曾犯下色戒，《高僧傳》記載後秦君主姚萇「以妓女十人，逼令受之」。[83]因此，梁武帝性格雖有缺陷，又餓死臺城，與其成佛卻並不矛盾。小說〈梁〉篇的文本就是在這種認知基礎上，吸收眾多的前文本而形成的。〈梁〉篇全文僅約一萬三千字，屬於短篇小說。在有限的篇幅裡，要有技巧地把作為「公眾人物」的梁武帝近九十年的事蹟講述清楚，甚至還要包括他前身的行徑，實非易事。因此到了清初，天花藏主人將梁武帝的故事重新編成十卷四十回的長篇小說《梁武帝西來演義》。而學者仍認為《梁武帝西來演義》不注重故事情節和人物性格，結構鬆散，文字平平。[84]蓋此書作者未嘗不以前人為鑒，卻始終難以避免〈梁〉篇的缺失。歷史上的梁武帝有著政治家、軍事家、學者與文學家的多重身分，與儒釋道皆有密切的關係，因而具有複雜的性格，其行事導致當時與後世各有迥然不同的評價，也誘發眾多的故事、傳說。這些故事、傳說在互文借用，也在互文對峙，既為新互本的產生提供了參照，也往往令新互本的內容產生不可調和的矛盾。梁武帝故事之魅力，以及書寫之難，由此可知；而新互文之繼續出現，也是可以預見的。

82　〔梁〕釋慧皎撰、湯用彤校註：《高僧傳》，頁5。

83　同前註，頁53。

84　侯忠義：〈前言〉，〔清〕天花藏主人新編：《梁武帝西來演義》（《古本小說集成》上海市：上海古籍出版社，1996年），頁2。

第六章

附論
——〈趙太祖千里送京娘〉新考

一 引言

　　魯迅在《中國小說史略・明之擬宋市人小說及後來選本》評論《醒世恆言》，認為其中的精彩故事大多以近代為背景：「明事十五篇則所寫皆近聞，世態物情，不待虛構，故較高談漢唐之作為佳。」[1]非僅《醒世恆言》，晚明以「三言二拍」為首的話本作品，大率皆是這種情況。這些晚明話本中所收錄的帝王故事如〈梁武帝累修成佛〉、〈隋煬帝逸遊遭譴〉、〈唐明皇好道集奇人〉等，多為「引文馬賽克」，係在參考多種既有典籍後聯綴改編而成。由於情節零散，涉及時間長，人物個性甚至有前後矛盾之處。至於〈史弘肇龍虎君臣會〉、〈臨安里錢婆留發跡〉及〈金海陵縱慾亡身〉三篇，則因不受以正史為主的前文本之掣肘，有大量烘染之篇幅，藝術水平較高。相比之下，收錄於《警世通言》卷二十一的〈趙太祖千里送京娘〉可謂更勝〈史〉、〈錢〉及〈金〉三篇一籌。究其原因，蓋有三端：其一，該故事內容單一，以送京娘為主軸，人物較少，時間跨度不大，容易突顯主題，不蔓不枝。其二，故事發生在太祖發跡之前，主題以民間為背景，貼近大眾生活，而說書人也善於掌握發揮，不似講述宮廷故事，終隔一層。其三，小說語言以口語為主，活潑靈動，不似由其他

1　魯迅：《中國小說史略》（天津市：天津人民出版社，1999年），頁223。

古籍改寫、文白夾雜者。

鄭振鐸論〈趙〉篇曰：「小說中有『因遭胡元之亂』，係明人口吻。」[2]傾向以此篇為明人所作。程毅中承之，又謂此篇流傳已久，與已經失傳的《飛龍傳平話》（按：即《飛龍傳》）似有傳承的關係，在今本《飛龍傳》（按：即吳璿《飛龍全傳》）裡也留有遺響，它的祖本可能還是宋元時講「發跡變泰」的小說。[3]賴芳伶指出，〈趙〉篇可能是明人的「擬話本」，屬於朴刀趕棒一類。[4]付善明則云，太祖的故事早在宋人筆記裡就有眾多記載。《四庫總目》著錄有疑為後人依託的《龍飛記》和《藝祖受禪錄》各一卷，陶穀《清異錄》、楊億《楊文公談苑》、劉斧《青瑣高議》、文瑩《湘山野錄》和《湘山續錄》、張舜民《畫墁錄》等書多不乏太祖故事，且民間傳說色彩猶很濃厚。[5]然而這些著作中並不見京娘故事的記載。縱然如此，這段故事仍有可能是根據太祖早年事蹟渲染而成，如〈趙〉篇所言：

> 宋朝諸帝不貪女色，全是太祖皇帝貽謀之善。不但是為君以後，早朝宴罷，寵倖希疏。自他未曾發跡變泰的時節，也就是個鐵錚錚的好漢，直道而行，一邪不染。則看他〈千里送京娘〉這節故事便知。[6]

此雖明人書中之語，但由此推測，京娘故事大概於太祖在世時已有流傳，有官方強化太祖仗義豪俠、不好女色之英雄形象的緣故。趙大郎

2　鄭振鐸：〈明清二代的平話集〉，《中國文學研究》（北京市：作家出版社，1957年）。

3　程毅中：《明代小說叢稿》（北京市：人民文學出版社，2006年），頁242。

4　賴芳伶：《中國古典小說四講》（臺北市：五南圖書出版公司，2014年），頁155。

5　付善明：〈《飛龍全傳》成書過程研究〉，《蘇州教育學院學報》2008年6月號，頁36。

6　〔明〕馮夢龍：《警世通言》（香港：古典文學出版社，出版年不詳），頁290。

那血性漢子的形象，類近梁山好漢式的草莽英雄，自然也為普通老百姓所樂於接受。至於宋帝不貪女色如仁宗者固有，然亦有太宗、徽宗等聲名狼藉者。即太祖本人的相關軼事也見於記載，如北宋蔡絛《鐵圍山叢談》云：

> 國朝降下西蜀，而花蕊夫人又隨〔孟〕昶歸中國。昶至且十日，則召花蕊夫人入宮中，而昶遂死。昌陵後亦惑之，嘗進毒，屢為患不能。太宗在晉邸時，數數諫昌陵，而未克去。一日兄弟相與獵苑中，花蕊夫人在側，晉邸方調弓矢引滿，政擬射走獸，忽回射花蕊夫人，一箭而死。[7]

如此觀之，太祖與花蕊夫人的緋聞於北宋之世已有傳播，而京娘故事則不無一種「闢謠」的意味。到了元代有彭伯城《京娘怨》等戲劇，今皆亡佚，但據胡穎考證，與太祖事無涉。[8]小川陽一指出《金瓶梅詞話》第六十五回中，歌郎李瓶兒靈前以各樣百戲弔唁，其中便有《趙太祖千里送荊娘》；明沈德符《顧曲雜言》的「雜劇院本」部分有《千里送荊娘》雜劇。[9]《金瓶梅詞話》乃《金瓶梅》現存最早之版本系統，東吳弄珠客及欣欣子序文題於萬曆四十五年（1617），則《千里送荊娘》雜劇於此年之前當久已流傳，甚或為《警世通言》中〈趙太祖千里送京娘〉的主要前文本之一。而沈德符云：「如《千里送荊娘》、《元夜鬧東京》之屬，則近粗莽。」[10]《元夜鬧東京》乃李

7　〔宋〕蔡絛：《鐵圍山叢談》（北京市：中華書局，1983年），頁109。

8　胡穎：〈元佚雜劇《四不知月夜京娘怨》本事考〉，《蘭州學刊》1998年4期，頁62-63。

9　〔日〕小川陽一：《三言二拍本事論考集成》（東京：新典社，1981年），頁131。

10　〔明〕沈德符：《顧曲雜言》（臺北市：商務印書館影印文淵閣四庫全書，1983年），頁385。

遠故事，沈氏以之與《千里送荊娘》並稱，蓋二劇之男主角皆有草莽
英雄氣，而文字、情趣也偏於粗陋。《金瓶梅詞話》及《顧曲雜言》言
及之雜劇標題與《警世通言》幾乎全同，可以推知故事內容當大致相
同，惜今已不存。由是觀之，〈趙〉篇當為現存京娘故事的最早版本。

　　與〈趙〉篇年代相近的還有一種《飛龍傳》，此書至乾隆年間由
吳璿改寫為《飛龍全傳》，彙集編纂了眾多關於太祖的傳說故事。吳
氏自序作於乾隆三十三年（1768），其言云：

> 己巳歲，余肄業村居，暗修之外，概不分心。適有友人挾一帙
> 以遺余，名曰《飛龍傳》。視其事則虛妄無稽，閱其詞則浮泛
> 而俚。余時方攻舉子業，無暇他涉，偶一寓目，即鄙而置之。
> 無何，屢困場屋，終不得志。余自恨命蹇時乖，青雲之想，空
> 誤白頭。不得已，棄名就利，時或與賈豎輩逐錙銖之利。屈指
> 計之，蓋已一十有九年矣。今戊子歲，復理故業，課習之暇，
> 憶往無聊，不禁瞿然有感，以為既不得遂其初心，則稗官野
> 史，亦可以寄鬱結之思，所謂發憤之所作，余亦竊取其義焉。
> 於是檢向時所鄙之《飛龍傳》，為之刪其繁文，汰其俚句，佈
> 以雅馴之格，間以清雋之辭，傳神寫吻，盡態極妍，庶足令閱
> 者驚奇拍案，目不暇給矣。[11]

作為《飛龍全傳》前文本的《飛龍傳》，言事虛妄，文浮句俚，不為
吳璿所喜。孟慶錫認為，《飛龍傳》乃是平話原本，當改本《飛龍全
傳》流行後，平話原本即已散失。[12]齊裕焜謂吳璿改寫後的《飛龍全

---

11 〔清〕吳璿：《飛龍全傳》（北京市：人民文學出版社，1981年）。
12 孟慶錫：〈校點後記〉，同前註，頁563。

傳》裡還保留著說唱詞話的痕跡，因此舊本《飛龍傳》很可能是一部
長篇說唱詞話體小說，[13]所見亦接近。而裴效維則認為《飛龍傳》成
書不會早於明萬曆年間，不會晚於清乾隆初年；此書在藝術上也是比
較粗糙的，明顯存在著拼湊的痕跡，前半部和後半部在藝術風格上也
不大協調統一。[14]查《飛龍全傳》第十八回名「賣華山千秋留跡，送
京娘萬世英名」，第十九回名「匡胤正色拒非詞，京娘陰送酬大德」，
泰半為京娘故事，由是推之，《飛龍傳》中也應有京娘的戲分。

　　《飛龍全傳》相關文字的直接前文本是〈趙〉篇抑或《飛龍
傳》，乃至這兩種前文本之間傳承關係如何，惜因《飛龍傳》亡佚而
無法詳考。此外，《飛龍傳》與〈趙〉篇的問世孰先孰後，兩者有共
同的前文本抑或相互影響，目前都是未知之數。然嘗試論之，〈趙〉
篇乃三言名篇，情節緊湊精彩，人物形象豐盈，文字活潑流暢，有很
高的藝術水平，與裴效維所言《飛龍傳》的質量頗有差距。唯〈趙〉
篇篇末云：

　　　　這段話，題作「趙公子大鬧清油觀，千里送京娘」。[15]

兩聯字數不同，欲對不對，與「趙太祖千里送京娘」文字不同，應是
〈趙〉篇作者所依據之前文本的標題。由於清油觀及京娘乃眾所周知
者，故〈趙〉篇作者仍沿用舊標題，以消除讀者對新版的陌生感。而
這個前文本應有可能是《飛龍傳》的一部分。其次，持《飛龍全傳》
十八、十九回與〈趙〉篇比較，情節內容及文字頗為相近。正符吳璿
所言，《飛龍全傳》文字較為雅馴，與〈趙〉篇的活潑口語有所不

13　齊裕焜：《中國古代小說演變史》（蘭州市：敦煌文藝出版社，2002年），頁205。
14　裴效維：〈校訂說明〉，清・吳璿：《飛龍全傳》（北京市：寶文堂書店，1982年）。
15　〔明〕馮夢龍：《警世通言》，頁305。

同。且譚正璧《三言兩拍資料》於〈趙〉篇羅列《飛龍全傳》的相關文字，[16]當亦認為二者淵源密切。賴芳伶說得好：京娘見趙匡胤三番兩次出生入死，鼎力搭救，感動萬分。雖然目睹他對付仇敵強悍冷酷的一面，還是忍不住愛上他。[17]進而言之，〈趙〉篇雖為太祖發跡變泰的故事，但畢竟為明代話本，對其形象之刻劃無須太多顧忌。但《飛龍全傳》不僅有為太祖立外傳之意，還寄託了吳璿在鬱鬱不得志的生活中對聖君的幻想，故對太祖某些殘暴行徑自然有所隱晦。如前文所引程毅中之論，〈趙〉篇與《飛龍傳》及《飛龍全傳》皆似有傳承的關係，故筆者推測作為晚明話本的〈趙〉篇蓋於《飛龍傳》有所參考，其後吳璿撰寫《飛龍全傳》，依據《飛龍傳》的同時也取鑑了〈趙〉篇的文本。[18]在《飛龍傳》業已失傳的處境下，就〈趙〉篇與《飛龍全傳》的文本作一考察比對，以見京娘故事的流變，頗有必要。職是之故，本文嘗試就〈趙〉篇與《飛龍全傳》中京娘故事的互文情況作一初步的考察。

二　情節的多寡

　　兩種文本中，儘管送京娘的情節架構沒有太大的改變，但細節上卻每有歧出。胡士瑩以為〈趙〉篇的故事於《飛龍全傳》十八、十九

---

16 譚正璧：《三言兩拍資料》（上海市：上海古籍出版社，1980年），頁296-307。

17 賴芳伶：《中國古典小說四講》，頁154。

18 按：清初李玉戲曲《風雲會》中的京娘故事和〈趙太祖千里送京娘〉情節基本一致，故事的結尾將話本中的趙員外許親、匡胤怒走、京娘自縊，改為匡胤不受恩報而走，京娘全家家中奉其牌位日夜焚香拜謝。《風雲會》中的送京娘故事已將〈趙太祖千里送京娘〉中的悲劇結尾改為大團圓結局的喜劇結尾。由於此作不在本章討論範圍，茲不贅。

回有詳細的描寫。[19]實際上,〈趙〉篇相比《飛龍全傳》多出了好幾處情節。如太祖救出京娘後,在一小店投宿。店小二在張廣兒、周進脅迫下,為之訪求美色,見京娘姝麗,遂起歹心,卻被太祖識穿:

> 小二道:「客官,不是小人多口,千山萬水,路途間不該帶此美貌佳人同走!」公子道:「為何?」小二道:「離此十五里之地,叫做介山,地曠人稀,都是綠林中好漢出沒之處。倘若強人知道,只好白白裡送與他做壓寨夫人,還要貼他個利市。」公子大怒罵道:「賊狗大膽,敢虛言恐嚇客人!」照小二面門一拳打去。小二口吐鮮血,手掩著臉,向外急走去了。店家娘就在廚下發話。京娘道:「恩兄忒性躁了些。」公子道:「這廝言語不知進退,怕不是良善之人!先教他曉得俺些手段。」[20]

稍後太祖為追趕與小二串通的盜馬賊陳名,與土地公化身的老者相遇。老者請公子上坐,自己傍邊相陪,從容告訴道:

> 這介山新生兩個強人,聚集嘍囉,打家劫舍,擾害汾潞地方。一個叫做滿天飛張廣兒,一個叫做著地滾周進。半月之間不知那裡搶了一個女子,二人爭娶未決,寄頓他方,待再尋得一個來,各成婚配。這裡一路店家,都是那強人分付過的,但訪得有美貌佳人,疾忙報他,重重有賞。晚上貴人到時,那小二便去報與周進知道,先差野火兒姚旺來探望虛實,說道:「不但女子貌美,兼且騎一匹駿馬,單身客人,不足為懼。」有個千

19　胡士瑩:《話本小說概論》(北京市:商務印書館,2011年),頁701。
20　〔明〕馮夢龍:《警世通言》,頁296。

里腳陳名，第一善走，一日能行三百里。賊人差他先來盜馬，眾寇在前面赤松林下屯紮。等待貴人五更經過，便要搶劫。貴人須要防備。[21]

太祖聞得土地之語，確認小二並非善類，返回小店後遂結果了小二夫妻的性命：

卻說店小二為接應陳名盜馬，回到家中，正在房門與老婆說話。老婆暖酒與他吃，見公子進門，閃在燈背後去了。公子心生一計，便叫京娘問店家討酒吃。店家娘取了一把空壺，在房門口酒缸內舀酒。公子出其不意，將鐵棒照腦後一下，打倒在地，酒壺也撇在一邊。小二聽得老婆叫苦，也取朴刀趕出房來。怎當公子以逸待勞，手起棍落，也打翻了。再復兩棍，都結果了性命……扎縛包裹停當，將兩個屍首拖在廚下柴堆上，放起火來。前後門都放了一把火。看火勢盛了，然後引京娘上馬而行。[22]

以上文字，《飛龍全傳》全然不見。土地公顯靈，且口口聲聲稱呼「貴人」，加強了趙匡胤作為真命天子的形象。不過這類神異的情節在〈趙〉篇中尚少，《飛龍全傳》雖無此段，但神異內容卻大大增加了。吳璿縱將《飛龍全傳》視為發憤之所作，但其宗旨仍是「佈以雅馴之格」。這一大段的隱去，蓋因店小二夫婦雖為幫凶，罪不至死，太祖殺人放火，跡近殘暴，有累於仁君之名，於是連帶土地公的情節也一併拿掉了。

---

21 同前註，頁297。
22 同前註，頁297-298。

　　約行四十餘里，兩人來到一個市鎮，腹中飢餓，卻見幾個店家都忙忙亂亂，無暇招待客人。兩人遂到一位婆婆家討食：

> （婆婆）開門出來看了一看，意中甚是惶懼。公子慌忙跨進門內，與婆婆作揖道：「婆婆休訝。俺是過路客人，帶有女眷，要借婆婆家中火，吃了飯就走的。」婆婆捻神捻鬼的叫喋聲！京娘亦進門相見，婆婆便將門閉了。公子問道：「那邊店裡安排酒會，迎接甚麼官府？」婆婆搖手道：「客人休管閒事。」公子道：「有甚閒事，直恁利害？俺這遠方客人，煩婆婆說明則個！」婆婆道：「今日滿天飛大王在此經過，這鄉村斂錢備飯，買靜求安。老身有個兒子，也被店中叫去相幫了。」公子聽說，思想：「原來如此。一不做二不休，索性與他個乾淨，絕了清油觀的禍根罷。」公子道：「婆婆，這是俺妹子，為還南嶽香願到此，怕逢了強徒，受他驚恐。有煩婆婆家藏匿片時，等這大王過去之後方行，自當厚謝。」婆婆道：「好位小娘子，權躲不妨事，只客官不要出頭惹事！」公子道：「俺男子漢自會躲閃，且到路傍打聽消息則個。」婆婆道：「仔細！有見成餶飿，燒口熱水，等你來喫，飯卻不方便。」[23]

與婆婆相遇，得知張廣兒逼迫店家準備婚宴，婆婆之子也被叫去相幫。這正是草蛇灰線，直扣稍後擊殺張廣兒、請眾嘍羅吃散夥酒、並以頭席回贈婆婆的情節。而太祖考慮開殺戒，乃是為了絕清油觀的禍根，這與前文趙景清的交代也相呼應。然《飛龍全傳》大概因篇幅關係，並無此段，以致護送京娘的千里途中，只剩與周進和張廣兒打鬥

---

23 同前註，頁299-300。

的兩塊了。後文雖曰「又行了三四日，已過曲沃地方，一路上又除了
許多毛賊」，但僅一筆帶過而已。京娘作為被護送者，同時也是太祖
才德的一個直接考察者。如果單憑救命之恩，太祖未必能贏得京娘的
傾心。正因沿途發生的各種故事，讓京娘進一步了解太祖智仁且勇的
諸種好處，才會讓她在回鄉前夕放下矜持，主動向太祖表白。而
〈趙〉篇中京娘表白遭到拒絕，又得太祖曉以大義，遂回道：「恩兄
高見，妾今生不能補報大德，死當銜環結草。」當然這只是感激之
語。但《飛龍全傳》卻以京娘之死敷衍出陰送一段情節：

> 且說趙匡胤因趙員外一言不合，使性出門……只見前面隱隱的
> 有人騎馬，手執紅燈而走，閃閃爍爍，微有亮光。匡胤見了，
> 滿心歡喜，欲要趕上同行。那燈光兒可煞作怪：匡胤緊行，這
> 燈光也是緊行，匡胤慢走，那燈光也便慢走，憑你行走得快，
> 總是趕他不上。心下甚是疑惑，即便開言叫聲：「前面的朋
> 友，可慢一步，乞帶同行。」只見前面燈光停住，應聲答道：
> 「妾非外人，乃是京娘。因父母不察，有負恩兄，以致恩兄發
> 怒出門，將這一片義心化為烏有。妾心甚為不安，只得痛哭至
> 晚，自縊而死。但蒙恩兄千里送歸，得表貞白，妾無以為報，
> 故此執燈前來，引道遠送一程，以表寸心。所恨幽明路隔，不
> 敢近前，只得遠遠相照，望乞恩兄恕罪。」匡胤聽言，不勝駭
> 嘆道：「據賢妹所言，輕生惜義，反是愚兄之故。但賢妹既已
> 身亡，為何還會乘馬？」京娘道：「好叫恩兄得知，此馬自蒙
> 恩兄所賜，乘坐還家，今見恩兄已走，小妹已亡，此馬悲嘶，
> 亦不食而死。」匡胤聽了，甚為感嘆。因又說：「賢妹，你生
> 死一心，足見貞節。又蒙陰靈照護，盛德難忘。愚兄後有寸
> 進，便當建立香祠，旌表節烈。」京娘稱謝不已。說話之間，

　　將及大明，只見京娘還在前面，叫聲：「恩兄，天色將曉，小
　　妹不能遠送了。後會難期，前途保重。」說罷，隱隱痛哭而
　　去。[24]

京娘陰送，乃因感念恩情，擔心太祖夜行難辨路徑。為了配合此段情
節，吳璿對於前文也作了細部調整。〈趙〉篇中的太祖拒婚後，又交
代云：

　　再說趙公子乘著千里赤麒麟，連夜走至太原，與趙知觀相會，
　　千里腳陳名已到了三日。說漢後主已死，郭令公禪位，改國號
　　曰周，招納天下豪傑。公子大喜，住了數日，別了趙知觀，同
　　陳名還歸汴京，應募為小校。從此隨世宗南征北討，累功至殿
　　前都點檢。後受周禪為宋太祖。[25]

然《飛龍全傳》中，太祖卻是徒步離去的：

　　匡胤正當盛怒之下，還管什麼兄妹之情？一手撒脫京娘，提了
　　行李，出了大門，也不去解馬，一直如飛的去了。有詩為證：
　　義氣相隨千里行，英雄豈肯徇私情？席間片語來不合，疾似龍
　　飛步不停。[26]

甚至以詩為證，強調太祖臨行並未牽馬。如此安排，自然是為了配合
後文陰送時京娘所乘何馬。這段相送的情節，便呼應了京娘當日「死

24　〔清〕吳璿：《飛龍全傳》，頁173-174。
25　〔明〕馮夢龍：《警世通言》，頁305。
26　〔清〕吳璿：《飛龍全傳》，頁172。

當銜環結草」之言。其次，《飛龍全傳》雖多涉神怪，窒礙了情節的自然發展，但這一段中乘馬陰送，卻正是前文「將此馬讓與妹子騎坐，俺誓願千里步行，相隨不憚」形成鏡像般的照應。此段情節後來敷衍為北崑《京娘送兄》，可見其具備了一定的藝術效果與感染力。

三　對白的詳略

齊裕焜論道，《飛龍全傳》雖給太祖套上了真命天子的神聖光圈，但主要卻展示了一個市井豪俠有血有肉的形象。[27]小說中帝王和俠客的形象有很多，但是如〈趙〉篇般集二者身分為一的向來卻頗罕見。就角色對白而言，《飛龍全傳》中的太祖與〈趙〉篇相比畢竟短缺了不少江湖氣的對白，甚或多了些酸腐味。而京娘溫婉體貼的藝術形象則大體一致。太祖、京娘以外，兩種文本不少角色的對白都互有詳略，可以參看。整體而言，《飛龍全傳》壓縮多為節省篇幅，其增益則往往涉及禮教思想。本節考察兩種文本的對白異同，歸納為大同小異及詳略互見者兩種形式，分而論之。

（一）大同小異者

兩種文本的對白文字相似處甚多。如〈趙〉篇中，太祖發現叔父、清油觀道士趙景清藏起一個女子，甚是惱怒，趙景清解釋道：

> 賢侄息怒，此女乃是兩個有名響馬不知那裡擄來，一月之前寄於此處，託吾等替他好生看守；若有差遲，寸草不留。[28]

---

27 齊裕焜：《中國古代小說演變史》，頁206。
28 〔明〕馮夢龍：《警世通言》，頁292。

而《飛龍全傳》中，道士由趙景清更換為褚玄，其言大體相似：

> 公子不必動怒，其中果有隱情，實不關本觀之事，容貧道告
> 稟。此女乃是兩個有名的響馬：一個叫滿天飛張廣兒，一個叫
> 做著地滾周進，不知從那裡擄來的，一月之前寄在此處，著令
> 本觀與他看守，若有差遲，要把觀中殺個寸草不留。[29]

因角色更換，對太祖的稱呼由「賢侄」變成了「公子」。至於兩個響
馬的姓名綽號，〈趙〉篇是在後文通過京娘之口說出的，而《飛龍全
傳》則由褚玄道來。京娘是心急如焚的當事人，褚玄則是無可奈何的
旁觀者，由褚玄向太祖點出響馬的姓名綽號，無疑更為合理。至於京
娘第一次出場時，〈趙〉篇如是書寫：

> 匡胤好言撫慰道：「小娘子，俺不比姦淫之徒，你休得驚慌。
> 且說家居何處？誰人引誘到此？儻有不平，俺趙某與你解救則
> 個。」[30]

《飛龍全傳》則云：

> 匡胤好言撫慰道：「俺不比那邪淫之輩，你休要驚慌。且過來
> 把你的家鄉、姓名，訴與我知。誰人引你到此？儻有不平，我
> 與你解救。」[31]

---

29 〔清〕吳璿：《飛龍全傳》，頁162。
30 〔明〕馮夢龍：《警世通言》，頁293。
31 〔清〕吳璿：《飛龍全傳》，頁163。

相較之下，《飛龍全傳》有幾處小差異。將「姦淫」改為有宗教色彩
的「邪淫」，[32]似更切合道觀的氣氛；又將白話語尾「則個」刪去，以
求文雅。然而也有幾點未如人意處：其一，沒有了「小娘子」的稱
呼，有嫌失禮。其二，「且說家居何處，誰人引誘到此」在語氣上本
來斬釘截鐵，改為「且過來把你的家鄉、姓名，訴與我知。誰人引你
到此」卻有嫌拖沓。其三，〈趙〉篇自稱全用「俺」，而《飛龍全傳》
或用「俺」、或用「我」，語言不一致。又〈趙〉篇中如京娘向太祖表
白後：

> 公子大笑道：「賢妹差矣！俺與你萍水相逢，出身相救，實出
> 惻隱之心，非貪美麗之容。況彼此同姓，難以為婚，兄妹相
> 稱，豈可及亂。俺是個坐懷不亂的柳下惠，你豈可學縱慾敗禮
> 的吳孟子！休得狂言，惹人笑話。」[33]

《飛龍全傳》則作：

> 匡胤聽了，呵呵大笑道：「賢妹之言差矣。俺與你萍水相逢，
> 挺身相救，不過路見不平，少伸大義，豈似匪類之心，先存苟
> 且？況彼此俱係同姓，理無為婚，兄妹相稱，豈容紊亂？這不
> 經之言，休要汙口。」[34]

〈趙〉篇中，「實出惻隱之心，非貪美麗之容」、「彼此同姓，難以為

---

32 按：以男性而言，邪淫指與妻子以外之女性行淫，又雖與妻子，但行於不適當之時
   間、場所、方法等，亦為邪淫。見《佛光大辭典》（臺北市：佛光文化，2014年），
   頁3034。

33 〔明〕馮夢龍：《警世通言》，頁303。

34 〔清〕吳璿：《飛龍全傳》，頁169-170。

婚，兄妹相稱，豈可及亂」文風接近四六，「俺是個坐懷不亂的柳下
惠，你豈可學縱慾敗禮的吳孟子」更頗似說書人的鋪陳套路。《飛龍
全傳》將「難以為婚」改作「理無為婚」，「豈可及亂」改作「豈容紊
亂」，有意製造對偶不工整的感覺，其餘偶語悉改為散文，更接近自
然的口語。以上諸例可見《飛龍全傳》極少一字不易地徵引〈趙〉
篇全文，必然在語言、風格、內容上有所不同，而這種變更則有得有
失了。

（二）詳略互見者

兩種文本中的對白，除了大同小異者，亦多有詳略互見者。如
〈趙〉篇中，太祖發現觀中藏有女性，斥責趙景清曰：

> 公子含怒相迎，口中也不叫叔父，氣忿忿地問道：「你老人家
> 在此出家，幹得好事？」景清出其不意，便道：「我不曾做甚
> 事？」公子道：「降魔殿內鎖的是什麼人？」景清方才省得，
> 便搖手道：「賢侄莫管閒事！」公子急得暴躁如雷，大聲叫
> 道：「出家人清淨無為，紅塵不染，為何殿內鎖著個婦女在內
> 哭哭啼啼？必是非禮不法之事！你老人家也要放出良心。是一
> 是二，說得明白，還有個商量；休要欺三瞞四，我趙某不是與
> 你和光同塵的！」[35]

而《飛龍全傳》中，趙景清換成了褚玄：

> 只見褚玄回來，匡胤一見，火發心焦，氣沖沖問道：「這殿內

---

35 〔明〕馮夢龍：《警世通言》，頁292。

鎖的是什麼人？」褚玄見問，慌忙搖手道：「公子莫管閒事！」匡胤聽了暴躁如雷，大聲喊道：「出家人清淨無為，紅塵不染，怎敢把女子藏匿，是何道理？」[36]

〈趙〉篇中，主客問答來回共五次，至《飛龍全傳》則省作三次。玩味文義，五次更富於戲劇性，更能引發讀者的投入感。然筆者以為，《飛龍全傳》的修改並非全為篇幅考量，亦因角色的變更。趙景清是太祖的叔父，雖云長幼有序，畢竟比較親近，故太祖說話也更為真情流露，無所顧忌。一句「我趙某不是與你和光同塵的」，引用《老子》成句，以子之矛攻子之盾，嚴厲規勸中不無揶揄之意。而《飛龍全傳》中的褚玄非親非故，觀主只是一般道士，因此吳璿將太祖語氣修飾得比較緩和。

其次，由於篇幅原因，《飛龍全傳》往往將〈趙〉篇中的對白撮寫。如〈趙〉篇中，太祖安頓京娘住在一婆婆家，自己去擊殺張廣兒。廣兒死後：

眾嘍羅卻待要走，公子大叫道：「俺是汴京趙大郎，自與賊人張廣兒、周進有仇。今日都已剿除了，並不干眾人之事。」眾嘍羅棄了槍刀，一齊拜倒在地，道：「俺們從不見將軍恁般英雄，情願伏侍將軍為寨主。」公子呵呵大笑道：「朝中世爵，俺尚不希罕，豈肯做落草之事！」公子看見眾嘍羅中，陳名亦在其內，叫出問道：「昨夜來盜馬的就是你麼？」陳名叩頭服罪。公子道：「且跟我來，賞你一餐飯。」眾人都跟到店中。公子分付店家：「俺今日與你地方除了二害。這些都是良民，

---

36 〔清〕吳璿：《飛龍全傳》，頁162。

方才所備飯食，都著他飽餐，俺自有發放。其管待張廣兒一席
留著，俺有用處。」店主人不敢不依。[37]

這段文字中，太祖無論對眾嘍羅、陳名和店家所講的話都極有分寸。
對於嘍羅，太祖是包容的，大聲提出「並不干眾人之事」，立刻使眾
人心服。面對眾人的擁戴，他卻並不稀罕，毅然推卻。張廣兒的婚
筵，此時成了眾人的散夥飯。太祖要請眾人，卻只對陳名說「賞你一
餐飯」，自令陳名覺得備受重視，這就為稍後請陳名捎家書給趙景清
作了鋪墊。至於對店家，太祖首先邀功道「俺今日與你地方除了二
害」，然後又說「這些都是良民」，既能進一步穩住眾嘍羅，也讓店家
放心不會被秋後算帳，遭責準備婚筵是助紂為虐。最後，張廣兒的主
桌留下，是為了報答婆婆的收留之恩。太祖之仁厚豪爽、粗中帶細，
躍然紙上。然而在《飛龍全傳》中，這些對白被大量簡化：

匡胤分付道：「爾等從今以後，須當棄邪歸正，不可仍是為
非。倘不聽俺的言語，後日相逢，都是死數。爾等各自去
罷。」眾嘍羅聽了分付，磕了一個頭，爬起身來，俱各四散的
去了。[38]

也許在吳璿看來，勸戒嘍羅從良為善固自在理，但也不應說出「並不
干眾人之事」、「這些都是良民」等類近包庇之語。慷張廣兒與店家之
慨，大約也不無可議。至於「朝中世爵，俺尚不希罕」，更挑戰了朝
廷權威。然而，太祖可愛之處正在於他的英俠氣概。為了替他登基後

---

37 〔明〕馮夢龍：《警世通言》，頁301。
38 〔清〕吳璿：《飛龍全傳》，頁168。

崇儒尚文埋下伏筆，硬要把一個草莽豪士改造成儒者，難免有些不
自然。

再者，也有《飛龍全傳》的對白詳於〈趙〉篇者。如〈趙〉篇言
京娘返家後：

> 趙公是個隨風倒舵沒主意的老兒，聽了兒子說話，便教媽媽喚
> 京娘來問他道：「你與那公子千里相隨，一定把身子許過他
> 了。如今你哥哥對爹說，要招贅與你為夫，你意下如何？」京
> 娘道：「公子正直無私，與孩兒結為兄妹，如嫡親相似，並無
> 調戲之言。今日望爹媽留他在家，管待他十日半月，少盡其
> 心，此事不可提起。」媽媽將女兒言語述與趙公，趙公不以為
> 然。[39]

而《飛龍全傳》的篇幅則大量增加：

> 媽媽道：「我兒，自古道：『男女授受不親。』他是孤男，你是
> 寡女，千里同行，豈無留情？雖公子是個烈性漢子，沒有別
> 情。但你乃深閨弱質，況年已及笄，豈不曉得知恩報恩？我觀
> 趙公子儀表非俗，後當大貴。你在路曾把終身許他過？不妨對
> 我明言。況你尚未許人，待我與你父親說知，把他招贅在家，
> 與你結了百年姻事，你意若何？」京娘道：「母親，此事切不
> 可提起，趙公子性如烈火，真正無私，與孩兒結為兄妹，視如
> 嫡親姊妹，並無戲言。今日到此，望爹媽留他在家，款待十日
> 半月，少盡兒心。招親之言，斷斷不可提起。」媽媽將京娘之

---

39 〔明〕馮夢龍：《警世通言》，頁304。

> 言，述與員外。員外不以為然，微微笑道：「媽媽，這是女兒
> 避嫌之詞，你想人非草木，放著這英雄豪傑，豈無留戀之情？
> 少刻席間，待我以言語動他，事必諧矣。」[40]

〈趙〉篇中，趙母只認定京娘已把身子許給太祖，因而建議招贅。而
《飛龍全傳》從「男女授受不親」談起，預言太祖後當大貴，認為京
娘應以報恩為考慮而以身相許。其次，由於京娘之兄趙文在《飛龍
全傳》的戲分銳減，故此處趙父不復「隨風倒舵沒主意」，而是自告奮
勇向太祖提親。相比之下，〈趙〉篇中京娘父母的言語顯示他們對太
祖仍以一個陌生人看待，而《飛龍全傳》中卻頗有讚許。換言之，
〈趙〉篇中京娘父母似認為京娘已失身於太祖，「迫於無奈」只好提
親，而《飛龍全傳》中的提親動機更偏向於敬重太祖的為人。這也是
吳璿改寫的主要原因。

四　角色的變更

　　兩位主角以外，不少〈趙〉篇角色都並不見於《飛龍全傳》，如
店小二夫婦、土地公、陳名、婆婆等，在前節已經討論。而最為顯著
的，是〈趙〉篇中太祖在山西清油觀擔任知觀的叔父趙景清，在《飛
龍全傳》中換成了陝西神丹觀的道士褚玄。兩人雖都軟弱怕事，禁錮
京娘，成為了張廣兒和周進的幫凶，但二人背景和性格又有所不同。
其次則是京娘之兄趙文，戲分大幅減少。〈趙〉篇中，京娘之兄嫂趙
文夫婦是導致京娘自盡的關鍵，其冷言冷語可謂活龍活現，但《飛龍
全傳》卻將之變成可有可無的閒角。茲分而論之。

---

40 〔清〕吳璿：《飛龍全傳》，頁171-172。

（一）趙景清與褚玄

〈趙〉篇中，太祖在汴京城「打了御勾欄，鬧了御花園，觸犯了漢末帝，逃難天涯」，沿途又好抱打不平，其後來到太原投靠出家的叔父趙景清，住在清油觀內。誰知太祖染病，一臥三月，而「景清朝夕相陪，要他將息身體，不放他出外閒遊」。作為一個長輩，趙景清對太祖無疑是頗為關愛的。而《飛龍全傳》中，敘述卻頗為神異：太祖與五個魑魅惡鬼賭錢，受了鬼邪之氣，於是到神丹觀求丹藥解救，遇上褚玄。褚玄是著名仙翁陳摶老祖之徒，也有「半仙之體」。[41]其後太祖與陳摶賭棋，立下字據將華山送與陳摶。褚玄對太祖甚為禮敬，是因為其「相極尊貴」，而陳摶更預言他日後會發跡。太祖要離去時，褚玄百般苦留道：「公子貴體尚未痊癒，不宜遠行，須再將養數天，再行未遲。」[42]繼此才有京娘之事。京娘故事與民間流播已久的賭棋故事恰好都涉及道士，於是吳璿將之拼接一處，不得不將趙景清更換為褚玄，而山西的清油觀也就變成陝西華山的神丹觀了。如此拼接固然巧妙，卻有一大破綻：既然神丹觀乃陳摶老祖清修之所，褚玄也是「半仙之體」，竟會畏懼兩個山賊，還替他們窩藏掠來的婦女，似乎不合情理。

趙景清的個性，〈趙〉篇描寫得非常生動。如太祖發現觀內有女子而責問時，趙景清一直推託不已，先說「我不曾做甚事」，次說「賢侄莫管閒事」，再說「賢侄，你錯怪愚叔了」。直到太祖問殿內可是婦人，才說「正是」。接著又道「雖是婦人，卻不干本觀道眾之事」，最後才講出原委。[43]疑雲層層撥開，卻也足見趙景清的支吾本

---

41 〔清〕吳璿：《飛龍全傳》，頁150。

42 同前註，頁161。

43 〔明〕馮夢龍：《警世通言》，頁292。

領。至《飛龍全傳》，二人對話則相對簡單了。[44]趙景清不僅善於推
諉，也有獨善其身的心理。太祖放出京娘後，景清道：

> 賢侄，此事斷然不可。那強人勢大，官司禁捕他不得。你今日
> 救了小娘子，典守者難辭其責；再來問我要人，教我如何對
> 付？須當連累於我！[45]

不反省自己助紂為虐，反倒擔心「典守者難辭其責」，又怕受累，全
然昧於是非。於是太祖決定在降魔殿「留個記號在此，你們好回復那
響馬」，將柱子、窗戶全部打倒，教景清面如土色，口中只叫「罪
過」。出家人心魔未降，卻可惜降魔殿被毀，令人發噱。太祖曾對景
清說：「你們出家人慣妝架子，裡外不一。俺們做好漢的，只要自己
血心上打得過。」[46]一針見血。故太祖名為留記號，實則給景清一記
當頭棒喝。不過，打爛降魔殿之舉雖有英雄氣概，破壞他人財物畢竟
不佳，何況道觀是清修積善之地！因此這段敘述不見於《飛龍全
傳》，除了考慮到有一定道行的褚玄不至有這種窘狀，也自有維護太
祖形象之意。回觀〈趙〉篇敘述至太祖揖別之際，景清道：

> 賢侄路上小心，恐怕遇了兩個響馬，須要用心堤防。下手斬絕
> 些，莫帶累我觀中之人。[47]

若說擔心受累只是獨善，此處簡直連一絲出家人的慈悲心腸也看不到

44　〔清〕吳璿：《飛龍全傳》，頁162。
45　〔明〕馮夢龍：《警世通言》，頁293。
46　同前註，頁294。
47　同前註，頁295。

了。太祖當下回應「不妨，不妨」，翦除張廣兒後不僅不多殺一名嘍
羅，更委託其中之一的陳名回清油觀送錢送信，顯然是再次開其叔父
玩笑：不知就裡的趙景清驟見陳名前來，不曉得又會何等惶恐！這些
文字，亦不見於《飛龍全傳》。

　　不過如前所論，趙景清對太祖的親情還是真誠的，只是未能擴充
至他人。他在席上向京娘敘起太祖許多英雄了得，雖有討好之意，然
亦令京娘歡喜不盡；又讓出臥房給京娘，自己與太祖在外廂同宿，則
是愛屋及烏。[48]太祖計畫起行時，景清勸道：

> 此去蒲州千里之遙，路上盜賊生發，獨馬單身，尚且難走，況
> 有小娘子牽絆？凡事宜三思而行！[49]

又云：

> 古者男女坐不同席，食不共器。賢姪千里相送小娘子，雖則美
> 意，出於義氣，傍人怎知就裡？見你少男少女一路同行，嫌疑
> 之際，被人談論，可不為好成歉，反為一世英雄之法？[50]

臨行時猶道：

> 一馬不能騎兩人，這小娘子弓鞋襪小，怎跟得上？可不擔誤了
> 程途？從容覓一輛車兒同去卻不好？[51]

---

48 同前註，頁294-295。
49 同前註，頁294。
50 同前註。
51 同前註，頁295。

諸言雖皆不無留下太祖壯膽的私心，但大體仍替太祖的安全和名聲考量。正是這幾番話促使太祖考慮認京娘為妹，並決定沿途讓京娘騎馬、自己步行相隨。當然，離開清油觀、認作兄妹及步行護送等皆是太祖自己的想法，因此《飛龍全傳》略去趙景清這些話也並非難事。何況褚玄不比趙景清，與太祖非親非故，從旁饒舌，似有不宜。整體而言，〈趙〉篇中趙景清一角活潑生動，他的私心與窘態益發襯托出太祖「大義滅親」的俠士精神。而《飛龍全傳》為了拼接陳摶與京娘的故事，不得不將趙景清替換成有嫌平面化、前後言行不甚協調的褚玄了。

（二）趙文夫婦與趙文正

〈趙〉篇之中京娘兄長趙文，在《飛龍全傳》是閒角趙文正。〈趙〉篇中，莊客來報「京娘騎馬回來，後面有一紅臉大漢，手執桿棒跟隨」時：

> 趙員外道：「不好了，響馬來討妝奩了！」媽媽道：「難道響馬只有一人？且教兒子趙文去看個明白。」趙文道：「虎口裡那有回來肉？妹子被響馬劫去，豈有送轉之理？必是容貌相像的，不是妹子。」[52]

此段體現出京娘家人對於京娘歸來的疑惑。先是員外驚呼，接著是媽媽的焦急，然後是哥哥的猜測，懷疑程度層層遞加。而《飛龍全傳》僅云：

---

52 同前註，頁303。

　　員外聽報，慌得魂飛魄散，大聲叫道：「不好了，響馬來討嫁
　　妝了！」[53]

只剩下趙員外的驚呼，烘染力道似嫌不足。〈趙〉篇中，京娘父母要
趙文來見了恩人，莊上設宴款待。而趙文私下與父親商議道：

　　「好事不出門，惡事傳千里。」妹子被強人劫去，家門不幸。
　　今日跟這紅臉漢子回來，「人無利己，誰肯早起」？必然這漢子
　　與妹子有情，千里送來，豈無緣故？妹子經了許多風波，又有
　　誰人聘他？不如招贅那漢子在門，兩全其美，省得傍人議論。[54]

持小人之心的趙文，根本不相信太祖與京娘間光明磊落，卻不斷徵引
俗諺來強調自己用心良苦。他提出招贅的建議，並非考量到京娘的幸
福，只是不想遭傍人議論訕笑，說到底還是為了自身的顏面。到趙父
提親，太祖動怒，「趙公夫婦唬得戰戰兢兢。趙文見公子粗魯，也不
敢上前。」[55]趙文畏葸無能之貌，可笑可嘆。太祖離開後：

　　京娘哭倒在地，爹媽勸轉回房，把兒子趙文埋怨了一場。趙文
　　又羞又惱，也走出門去了。趙文的老婆聽得爹媽為小姑上埋怨
　　了丈夫，好生不喜，強作相勸，將冷語來奚落京娘道：「姑
　　姑，雖然離別是苦事，那漢子千里相隨，忽然而去，也是個薄
　　情的。他若是有仁義的人，就了這頭親事了。姑姑青年美貌，
　　怕沒有好姻緣相配，休得愁煩則個！」氣得京娘淚流不絕，頓

53　〔清〕吳璿：《飛龍全傳》，頁171。
54　〔明〕馮夢龍：《警世通言》，頁304。
55　〔清〕吳璿：《飛龍全傳》，頁172。

口無言。[56]

趙文妻語的涼薄忮刻、棉裡藏針，不僅體現袖手旁觀的心態，還暴露出古來姑嫂間不可諧和的矛盾，令人拍案。這番話也是促成京娘自殺的最後一根稻草。難怪發現京娘去世後，「隨風倒舵沒主意」的趙父終於「把兒子痛罵一頓」。至《飛龍全傳》，對京娘之兄僅有如此敘述：

> 那員外有一個兒子，名喚文正，在莊上料理那農務之事，聽得妹子有一紅臉漢子送回，撇了眾人生活，三腳兩步，奔至家中，見了京娘，抱頭大哭，然後向匡胤拜謝。[57]

其後太祖拒親，「趙員外唬得戰戰兢兢，兒子、媽媽都不敢言語」。這位趙文正始終沒有一句對白，其妻子就根本未有出場了。趙文夫婦身為京娘兄嫂，不僅不顧念親情，甚至如閒人般冷嘲熱諷，對京娘始終抱持懷疑態度。〈趙〉篇對趙文夫婦小人之心的描摹雖然精彩，但二人言行對太祖的形象卻不無負面影響，故吳璿情願將此角色投閒置散，戲分大大減少。無可否認的是，趙文夫婦在《飛龍全傳》中的淡出，使情節衝突無法尖銳化，由此發展至京娘之死也就稍嫌軟弱無力了。

五　詩文的異同

傳統小說中，往往配合情節的發展而插入詩文四六，這在敦煌變文中已然如此。劉勇強指出，在話本小說中，對前人詩歌的利用相當

---

56 〔明〕馮夢龍：《警世通言》，頁304。
57 〔清〕吳璿：《飛龍全傳》，頁171。

普遍，甚至不拘於暗自的摹仿，既能顯示自己的才華，又提升小說的品位，同時也可能為小說的敘事作一種背景性的鋪墊或渲染。[58]所言甚是。對照兩種京娘故事的文本，可推斷《飛龍全傳》對於〈趙〉篇必有參考。舉例而言，太祖在激烈打鬥中殺死張廣兒和周進後，〈趙〉篇的文本闌出兩句七言，以兩個響馬的綽號為調侃：

> 三魂渺渺滿天飛，七魄悠悠著地滾。[59]

又如京娘在途中向太祖表示愛意遭到拒絕後，又有兩句七言：

> 落花有意隨流水，流水無情戀落花。[60]

《飛龍全傳》的文字完全一樣。[61]復如〈趙〉篇在京娘自經後，又有兩句七言：

> 可憐閨秀千金女，化作南柯一夢人。[62]

而《飛龍全傳》僅將「閨秀」改作「香閣」，[63]對偶略顯工整。此外，在京娘出場時，〈趙〉篇有這樣一段四六：

---

58 劉勇強：《話本小說敘論：文本詮釋與歷史建構》（北京市：北京大學出版社，2015年），頁115。

59 〔明〕馮夢龍：《警世通言》，頁301。

60 同前註，頁303。

61 〔清〕吳璿：《飛龍全傳》，頁170。

62 〔明〕馮夢龍：《警世通言》，頁305。

63 〔清〕吳璿：《飛龍全傳》，頁173。

眉掃春山，眸橫秋水。含愁含恨，猶如西子捧心；欲泣欲啼，
宛似楊妃剪髮。琵琶聲不響，是個未出塞的明妃；胡前調若
成，分明強和番的蔡女。天生一種風流態，便是丹青畫不真。[64]

而《飛龍全傳》此處的四六亦有所不同：

眉掃春山，眼藏秋水。含愁含恨，猶如西子捧心；欲泣欲啼，
卻是楊妃剪髮。窈窕丰神，芍藥鴻飛，怎擬鷓鴣天；娉婷姿
態，輕盈月宮，罷舞霓裳曲。天生一種風流態，更使丹青描不
成。[65]

吳璿將「眸橫」改為「眼藏」更佳，蓋「眸橫」似有賣弄之意，不稱
京娘個性及處境。然「鷓鴣天」、「霓裳曲」二語，則有嫌拙硬空泛。
尤其是「鷓鴣天」，雖與「霓裳曲」相對，卻與美女之典故較少直接
關係，似勉強拼湊而已。復觀〈趙〉篇於京娘臨死前如此敘述：

捱至夜深，爹媽睡熟，京娘取筆題詩四句於壁上，撮土為香，
望空拜了公子四拜，將白羅汗巾懸樑自縊而死。[66]

次朝父母到房中看，只見女兒早已氣絕，而壁上有詩云：

天付紅顏不遇時。受人凌辱被人欺。今宵一死酬公子，彼此清

64　〔明〕馮夢龍：《警世通言》，頁292-293。
65　〔清〕吳璿：《飛龍全傳》，頁163。
66　〔明〕馮夢龍：《警世通言》，頁305。

名天地知。[67]

趙公玩其詩意，方知女兒冰清玉潔。然而《飛龍全傳》中，只寫京娘「打聽爹娘都已睡了，即便解下腰間的白汗巾，懸樑自縊」，並無題詩之事。[68]《飛龍全傳》沒有京娘題詩，揣其用意，蓋有幾點：其一，篇幅所限，不得不略去枝節。其二，前文並無關於京娘文采的正面描寫，此處突然賦詩，顯得突兀。其三，吳璿更強調綱常倫理，若持「女子無才便是德」之想，自可能刪去京娘之詩。復觀〈趙〉篇中那段四六，有「胡前調若成，分明強和番的蔡女」句。蔡文姬乃古代著名才女，此句也為京娘臨終絕筆埋下了伏線。吳璿更改四六的句子，恰好與其刪去京娘之詩的舉動相應。當然，兩種文本獨有之詩句也有一些，如〈趙〉篇中，除前文所引駢句「聖天子百靈助順，大將軍八面威風」外，太祖到廟中嘉寧殿上遊玩，有詩為證：

金爐不動千年火，玉盞長明萬載燈。[69]

篇末後人有詩讚曰：

不戀私情不畏強。獨行千里送京娘。漢唐呂武紛多事，誰及英雄趙大郎！[70]

這些詩文皆不見於《飛龍全傳》。而《飛龍全傳》也補入了一些詩

---

67 同前註。

68 〔清〕吳璿：《飛龍全傳》，頁173。

69 〔明〕馮夢龍：《警世通言》，頁291。

70 同前註，頁306。

文，如太祖護送京娘離開道觀時，有詩句云：

> 平空伸出拿雲手，提起天羅地網人。[71]

收拾了那夥響馬後，又云：

> 勳業只完方寸事，聲名自在宇中流。[72]

十九回開篇有一首七古，評述太祖、京娘之事。復如太祖拒絕了京娘父母的提親而離開，有詩曰：

> 義氣相隨千里行，英雄豈肯徇私情？席間片語來不合，疾似龍飛步不停。[73]

整體而言，吳璿對詩文的增刪大抵乃因應己書內容脈絡而為。

六　結語

　　太祖千里送京娘的故事內容蓋在宋代就已產生，但現存最早的文本卻是《警世通言》卷二十一的〈趙太祖千里送京娘〉。這部小說人物性格飽滿，敘述有致，語言生動，是明人話本中的優秀之作。其所參考的前文本，應當包括現已失傳的長篇小說《飛龍傳》。乾隆時吳璿將《飛龍傳》改寫為《飛龍全傳》時，也應參照過〈趙〉篇。限於

71　〔清〕吳璿：《飛龍全傳》，頁165。
72　同前註，頁167。
73　同前註，頁172。

篇幅及作者立場，吳璿就〈趙〉篇作了大量的壓縮和修飾。故本文從情節多寡、對白詳略、角色變更、詩文異同等方面考察〈趙〉篇與《飛龍全傳》中京娘故事的互文情況，以見其得失。

情節多寡方面，《飛龍全傳》與〈趙〉篇相比沒有了殺店小二夫婦、遇土地公、婆婆留宿等環節，削弱了千里之行中的波瀾，又在篇末補上陰送一段，突顯了京娘一角的忠貞癡情。對白詳略方面，〈趙〉篇與《飛龍全傳》相比可歸納為大同小異、詳略互見兩種情況。由於極少一字不易地徵引〈趙〉篇全文，以致《飛龍全傳》在語言、風格、內容上有所不同。情節的刪減、對白的改寫自是為了營造太祖作為儒家聖王的正面形象，但卻因而削弱了草莽英雄的氣概。其他角色方面，京娘溫柔善良的形象尚能維持，而趙景清因故事銜接的考慮而改成褚玄，個性失於平面化，猜忌多言的趙文則因顧全太祖形象而改成了可有可無的閑角趙文正。至於詩文異同方面，也可窺見《飛龍全傳》在吸收前文本時的某些考量。

補充一提的是，〈趙〉篇雖為晚明文人話本，但仍未脫離以市井小民為對象讀者的思路，加上講述前朝帝王故事未必會犯本朝忌諱，故篇中的太祖乃一草莽英雄，整個故事頗為鮮活。而《飛龍全傳》則是文人案頭的休閒讀物，多少寄託了作者吳璿懷才不遇的孤憤，吳氏身為不第士子，又在發跡變泰的主題下添入許多儒家禮教的因子，與時代較早的〈趙〉篇相比，藝術水平反而有所不及了。此外，清初李玉戲曲《風雲會》也寫京娘故事，當於〈趙〉篇有所參考。持三種文本相較，〈趙〉篇內容與《飛龍全傳》相近而視《風雲會》為遠。限於篇幅，茲不在本章討論。

第七章
綜論

　　陳平原云,「史傳」傳統之影響於中國小說,大體上表現為補正史之闕的寫作目的、實錄的春秋筆法,以及紀傳體的敘事技巧。[1]《都城紀勝》將說話家數分為小說(銀字兒)、說經說參請、講史、合生(笙)四類,《夢粱錄》則分為小說、說鐵騎兒、說經和講史書四類。賴芳伶據而指出,講史和講小說的人數最多,也最受歡迎。講史通常講好幾天,甚至幾個月的也有。小說多半講一些里巷傳聞和民間故事,一般一二次就可以講完,不外是男女戀愛、神怪靈異、英雄豪俠、奇情公案等。[2]以帝王故事為主題的話本,可以說是講史與小說兩種型態的結合物。如〈史〉篇篇幅雖不長,但在四‧二節收結時云:「手起刀落,尚衙內性命如何?」儼然有章回小說「且聽下回分解」的意味。由此可見,該篇的前文本未必不具有講史的性質。又如〈趙〉篇,賴芳伶認為是屬於朴刀趕棒一類的明人「擬話本」。然此篇展示宋太祖的俠肝義膽,乃是為其稱帝埋伏筆,故篇末謂其「還歸汴京,應募為小校,從此隨世宗南征北討,累功至殿前都點檢。後受周禪為宋太祖」。故此作雖是一篇獨立的故事,卻又能納為講史的《飛龍傳》中的一個章回。至於錢鏐的發跡、宋高宗的偏安,皆與歷史關係甚大。此外如梁武帝修佛、唐明皇好道、隋煬帝逸遊、金海陵

1　陳平原:《中國小說敘事模式的轉變》(北京市:北京大學出版社,2003年),頁212。
2　賴芳伶:《中國古典小說四講》(臺北市:五南圖書出版公司,2014年),頁143-144。

荒淫，主題雖離治亂興衰略遠，但諸故事莫不設有鮮明的背景，而各
主角的個性行為不僅推動了故事情節，影響更延伸至篇章結束以後。
這些故事或為宋元舊作而為明人所黏合者（如〈史〉篇），或為明人
所模擬者（如〈宋〉篇），或為據史書、雜俎而拼接、重寫、烘染者
（如〈隋〉、〈唐〉、〈宋〉、〈金〉諸篇），前文本各各不同，但到晚明
皆已話本形式呈現，隨後又被長篇章回小說如《梁武帝西來演義》、
《隋煬帝豔史》、《隋唐演義》、《混唐後傳》、《殘唐五代演義》、《飛龍
全傳》等吸收，這是諸篇與其他以市井風情為主題的篇章不同之處。

前文較詳細地分析了諸篇的文本後，我們可以更進一步歸結其編
纂意圖。茲先表列如下，再合論之：

篇名	評說歷史	宣傳政治	勸導教化	獵奇宮闈	迎合世俗
梁武帝累修成佛	√		√		
隋煬帝逸遊召譴	√		√	√	
唐明皇好道集奇人	√		√	√	
史弘肇龍虎君臣會	√	√			√
臨安里錢婆留發跡	√	√			√
趙太祖千里送京娘	√	√	√		√
宋高宗偏安耽逸豫	√	√		√	
金海陵縱慾亡身	√		√	√	

各位帝王主角皆是歷史人物，故諸篇自然無法擺脫評說歷史的動機。
不過，該動機於諸篇的呈現則或顯或隱。如郭威、錢鏐、趙匡胤發跡
變泰的故事，不僅強調其身為「貴人」的天命思想，也點出了仁義愛
民者才能得天下的觀點。宋高宗雖耽逸豫、不思北伐，但尚能「與民
同樂，所以還有一百五十年天下」。隋煬帝、金海陵則因仁義不施、
荒淫暴虐而身死人手。編纂者賢賢賤不肖的意識，頗為明顯。至於梁

武帝之修佛與唐明皇之好道，恰好互為映襯：武帝能登極樂乃因累世修行，而明皇遭遇國變則因不納諫言。尤其是〈唐〉篇對帝王沈迷方術、不聽忠言的批評，可謂弦外之音。此外，宋太祖之不好女色，恰好可與隋煬帝、金海陵參看；梁武帝雖有過失、不得善終而可成佛，乃因前世福德。這些都能看到編纂者嘗試透過話本教化讀者的苦心。然而，如關於隋煬帝、唐明皇、宋高宗、金海陵驕奢淫逸的生活之描寫，自然也有透過宮闈獵奇以吸引讀者的意圖在焉。郭威、錢鏐、趙匡胤發跡變泰的故事固然並非鼓勵讀者「造反」，然諸人發跡之前多為平民，相關文字富於市井風情，貼近讀者生活，容易引起共鳴。

　　本書先後從（一）迻錄與拼接、（二）采擷與重寫、（三）吸納與烘染三類形式來考察諸篇與前文本之間的關係。可以說，第一類作品與現存前文本間的關係最為密切，第三類則最為疏遠，許多段落難以覓得「本事」。然而無可否認的是，第三類作品正因為較少受到前文本的制約、掣肘，編者得以天馬行空一展才華、發揮想像力，其成品雖未必全然忠於歷史，卻更富於藝術感染力。進而言之，由於「三言」、「二拍」、《西湖二集》等話本集的編纂者皆為文人而非民間藝人，對於文史考據更為看重。正史中關於諸帝王的資料，成為編纂者參考、酌用的重要資料，故事大體符合史實，小處出入無妨，大概是他們在修訂時的基本原則。因此，如《梁皇寶卷》以侯景之亂為宮廷政變、臺城為禪修之所的「硬傷」，幾乎不會在以帝王為主角的晚明文人話本裡出現。至若錢鏐劫官船、郭威除惡霸、趙匡胤送京娘等故事，不見載於正史，甚或是嫁接的情節，但對主角形象的塑造有利無弊，且不會對史實造成扞格，故編纂者依然樂於採用。然而，諸帝王歷史留名，事蹟斑斑可考，且往往具有複雜的性格，其行事導致當時與後世不同的評價，誘發眾多的故事傳說。這些故事、傳說在被納入篇幅有限的新文本時，有可能產生不可調和的矛盾，編纂者無法在作

品中將其作簡單的臉譜刻畫，這就會導致主題與內容的扞格、角色形象的模糊、情節結構的瑕疵等問題。如有評點者謂梁武帝餓死臺城為其弒齊和帝的「花報」，然武帝對沈約之嫉恨、處理侯景問題之昏瞆等事，似乎不宜全以「花報」一語搪塞。其作為帝王那一世，行善反不及曲蟮、范普能、黃復仁等前三世之多，卻能究竟成佛或歸極樂，似仍有可議之處。即便如較為精彩〈史〉、〈金〉篇，史弘肇、郭威兩人發跡的故事本不太相干，勉強黏合一處，亦畢竟難符讀者對「龍虎風雲會」之標題的期待；而〈金〉篇中海陵王完顏亮亡身，縱慾過度亦非直接原因。相形之下，在各方面都比較令人滿意的大概指有〈錢〉、〈趙〉兩篇而已。就〈錢〉篇而言，錢鏐其人年少無賴、青年從戎、中年以後裂土封王，卻依然奉五代及趙宋正朔，個人操守也鮮聞非議，故後世史書中惡評相對少見；又因其有功於鄉里，軼事往往見於雜俎及民間傳說。因此，〈錢〉篇中的錢鏐形象甚為鮮活，故事內容也不乏精彩之處。至於〈趙〉篇只敘述送京娘一事，加上宋太祖的形象接近草莽英雄，富於親切感，故編纂者可以大刀闊斧地進行描寫、渲染。可惜此篇前文本現已不存，故本書無法進一步展開論述，誠為遺憾。

參考文獻

傳統文獻

〔漢〕司馬遷　《史記》　北京市　中華書局　1997年

〔梁〕沈約　《宋書》　北京市　中華書局　1997年

〔梁〕釋慧皎撰　湯用彤校註　《高僧傳》　北京市　中華書局　1992年10月

〔北魏〕慧覺等譯　《賢愚經》　《大正新修大藏經》　臺北市　新文豐出版公司　1992年

〔北齊〕魏收　《魏書》　北京市　中華書局　1997年

〔唐〕姚思廉　《梁書》　北京市　中華書局　1997年

〔唐〕李延壽　《南史》　北京市　中華書局　1997年

〔唐〕魏徵　《隋書》　北京市　中華書局　1997年

〔唐〕吳兢　《貞觀政要》　上海市　上海古籍出版社　1978年

〔唐〕張鷟　《朝野僉載》　北京市　中華書局　1979年

〔唐〕柳宗元著　〔宋〕魏仲舉集注　《五百家注柳先生集・龍城錄》　臺北市　臺灣商務印書館影印文淵閣四庫全書　1983年

〔唐〕牛僧孺、李復言　《玄怪錄・續玄怪錄》　北京市　中華書局　1982年

〔唐〕鄭處誨　《明皇雜錄》　北京市　中華書局　1994年

〔唐〕鄭綮　《開天傳信記》　北京市　中華書局　1985年

〔唐〕釋道世　《法苑珠林》　上海市　商務印書館據萬曆刊本縮印
　　　1935年

〔後晉〕劉昫　《舊唐書》　北京市　中華書局　1997年

〔宋〕薛居正　《舊五代史》　北京市　中華書局　1997年

〔宋〕薛居正主編　陳尚君纂輯　《舊五代史新輯會證》　上海市
　　　復旦大學出版社　2005年

〔宋〕釋文瑩　《玉壺清話》　北京市　中華書局　1984年

〔宋〕李昉　《太平廣記》　北京市　中華書局　1961年

〔宋〕王欽若、楊億　《冊府元龜》　臺北市　臺灣商務印書館影印
　　　文淵閣四庫全書　1983年

〔宋〕錢儼　《吳越備史》　臺北市　臺灣商務印書館影印文淵閣四
　　　庫全書　1983年

〔宋〕歐陽修　《新五代史》　北京市　中華書局　1997年

〔宋〕歐陽修　《新唐書》　北京市　中華書局　1997年

〔宋〕張舜民　《畫墁錄》　臺北市　臺灣商務印書館影印文淵閣四
　　　庫全書　1983年

〔宋〕張端義　《貴耳集》　揚州市　江蘇廣陵古籍刻印社《學津討
　　　原》本　1990年

〔宋〕蘇軾著　孔凡禮點校　《蘇軾文集》　北京市　中華書局
　　　1986年

〔宋〕蘇軾著　施元之註　《施註蘇詩》　臺北市　臺灣商務印書館
　　　影印文淵閣四庫全書　1983年

〔宋〕蘇轍　《龍川別志》　上海市　商務印書館　1937年

〔宋〕司馬光　《資治通鑒》　北京市　中華書局　1956年

〔宋〕張道統　《唐葉真人傳》　載《正統道藏》冊30　臺北市　新
　　　文豐出版公司　1988年

〔宋〕岳珂 《桯史》 北京市 中華書局 1981年

〔宋〕岳珂 《桯史》 臺北市 臺灣商務印書館影印文淵閣四庫全書 1983年

〔宋〕吳自牧 《夢粱錄》 臺北市 臺灣商務印書館影印文淵閣四庫全書 1983年

〔宋〕周必大 《二老堂雜志》 《筆記小說大觀》六編 臺北市 新興書局 1986年

〔宋〕周必大 《文忠集》 臺北市 臺灣商務印書館影印文淵閣四庫全書 1983年

〔宋〕周密 《武林舊事》 杭州市 浙江人民出版社 1984年

〔宋〕周密 《癸辛雜識》 《宋元筆記小說大觀》第6冊 上海市 上海古籍出版社 2001年

〔宋〕周密 《癸辛雜識》 北京市 中華書局 1988年

〔宋〕張君房 《雲笈七籤》 臺北市 臺灣商務印書館影印文淵閣四庫全書 1983年

〔宋〕張敦頤 《六朝事蹟編類》 臺北市 廣文書局影印 1970年

〔宋〕葉紹翁 《四朝聞見錄》 北京市 中華書局 1989年

〔宋〕王象之 《輿地紀勝》 上海市 上海古籍出版社據清景宋抄本影印 1995年

〔宋〕潛說友 《咸淳臨安志》 臺北市 臺灣商務印書館影印文淵閣四庫全書 1983年

〔金〕元好問編 《中州集》 臺北市 臺灣商務印書館影印文淵閣四庫全書 1983年

〔元〕劉一清著 王瑞來校釋考原 《錢塘遺事校釋考原》 北京市 中華書局 2016年

〔元〕脫脫 《金史》 北京市 中華書局 1997年

〔元〕釋念常　《佛祖歷代通載》　《北京圖書館古籍珍本叢刊》
　　　北京市　書目文獻出版社據至正七年（1347）釋念常募刻本
　　　影印　1988年

〔元〕陶宗儀　《說郛》　臺北市　臺灣商務印書館影印文淵閣四庫
　　　全書　1983年

〔元〕施耐庵、羅貫中著　《水滸全傳》　成都市　四川文藝出版社
　　　1986年

〔元〕羅貫中　《三國演義》　北京市　人民文學出版社　1973年

〔元〕羅貫中　《殘唐五代史演義傳》　北京市　寶文堂書店　1983
　　　年

〔明〕林弼　《林登州集》　臺北市　臺灣商務印書館影印文淵閣四
　　　庫全書　1983年

〔明〕陸楫　《古今說海》　臺北市　臺灣商務印書館影印文淵閣四
　　　庫全書　1983年

〔明〕楊慎　《辭品》　上海市　上海古籍出版社據北京圖書館藏明
　　　刻本影印　1995年

〔明〕陳師　《禪寄筆談》　臺南市　莊嚴文化出版有限公司據北京
　　　圖書館藏萬曆廿一年自刻本影印　1997年

〔明〕田汝成　《西湖遊覽志》　北京市　中華書局　1958年

〔明〕田汝成　《西湖遊覽志餘》　上海市　上海古籍出版社　1980
　　　年

〔明〕高濂　《遵生八牋》　臺北市　臺灣商務印書館影印文淵閣四
　　　庫全書　1983年

〔明〕朱星祚　《二十四尊得道羅漢傳》　《古本小說集成》　上
　　　海市　上海古籍出版社據萬曆乙巳（1605）書林聚奎齋
　　　刊印楊氏清白堂原板影印　1990年

〔明〕吳元泰　《東遊記》　北京市　中華書局據萬曆刊本影印　1991年

〔明〕馮夢龍　《古今譚概》　臺北市　新文豐出版公司據明刊本影印　1979年

〔明〕馮夢龍　《山歌》　南京市　江蘇古籍出版社　2000年

〔明〕馮夢龍　《情史》　北京市　中國戲劇出版社　2000年

〔明〕馮夢龍　《喻世明言》　香港　中華書局　1965年

〔明〕馮夢龍　《醒世恆言》　上海市　上海古籍出版社　1992年

〔明〕馮夢龍編　《喻世明言》　上海市　上海古籍出版社　1992年

〔明〕馮夢龍編　《警世通言》　臺北市　三民書局　1992年

〔明〕馮夢龍編　許政揚校註　《古今小說》　臺北市　里仁書局　1991年

〔明〕馮夢龍編著　許政揚校注　《古今小說》　北京市　人民文學出版社　1958年

〔明〕馮夢龍編著　嚴敦易校注　《古今小說》　北京市　文學古籍刊行社　1955年

韓欣主編　《名家評點馮夢龍三言》　天津市　天津古籍出版社　2010年

〔明〕凌濛初　《初刻拍案驚奇》　上海市　古典文學出版社　1957年

〔明〕凌濛初原著　石昌渝校點　《初刻拍案驚奇》　南京市　江蘇古籍出版社　1990年

〔明〕鄭龍采　〈別駕初成公墓誌銘〉　載周紹良　〈曲目叢拾〉中華書局編輯部編　《學林漫錄》第5集　北京市　中華書局　1982年　頁97

〔明〕周清源　《西湖二集》，載《中國古代珍稀小說續》冊12　瀋陽市　春風文藝出版社　1997年

〔明〕天然癡叟　《石點頭》　上海市　上海古籍出版社　1990年

〔明〕呂毖　《明朝小史》　臺北市　國立中央圖書館據清初刊本影
　　　　印　1981年

〔清〕天花藏主人新編　《梁武帝西來演義》　《古本小說集成》
　　　　上海市　上海古籍出版社據清初刊本影印　1996年

〔清〕聖祖皇帝敕修　《全唐詩》　北京市　中華書局　1960年

丁錫根點校　《五代史平話》　載《宋元平話集》　上海市　上海古
　　　　籍出版社　1990年

不題撰人　《梁武帝問志公禪師因果經》　載於濮文起主編　《民間
　　　　寶卷》第11冊　合肥市　黃山書社　2005年10月

不題撰人　《梁皇寶卷》　載於濮文起主編　《民間寶卷》第2冊
　　　　合肥市　黃山書社　2005年

王重民等編　《敦煌變文集》　北京市　人民文學出版社　1957年

董康編　《曲海總目提要》　北京市　人民文學出版社　1959年

黎烈文標點　《京本通俗小說》　上海市　商務印書館　1926年

近人著述

〔日〕小川陽一　《三言二拍本事論考集成》　東京：新典社　1981年

〔法〕薩莫瓦約（Tiphaine Samoyault）著　邵煒譯　《互文性研究》
　　　　天津市　天津人民出版社　2005年

〔美〕韓南著　王秋桂等譯　《韓南中國小說論集》　北京市　北京
　　　　大學出版社　2008年

Julia Kristeva, "Word, Dialogue and Novel," in Toril Mori, ed., The
　　　　Kristeva Reader, Oxford: Blackwell Publishers Ltd., 1986.

王　昕　《話本小說的歷史和敘事》　北京市　中華書局　2002年

甘肅社會科學院文學研究所　《敦煌學論集》　蘭州市　甘肅人民出版社　1985年

朱連法　《葉法善傳略》　上海市　上海人民出版社　2012年

吳　真　《為神性加注：唐宋葉法善崇拜的造成史》　北京市　中國社會科學出版社　2012年

李劍國　《唐五代志怪傳奇敘錄》　天津市　南開大學出版社　1993年

沈睿文　《安祿山服散考》　上海市　上海古籍出版社　2015年

邱靖嘉　《《金史》纂修考》　北京市　中華書局　2017年

姜昆、戴宏森　《中國曲藝概論》　北京市　人民文學出版社　2005年

胡士瑩　《話本小說概論》　北京市　中華書局　1980年5月

胡士瑩　《話本小說概論》　北京市　商務印書館　2012年

孫楷第　〈三言二拍源流考〉　《滄州集》　北京市　中華書局　2009年

孫楷第　《滄州集》　北京市　中華書局　2009年

浦江清　《浦江清文錄》　北京市　人民文學出版社　1989年

袁行霈、丁放　《盛唐詩壇研究》　北京市　北京大學出版社　2012年

康來新　《發跡變泰：宋人小說學論稿》　臺北市　大安出版社　1996年

張火慶　《達摩與梁武帝：相關小說研究》　臺北市　秀威資訊科技公司　2006年

張湧泉　《敦煌變文校注》　北京市　中華書局　1997年

許建崑　《情感、想像與詮釋：古典小說論集》　臺北市　萬卷樓圖書公司　2010年

陳大康　《明代小說史》　上海市　上海文藝出版社　2000年

陳平原　《中國小說敘事模式的轉變》　北京市　北京大學出版社
　　　　2003年

傅承洲　《馮夢龍與通俗文學》　鄭州市　大象出版社　2000年

曾慶全選析　《明代擬話本作品賞析》　南寧市　廣西教育出版社
　　　　1989年

程毅中　《宋元小說研究》　南京市　江蘇古籍出版社　1998年

程毅中　《明代小說叢稿》　北京市　人民文學出版社　2006年

楊宗紅　《理學視域下明末清初話本小說研究》　廣州市　暨南大學
　　　　出版社　2017年

聖　凱　《中國佛教懺法研究》　北京市　宗教文化出版社　2004年

葉德均　《戲曲小說叢考》　北京市　中華書局　1979年

趙景深　《中國小說叢考》　濟南市　齊魯書社　1980年

劉勇強　《話本小說敘論：文本詮釋與歷史建構》　北京市　北京大
　　　　學出版社　2015年

劉海燕、藍勇輝主編　《大學生品讀「三言」》　福州市　福建教育
　　　　出版社　2012年

歐陽代發　《話本小說史》　武漢市　武漢出版社　1994年

鄭振鐸　《中國文學研究》　北京市　作家出版社　1957年

鄭振鐸　《西諦書話》　北京市　生活・讀書・新知三聯書店　1983
　　　　年

魯　迅　《中國小說史略》　天津市　天津人民出版社　1999年

魯迅校錄　《唐宋傳奇集》　北京市　文學古籍刊行社　1956年

蕭登福　《正統道藏總目提要》　臺北市　文津出版社　2011年

聶付生　《馮夢龍研究》　北京市　學林出版社　2002年

雙　翼　《談「拍案驚奇」》　香港　上海書局　1977年

顏尚文　《梁武帝》　臺北市　東大圖書股份有限公司　1999年

羅寧、武麗霞　《漢唐小說與傳記論考》　成都市　巴蜀書社　2016年

譚正璧　《三言兩拍資料》　上海市　上海古籍出版社　1980年

論文集及研討會論文

吳海勇、陳道貴　〈梁武帝神異故事的佛經來源〉　載陳允吉主編《佛經文學研究論集》　上海市　復旦大學出版社　2004年頁360-369

凌翼雲　〈《梁傳》初探〉　載文憶萱主編　《目連戲研究論文集》長沙市　《藝海》雜誌編輯部　1993年　頁157-171

傅承洲　〈擬話本概念的理論缺失〉　載周建渝、張洪年、張雙慶編《重讀經典》　香港　牛津大學出版社（中國）有限公司2009年　頁12-25

羅　寧　〈讀《葉淨能詩》〉　《新國學》第4卷　成都市　巴蜀書社2002年

吳　真　〈《太平廣記・葉法善傳》的版本源流與地方宗教知識〉國際養生旅遊高峰論壇暨葉法善道家養生文化研討會論文集中國武義　2010年

期刊論文

王　昊　〈試論敦煌話本小說的情節藝術〉　《中國社科院學報》2003年第6期　頁78-83

王昌龍、褚豔　〈互文性與翻譯〉　《寧波教育學院學報》2006年第2期　頁47-50

王　青　〈中國神話形成的主要途徑：歷史神話化〉　《東南文化》
　　　　1996年第4期　頁44-48

王　展　〈明代白話短篇小說藝術衰退的表徵與解讀〉　《文教資
　　　　料》2016年12月號　頁9-11

史佳佳　〈唐玄宗類型小說的三種模式及其演變特點〉　《西昌學院
　　　　學報（社會科學版）》2008年第4期　頁39-42

田道英　〈貫休與錢鏐交往考辨〉　《樂山師範學院學報》2002年第
　　　　3期　頁56-57，91

李建勳　〈金海陵王婚姻之分析〉　《農墾師專學報》1994年第4期
　　　　頁8-12

李　菁　〈唐傳奇文《煬帝開河記》研究〉　《廈門大學學報（哲學
　　　　社會科學版）》2012年第2期　頁32-38

李劍國　〈〈大業拾遺記〉等五篇傳奇寫作時代的再討論〉　《文學遺
　　　　產》2009年第1期　頁21-28

洪再新　〈任公釣江海，世人不識之：元任仁發《張果見明皇圖》研
　　　　究〉　《故宮博物院院刊》2000年第3期　頁15-27

紀德君　〈宋元小說家話本的敘事藝術探繹〉　《社會科學研究》
　　　　2004年1期　頁140-144

夏秀麗　〈〈大業拾遺記〉與〈隋煬三記〉淺析〉　《萍鄉高等專科
　　　　學校學報》第27卷第5期（2010年10月）　頁44-47

孫　微、王新芳〈《明皇雜錄》佚文拾遺〉　《古籍整理研究學刊》
　　　　2011年第1期　頁36-41

徐立強　〈「梁皇懺」初探〉　《中華佛學研究》1998年第3期　頁
　　　　177-206

袁書會　〈中國古代早期白話小說探析：以《葉淨能詩》為中心〉
　　　　《西藏民族學院學報（哲學社會科學版）》2004年5期　頁
　　　　70-74

高世瑜　〈唐玄宗崇道淺論〉　《歷史研究》1985年第4期　頁16-31

康韻梅　〈馮夢龍《太平廣記鈔》的編纂和評點〉　《嶺南學報》第7輯（2017年5月）　頁127-170

張玉蘭　〈《葉淨能詩》淺析〉　《湖北經濟學院學報（人文社會科學版）》2008年5月號　頁885-86

章培恆　〈《大業拾遺記》、《梅妃傳》等五篇傳奇的寫作時代〉　《深圳大學學報（人文社會科學版）》第25卷第1期（2008年1月）　頁106-110

郭紹林　〈舊題唐代無名氏小說《海山記》著作朝代及相關問題辨正〉　《洛陽師專學報》1998年第1期　頁57-62

陳永國　〈互文性〉　《外國文學》2003年第1期　頁75-81

陳國軍　〈《西湖二集》敘事品格的生成〉　《武警學院學報》第22卷第2期（2006年4月）　頁79-82

陶祝婉　〈英雄不好色，好色非英雄：《警世通言・趙太祖千里送京娘》試析〉　《社會科學論壇（學術研究卷）》2009年8月號　頁136-140

傅承洲　〈馮夢龍《太平廣記鈔》的刪訂與評點〉　《南京師範大學學報（社會科學版）》2012年6期　頁140-146

馮靜武　〈葉法善的忠孝思想論略〉　《中華文化論壇》2011年第4期　頁136-139

黃大宏　〈譚正璧《三言二拍資料》劄記〉　《古籍整理研究學刊》2002年4期　頁8-14

黃愛華　〈簡析「二拍」素材改編的幾種模式〉　《廣東農工商職業技術學院學報》2009年第4期　頁72-75

趙　紅　〈從敦煌變文《葉淨能詩》看佛教月宮觀念對唐代「明皇遊月宮」故事之影響〉　《敦煌研究》2011年第1期　頁94-98

劉天振、孫瓊曦　〈論《青瑣高議》中帝王故事的世俗化傾向〉
　　　　《浙江師範大學學報（社會科學版）》2009年第6期　頁115-
　　　　119

劉勇強　〈古代小說情節類型的研究意義〉　《北京大學學報（哲學
　　　　社會科學版）》2010年第3期　頁133-137

劉紅梅　〈〈金海陵縱慾亡身〉主題與共體描寫的背反現象〉　《婁
　　　　底師專學報》1999年第1期　頁53-57

學位論文

王亞婷　《《隋煬帝豔史》研究》　廣州大學碩士學位論文　2009年

白金杰　《「二拍」道教敘事與勸懲旨歸》　黑龍江大學中國古代文
　　　　學碩士　2009年

李正心　《《隋煬帝豔史》研究》　福建師範大學高等學校教師在職
　　　　攻讀碩士學位論文　2009年

洪明璟　《《三言》重寫《太平廣記》故事之研究》　臺灣師範大學
　　　　國文學系在職進修碩士班學位論文　2013年

曾軼靜　《隋唐至明末隋煬帝題材小說研究》　暨南大學碩士學位論
　　　　文　2008年

雲　宇　《從歷史到文學：《西湖二集》帝王將相形象研究》　北京
　　　　語言大學碩士研究生學位論文　2009年

後記

　　拙著《世俗想像與歷史記憶：晚明話本帝王故事新考》即將付梓。我對於晚明話本，所知不過皮毛，而回首前事，卻揮之不去。高中時期，常趁休息之際閱讀「三言二拍」解悶。這些話本小說篇幅不長，故事精彩、文字生動，真可暫時讓人從繁重的課業中獲得精神的抽離與解脫。時值香港中華書局清倉減價，那套邀請著名學者撰稿賞析的「小說軒」系列索價僅港幣十元一冊，於是我省下零用錢，將整套買回。其中陳永正先生的《市井風情：三言二拍的世界》，恰好可佐鑑賞。記得陳先生指出，《喻世明言》中的〈梁武帝累修成佛〉是一篇冗長而又沉悶的故事，從梁武帝蕭衍出生寫到他發跡經過，最後寫他被叛臣逼死，「功行圓滿，往西天極樂國去」。陳氏還語帶詼諧地說：「如果筆者是釋迦牟尼，是斷乎不准這個糊塗皇帝廁身極樂世界的。」[1]我童年所接受的教育，對梁武帝崇佛可謂大加撻伐。兼以這篇話本把一個個小故事聯綴一處，卻似乎並未能理所當然地指向一個「成佛」或「歸極樂」的結局。故當時閱讀此篇，確有昏沉欲睡之感。而讀到陳永正先生之論，自然於心戚戚。後來在碩班時，佘汝豐老師見在座有同學對蕭氏父子的語氣不無揶揄，感嘆道：「南朝一百七十年，文化最鼎盛的就是梁武帝在位的那五十年。難道只需吃齋唸佛，天下便會太平嗎？」聽到佘師此語，不禁惘然若失。從事學術研

---

[1] 陳永正，〈梁武帝真能成佛？〉，《市井風情：三言二拍的世界》（香港：中華書局，1988），頁174。

究，應具備獨立思辨的能力。毛氏曾云：「人民，只有人民，才是創造歷史的動力。」又云：「一部二十四史，不過是帝王將相的家譜。」將創造歷史的動力全部歸功於帝王將相，固然大謬；但自以為站在歷史（乃至政治、道德）的制高點，全盤否定帝王將相，恐怕過猶不及。古時改朝換代，前朝皇室淪為臣虜，思之心驚。但二十世紀以來，新的學術思維範式得以建構，在這以民主、科學自許的年代，帝王將相的研究課題卻不時成為禁忌，這同樣思之心驚。毋庸諱言，世界上任何一個民族，早期的神話傳說、民間故事、小說詩歌，都有不少以帝王將相為主角者。在漫長的「前現代」，帝王作為文化領袖的身分與形象，不容我輩刻意視而不見。

　　龔鵬程老師論帝王與文學的關係道：「他們不是附庸風雅，而是主持風雅，風雅由其主導。而這種主導又並不是政治性的，乃是文學的。不是因其權勢及政策施為導引了文學的發展，而是他們的文學。在其文學集團中，他們總是最顯眼的，文學造詣確能服眾，因此才能主導一代文風。」唐中葉以後，文統不在帝王而在賢士大夫，甚至不在朝而在野，文學整體發展格局產生了變化，「才使得我們現在對帝王在詩壇的地位與作用漸不熟悉，忘了至少在唐中葉以前，帝王詩其實是詩史之主流或主導者；也不清楚唐代以後帝王雖不再那麼重要，卻也沒離開詩國，仍積極融入文統之中的歷史」。[2]可謂卓見。即便是成吉思汗，蒙族的對他的歌頌也強調「倡導了全蒙古的風俗禮儀」，而非世人所熟知的征伐事業（參〈成吉思汗頌〉歌詞）。換言之，成吉思汗首先是作為「人文初祖」而受蒙族崇拜的，這與從前軒轅黃帝之於漢族、努爾哈齊之於滿族、伊凡雷帝之於俄羅斯族、大衛王之於猶太族……情況頗為類似。只是今天，作為中土帝王（縱然是由其孫忽必

2　龔鵬程：〈序：文心史識一手兼〉，載拙著：《卿雲光華：列朝帝王詩漫談》（臺北：唐山書店，2017），頁11-12。

烈追封）的成吉思汗早已隨著帝制時代的遠去而黯淡了光輝，但作為蒙古大汗的成吉思汗卻仍在內外蒙古廣受崇拜。據報導，二〇一七年五月二十日，一名十九歲男子在銀川的蒙古包內踐踏成吉思汗掛像，並拍攝影片發到網上。同年十二月，該男子被宣判一年有期徒刑，當庭表示服從判決、不上訴，並在庭審過程中就所犯罪行對社會造成的危害和影響表示歉意。但有網友質疑：「如果有人製作視頻侮辱漢武帝、唐宗宋祖和朱元璋，也會被判刑嗎？」這的確令人深思。也有回應道：「少數民族的風俗習慣或宗教信仰是神聖的，不可絲毫侵犯，而漢族的風俗習慣則僅僅停留在文化和學術研究層面，被侵犯了，不會有任何保障。」如此種種評論，的確令人深思。對古代帝王的認知、尊崇、艷羨或貶抑皆徒然囿於歷史、政治與民族的成見樊籬，忽略其與人文之深層關係，繼而產生輕慢之心，不妨說是皇權時代結束後的迴響，也是現當代社會一種不易取得平衡的常態。但如此常態，仍可從晚明話本的帝王故事中覓得濫觴，此亦筆者撰寫此書的動機之一。

話說回來，由於少年時期埋下的伏線，多年後遂有了這部拙著中關於梁武帝的一章——儘管此章全非「翻案」之作。二〇〇八年，是我承乏佛光大學文學系的第四載。那時一方面繼續楚辭研究，一方面受潘美月老師影響，對圖書文獻學頗感興趣。此時，東華大學中文系的許又方老師賜告，他們將舉辦「第三屆文學傳播與接受國際學術研討會：文學傳播的多重書寫」，希望我能參加。為了更切合大會主題、並拓寬自己的視野，我打算選擇一個從前未有涉獵過的題目。忽然想起多年前讀過的〈梁武帝累修成佛〉，於是決定以材料來源的探辨為基礎，析論其藝術技巧。拙文在宣讀後得到講評人劉苑如教授及劉漢初老師、賴芳伶老師、洪淑苓老師等諸位師長的指正與肯定，我也藉此機會結識了吳儀鳳老師、程克雅老師、魏慈德老師等前輩，收穫豐碩。會議結束後，又方老師還安排研究生帶我去七星潭一遊。花

蓮美麗的山水景觀、東華諧和的人文氛圍，令我讚嘆不已，印象深刻。此後，我將此文投給《漢學研究》，兩位匿名評審者的意見頗有建設性，讓我對這個課題作出了進一步考量。

回到香港中文大學後，我聽說文學院「Direct Grant」開放申請，於是尋思計畫主題。我統計了晚明話本中以帝王為主角的作品，大概有九篇，為數不是很多，卻可以此開展一個小型研究計畫。其中泰半作品，如〈梁武帝累修成佛〉、〈隋煬帝逸遊召譴〉、〈唐明皇好道集奇人〉、〈宋高宗偏安耽逸豫〉等，大抵是抄撮舊書而成。縱然這種「引文馬賽克」式的作品之撰寫兼具教化、娛樂之動機，但由於受到前文本的內容和語言的制約，撰寫者無法一展長才，其動機是否能有效實現，誠是未知之數。至於〈史弘肇龍虎君臣會〉、〈臨安里錢婆留發跡〉、〈趙太祖千里送京娘〉、〈金海陵縱慾亡身〉等，前三者主角皆為草莽英雄，後者則以宮闈穢聞為主。無論發跡變泰抑或女愛男歡，這類主題容易引起市井的共鳴，撰寫時的發揮空間也大，故素質亦較佳。二〇一二年五月，計畫申請成功。連同在臺時期所撰寫有關〈梁武帝累修成佛〉的那篇，我曾於以下各處宣讀或發表過相關成果：

2008.04.17 -04.18：	〈〈梁武帝累修成佛〉藝術技巧析評：以材料來源的探辨為中心〉，「第三屆『文學傳播與接受』國際學術研討會」，花蓮：國立東華大學主辦。
2009.06：	〈借用與對峙：互文性視域下的〈梁武帝累修成佛〉〉，《漢學研究》第27卷第1期，頁177-206。
2012.08.18 -08.26：	〈互文性視域下的〈唐明皇好道集奇人〉〉，「中國唐代文學學會第十六屆年會暨『唐代西域與文學』國際學術研討會」，烏魯木齊：中國唐代文學會與新疆師範大學共同主辦、新疆師範大學文學院和西域文史研究中心共同承辦。

2012.11.09   〈互文性視域下的〈趙太祖千里送京娘〉：以《飛龍全
-11.11：　　　傳》為參照〉,「區域文化學術研討會」,紹興：浙江省越
　　　　　　文化研究中心、紹興文理學院越文化研究院主辦（與廖
　　　　　　蘭欣合撰）。

2013.01.21：　「淺談晚明擬話本中的帝王故事」,香港教育學院文學及
　　　　　　文化學系、中國文學文化研究中心合辦的「中國文學原
　　　　　　典選讀」第二十一次讀書會。

2013.03.08   〈迻錄與拼接：互文性視域下的擬話本帝王故事〉,「香
-03.09：　　　港亞洲研究學會第八屆研討會：亞洲的變革、發展及文
　　　　　　化：從多角度出發」,香港：香港亞洲研究學會、香港教
　　　　　　育學院主辦。

2013.08.24   〈吸納與烘染：互文性視域下的擬話本帝王故事〉,明代
-08.28：　　　文學學會（籌）第九屆年會暨2013年明代文學國際學術
　　　　　　研討會,上海：復旦大學中國古代文學研究中心、復旦
　　　　　　大學古籍整理研究所、復旦大學中文系主辦。

2014.02：　　〈迻錄與拼接：互文性視域下的擬話本帝王故事〉,載曲
　　　　　　景毅、李佳主編：《多元視角與文學文化：古典文學論
　　　　　　集》,合肥：安徽大學出版社,2014,頁 137-181。

2014.06.26   〈世俗想像與歷史記憶：晚明文人話本中的帝王敘事緒
-06.28：　　　論〉,「宋濂全集首發式暨宋濂與江南文化學術探討會」,
　　　　　　金華：浙江師範大學江南文化研究中心主辦。

2014.09：　　〈互文性視域下的〈唐明皇好道集奇人,武惠妃崇禪鬥
　　　　　　異法〉〉,載中國唐代文學學會、西北大學文學院、廣西
　　　　　　師範大學出版社編著：《唐代文學研究》（第十五輯）,桂
　　　　　　林：廣西師範大學出版社,頁 234-271。

2015.11：　　〈吸納與烘染：互文性視域下的擬話本帝王故事〉,黃

霖、陳廣宏、鄭利華編：《2013年明代文學國際學術研討會論文集》，南京：鳳凰出版社，頁1050-1073。

研究計畫為期兩年，結案後，因為忙於其他事務，一直未克修改拙稿。直到去年暑假，車行健教授相邀將拙稿付臺北萬卷樓出版，我纔終於花了數月功夫，時做時輟，勉強完成了修訂。我認為拙稿仍以材料考辨為主，因此雖猶借用互文性理論，卻不再將之列入書名。「擬話本」之稱，則參酌時賢之論，一律以「話本」或「文人話本」取代。拙著撰寫或斷或續，雖遠難以磨劍為喻，但前後畢竟有十年之久。當初探析〈梁武帝累修成佛〉時，實在不可料想今日竟能結集成書。

這部小書得以問世，要感謝多位師友，包括潘美月老師、張高評老師、康韻梅老師的關心與肯定，車行健老師伉儷的引薦，黃靈庚老師、潘承玉兄、曲景毅兄伉儷、李婉薇師姐、羅劍波兄相招宣讀拙文，師兄丁國偉博士、洪若震博士、同窗郭劍鋒兄給予建議，蕭家怡同學、廖蘭欣同學幫助資料蒐集，麥希彤同學繪製插圖，李小妮同學協同校對並編製索引，梁錦興先生、張晏瑞兄、廖宜家女士盡心參與此書編輯工作，都不敢或忘。許又方教授、洪濤教授正值公私事務繁忙之際，而慨然撥冗為拙著作序，令人銘念。張高評老師曾鼓勵道：「親近帝王，久而久之，自然生發帝王氣象！而去蕪存菁，從負面辯證領袖氣質，有助反思與內省。」仁厚長者之言，銘記於心。然我並非小說專家，書中許多論述恐有欲振乏力之處，紕繆在所難免，只能視為習作罷了，還望方家有以教我。

當日全書脫稿，曾作七言絕句〈偶題帝王話本〉八首，茲謹附錄於後，以質於讀者諸君，並代收結：

　　未卜他生作帝皇。多羅貝葉是資糧。
　　九重怪底胸襟小，粟事無由怒赤章。（〈梁〉篇）

陳梁齊宋轉頭空。誰繼蕭家老二公。
奪嫡休言費心術，阿麼道地最吳儂。（〈隋〉篇）

一橋月府接京畿。舞遍霓裳共羽衣。
神鬼蒼生不二道，且憑寄語蜀當歸。（〈唐〉篇）

駟馬歸來吳越王。凱歌動地到錢唐。
射潮連弩非秦政，回首雙峰天目長。（〈錢〉篇）

賺得宮釵賴澤袍。撲魚烹狗本英豪。
豈關朱雀唧禾瑞，仁義不施嗤爾曹。（〈史〉篇）

古來兒女號閒情。千里相隨亦至誠。
一縷香魂飛杳渺，成他立地頂天名。（〈趙〉篇）

天教泥馬渡康王。夢裡何曾返汴梁。
駐蹕吳山人所欲，平湖萬頃藕花香。（〈宋〉篇）

進此中華自有君。腥羶莫道總夷氛。
內外交煎由己作，屈指還須大定春。（〈金〉篇）

陳煒舜

二〇一八年六月廿二日
烏溪沙壹言齋

索引

十劃

漢學研究叢書·文史新視界叢刊 0402003

世俗想像與歷史記憶：晚明話本帝王故事新考

作　　　者	陳煒舜
責任編輯	廖宜家
特約校稿	林秋芬
發 行 人	陳滿銘
總 經 理	梁錦興
總 編 輯	陳滿銘
副總編輯	張晏瑞
編 輯 所	萬卷樓圖書股份有限公司
排　　　版	林曉敏
印　　　刷	百通科技股份有限公司
封面設計	斐類設計工作室

發　　　行　萬卷樓圖書股份有限公司
　　臺北市羅斯福路二段 41 號 6 樓之 3
　　電話 (02)23216565
　　傳真 (02)23218698
　　電郵 SERVICE@WANJUAN.COM.TW
香港經銷　香港聯合書刊物流有限公司
　　電話 (852)21502100
　　傳真 (852)23560735

ISBN 978-986-478-157-7

2018 年 8 月初版一刷

定價：新臺幣 420 元

如何購買本書：

1. 劃撥購書，請透過以下郵政劃撥帳號：
　　帳號：15624015
　　戶名：萬卷樓圖書股份有限公司

2. 轉帳購書，請透過以下帳戶
　　合作金庫銀行　古亭分行
　　戶名：萬卷樓圖書股份有限公司
　　帳號：0877717092596

3. 網路購書，請透過萬卷樓網站
　　網址 WWW.WANJUAN.COM.TW

大量購書，請直接聯繫我們，將有專人為
您服務。客服：(02)23216565 分機 610

如有缺頁、破損或裝訂錯誤，請寄回更換

國家圖書館出版品預行編目資料

世俗想像與歷史記憶：晚明話本帝王故事
新考 / 陳煒舜著. -- 初版. -- 臺北市 : 萬
卷樓, 2018.08
　　面 ；　　公分. -- (漢學研究叢書 ；
0402003)
ISBN 978-986-478-157-7(平裝)

1.話本　2.文學評論

827.2　　　　　　　　　　　　107010004